陌上谣

李胜中短篇小说选

李胜 著

人民日报出版社

图书在版编目（CIP）数据

陌上谣 / 李胜著 . —北京：人民日报出版社，
2018. 3
ISBN 978 - 7 - 5115 - 5353 - 9

Ⅰ. ①陌… Ⅱ. ①李… Ⅲ. ①小说集—中国—当代
Ⅳ. ①I247

中国版本图书馆 CIP 数据核字（2018）第 041150 号

书　　名： 陌上谣
著　　者： 李　胜

出 版 人： 董　伟
责任编辑： 陈　红　黄慧琳
装帧设计： 中联学林

出版发行： 人民日报出版社
社　　址： 北京金台西路 2 号
邮政编码： 100733
发行热线：（010）65369509　65369846　65363528　65369512
邮购热线：（010）65369530　65363527
编辑热线：（010）65369844
网　　址： www. peopledailypress. com
经　　销： 新华书店
印　　刷： 三河市华东印刷有限公司

开　　本： 710mm × 1000mm　1/16
字　　数： 220 千字
印　　张： 14
印　　次： 2018 年 5 月第 1 版　　2018 年 5 月第 1 次印刷

书　　号： ISBN 978 - 7 - 5115 - 5353 - 9
定　　价： 56. 00 元

目录

短篇小说

中篇小说

01

短篇小说

县长和路

牛庄刘青苗的死，是滑进门前的积水里，溺水而死的。

那天，天阴。雨乱如泥。年逾六十的刘青苗骑自行车回家，天黑路滑，跌进水沟里。第二天，清令县几乎所有村庄，都有三三两两的农民，开着四轮车、手扶拖拉机，也有拉客车，拥进牛庄的刘青苗家。

人群有哭声，也有骂声。哭说，溺水而死的是清令县分管农业的副县长，连任三届，当了十二、三年。常言说，为官一任，造福一方，农民们打心眼里敬佩他。骂说，清令县是个农业县，现如今，几乎村村铺上了公路，清令县过上了小康生活是有目共睹的。为啥老县长家这么三十多米长的路不加宽、铲平呢？人骂，石板桥乡里干部不是娘养的。便又呼呼地去找乡里书记。石板桥乡里书记不敢出来，人群闹开了，打砸门窗玻璃，喊声雷鸣。乡办公室秘书颤颤抖抖出来说，李书记、张乡长前几年为此专门开过只铺刘县长家的那段路的会。刘县长生前就是不让铺。刘县长说，他村那个鸡肠子路，就通他一家，别费事费力了。乡里怕铺了，得罪刘县长，因此没敢铺。少顷，有几辆县里来的小轿车在牛庄北头停了一会，放下花圈，又立马开走了，说是路滑，车不敢向里开。一村妇用手拽了一下身边的男人说，咋个，刘青苗人缘蛮好的，手扶、小十二码，来了几百辆，咋县里就来了这几辆哭丧的小车？平日不是天天要有好多车来他家的。男人骂了一句，你懂个啥，咱家老二考大学，叫县教委副主任的一个亲戚顶了，不是刘县长给咱伸张正义的吗？唉，这年头，好干部不多见，好干部吃不开。可刘县长就算一个。一些当官的为自己想得多，为别人想得少。说啥呢，刘青苗县长的命孬。也有人讲，刘青苗干了十三年副县长，如今自己的老婆还在种地，亲戚邻居谁沾上他的光了？他哥家的两个孩子，找他多少趟，不是两腿还插在地秧沟里，人还在高粱花里转吗，米粒大的好事给谁办了？昨天刚退下来第一天，就滑进水沟里，可能县长干不上了，心烦。也有人讲，他刘老头也中，你看如今这阵势，村村通公路，大多数村安上了电话，叫他鼓捣的，什么稻田地里养螃蟹，棉花地里种西瓜，温室大棚养鸭的洋玩意，咱不是富了不少。说句良心话，咱县没他，能到这一步？十几年了，咱县每年售粮全省第一。

正中午，一个头发花白农家老妇，一把鼻涕泪两行，哭声凄惨：咋这么倒霉矣，死老头子，你在外混了半辈子，咋没有一个对脸的，知了龟还找个对脸的，你呢？你自己落下一身病，高血压这么厉害，你就不注意点。顿时，人群默默地掩脸恸哭，不自觉，从口袋里掏出白毛巾扎在头上（白毛巾扎在头上，表示对死者的哀悼）。

那天傍黑，牛庄村通往刘青苗家那段积水土路被各村来的农民们填平了。一条宽敞、平整的路，一直通到刘青苗家门槛。一位八十岁的老汉，一手拄拐杖，一手抓泥土，老泪横流，颤抖着说，刘县长没死，大伙把路填平，他还要从这条路上来去呢！老汉说此，呜喃喃，呜喃喃，哭出声。

罪人二题

（一）罪人

老教授刘思根怎么也没有料到，他的那篇学术论文能被他的学生发在一家如此高的学术刊物上。这也是他有生以来发表的唯一一篇学术文章，且他还因此还得了500元的稿费。他把稿费攥在手中，左思右想，想做件有纪念意义的事。是给跟自己清苦了大半辈子的老伴添件新衣服，还是给自己下岗在家的儿子接济点家用……老教授捻须沉思，在小小的书屋里踱来踱去，后来，他伏在写字台上，写下一封信。老教授手舞足蹈，拿着刚写就的信一溜小跑，下了楼。

很快，老教授刘思根收到一封来自故乡贫困山区小学校长的回信。信上讲，感谢刘教授一片赤子之情，可是，我们小学已有一架脚踏风琴，在校老师没有能弹得响、教得出的，村里孩子们更是不懂，如今放置在办公室一角，无人问津，几乎散架了，如此，再添一架，岂不浪费……老教授看罢来信，无言地笑了。

刘思根从邮局里取出稿费500元整，捏在手中，他苦苦地思索着，远在外省的故乡山区真是太落后，也真苦了那里的孩子们。可我一介书生，真的是太清贫了。刘思根有一种自责感。既然意已决，他又毅然拿起笔。

尊敬的故乡柳家湾乡教委：

我把发表的一篇小文章所得的500元稿费无偿捐给家乡的希望小学，外加陪伴我多年的一台老式电视机一并寄上，希望为家乡做点事……

敬礼

刘思根

99. 2. 3.

柳家湾乡教委很快回了话，说，钱物已收到，我们已经把您捐资助学的事迹汇报给了乡党委，乡党委非常感谢刘教授大力相助，经研究决定，不日要来拜访。

一辆冒着浓烟的破旧吉普车驶进了刘教授所在的这所大学。刘思根和家乡的乡党政机关领导刘秘书等一行四人紧紧握手，在这座城市，难得见到故乡人，况且，今天刘教授所见到的是故乡政府机关的领导，尤为激动。二十出头的故乡官方代表刘秘书讲，我们是代表乡党委、政府，费尽周折才找到您的呀。真是不容易。家乡柳家湾七万人民群众感谢您的鼎力相助。刘思根动情地说，这丁点小事，还忙活你们来一趟，真是不值啊！说着，刘思根已泪花闪闪了。刘思根看看表，已是中午十二点，他想，今天真不巧，老伴去了闺女家，无论如何也得让家乡的人吃了中午饭再走。刘教授便把刘秘书等人让进一家小酒馆，说是过过饭顿。乡党委刘秘书环顾小酒馆一下，没等把屁股坐稳，便急急拉刘思根大步走出小酒馆。破旧的吉普在大街上扑腾了一会儿，停在一家中档的酒楼前。刘教授皱皱眉，便一同走进这家海鲜酒楼。生猛海鲜满满摆了一桌，至少得六七百块，刘思根看似有些拘谨，他暗自摸摸装钱衣袋。席间，刘秘书一个劲竖起大拇指赞扬刘教授为家乡捐资助学的高尚情操。别看二十出头的刘秘书年轻，可句句在理，继而，又与刘教授论起家谱，按辈分，刘思根应叫刘秘书爷爷。酒过三巡，刘秘书说，乡党委给刘教授带了点家乡土特产，两袋地方优质大米和家乡酒厂产的两箱珍品酒等一点小心意。不擅饮酒的刘思根满脸酒色，慢慢站起来，抖动着酒杯说，感谢家乡领导的好意，我，我刘思根不、不能……刘教授刚说了半句，乡教委来的人便一把把刘思根按在座位上，刘教授您听我说，乡镇级的水平就这样，还望您海涵，如今柳家湾各部门已四个月未发工资了。刘思根伏在桌子上，酒洒了一地。

刘秘书结了账，又把刘教授送回家。刘思根仰卧在床上，已是泪流满面。来人说，刘教授太爱家乡了，回去后，我们一定把刘教授的这片赤子之情汇报给柳家湾全体父老乡亲。一个周末的下午，刘思根接到家乡乡党委刘秘书打来的长途。刘秘书开口就说，是刘教授贤孙吗？为了配合普九检查的顺利进行，我们决定让你来为家乡一所新建希望小学挂牌，这可是家乡七万人民的盛情啊！刘秘书又小声说，我先透露一点给你，你来吧，这次有很贵重的纪念品……刘思根感觉头晕目眩，他似乎没能听懂对方说些什么，看看眼前价值千余元的家乡土特产大米、白酒等物，再想想那桌生猛海鲜和他捐的钱物，抓电话的手不禁滑落下去，身体慢慢倾斜，倒地的瞬间，刘思根教授含混不清地说："罪、罪人。"

（二）罪人

即将离休，年已花发的李老师，平日精细得连走路都不忍踩一下脚底的蚂蚁，不料，却在一次骑自行车回家的路上，招来横祸。他被一横冲直撞骑摩托车的青年撞倒在路旁，血流满面，裤腿也被扯去一大块，鲜血洇红了衣裤。骑摩托车的青年回头看看，似万分镇静，带着被挂在摩托车上的自行车飞奔逃遁，殊不知，惊慌失措中，栽倒在五十米外的柴垛上，人仰马翻。李老师被路人送往医院，骑摩托车的青年人也被迅急的120送到医院抢救。一周后，李老师头扎绷带，带着未愈的伤回家治养，说是花钱太多，不忍心，反正死不了。而摩托车主依然住院治疗。护士们有些不耐烦了，青年人又没伤，他住院干什么？他日，仰卧在床上的李老师正在批改作业，门便被轻轻扣开了，李老师摘掉老花镜，来人便把一大包礼品呈上，笑逐颜开地请李老师笑纳。来人是骑摩托车的青年人。

青年人很礼貌，大有知错悔改之诚意。眼盯着李老师，再三说，老人家年高力薄，小的知错，真不该……既然，您老的药费不让我付，旋即，青年人从腰间拿出300元钱寒暄说，李老师理应收下，买点滋补品，是我的一点小意思。李老师坚决拒绝。青年人话语搪塞拘谨，讲，您那辆自行车被摔得不成样子，就全当给李老师买辆新车吧……青年人句句在理，仍被李老师婉言谢绝。临走，李老师语重心长劝说，青年人，无缘撞伤人，不管死活，逃跑；我住院治伤，你，你也跟着住院（假住院），真是不多见，起码丢掉做人的本真。李老师说到激动处，大有把青年人诉诸法律不可之气势。青年人面红耳赤，夺门而出。

四日后，校院里来了一个头戴大盖帽的人，敲开了李老师家的门，李老师的老伴问，哪个？镇法庭的。来人递过一张传票，说，限两日内李老师去镇法庭，不然……老伴把传票捏在手里，抖动着，语无伦次：老头子，伤还没好，他就带着学生们到山里写生去了！

心灵之巅

夜正是深秋的深夜了。夜风翻卷着零碎的树叶、纸片，在马路上打着旋，颤动着，时而浓重的尘土冲入夜色，染成深夜的雾朵，扯拉成雾线，无可依附挂在半空。昏暗的街灯是寒夜会眨眼的星星，明灭着影影绰绰，是老人晕花的眼睛。徒步的人儿没了，偶尔，高低不平的路面震响清脆的自行车铃，人迹拉成一个黑色的长影，仿佛从遥远的天际，瞬间划过，是深夜的流星，或许是半夜急行赶路的旅人，也或许是下夜班的职员，看不见人的脸儿，只是一个影。

漆黑的夜空里，时而传来凄切、忧伤的二胡声，似深夜断奶婴儿的急哭，揪痛人的心。二胡声随夜风时断时续，从一街灯杆下传出，一骨瘦的中年男子专注地拉着二胡，眼前放块白布，点点字迹在深夜当然模糊不清，大概是自身苦难的简介，身边放着用泥做成的盒子，里面几枚硬币反着光儿，特耀人眼。那人像是一个木偶，席地而坐，始终是一个姿势，连续有节奏地轮回着。树叶、杂草被夜风吹着，拥积在周身。他紧绷着脸，满脸胡茬，两眼深深凹进去，积淤了一层厚厚的灰污——是一个讨饭的瞎子。

瞎子的二胡拉得特有味，听后让人动情。从哀婉的曲调里，有股向上的劲儿。听说，近一个月，瞎子每晚都到这儿拉二胡，挣两个钱填饱自己的肚皮，有时挣两个毛票，瞎子几乎还要手足狂舞。瞎子挣钱不多，花钱特细心，前几天还向希望工程捐款伍元。听说举办“远南残运会”，瞎子特赶制了一个小曲儿，尽管他生活艰苦，而心劲可猛着哩，他说要到北京拿自己编的曲儿，拉给远南运动员听。瞎子到过好多地方，去过徐州，混过广州，一把二胡还拉到东北。人们爱听他拉的二胡。生活的磨砺造就他这活计的深厚。瞎子大多在夜间活动，在这秋夜里，或许这就是瞎子的一种活法。望深夜，看瞎子，想，瞎子的活法可谓极具个性，当然船有水路，鸟有鸟语，想必，瞎子的人生亦苦也乐吧！

有一段时间的黑夜，我从瞎子呆过的地方走过，只有几块破砖垒在那杆街灯下，问瞎子不在的原因，一老太说，瞎子去北京找一叫什么“远南残运会”的去了。

哦！瞎子，随你而来的不是深夜乞讨的痛苦，而是高尚的艺术和清苦顽强的生命。

在墨白之间，在温柔夜色之中，在闪闪星光和明洁月亮的耀引下，回归温柔。在灵魂之巅，聆听，倾诉心灵之约。

那个明灭灯火的小城，融汇了徐徐悠然的微风，有交头接耳的麦话，还有瞎子的乞讨。十年过去了，那样一番情境，我不曾敢忘记，时常想那杆遥远的灯下，定是那样的天籁、舒宜与和谐。只是忐忑的心情和无端的坎坷之路绞杀着瞎子的心灵寓所。其实，在无序的厌烦同时，常常站在这样的边上，遥望人生。感慨，瞎子从没有抛弃生活，更没有抛弃爱。

一支竹笛

夕阳西下。暮色尘霭里一座木桥早已没有了车声人流，若不是几缕霞光从桥底撑托，说不定这桥已是自塌损掉了。偶尔，几个轻脚冒险的年轻人蹒跚着随损裂坠落的碎片走过小桥，叫人寒心。每晚此时，总能看到一个大兵跨着硬朗锵锵的步子走上这桥，站在桥身险处，静看水中粼粼波光翻出的那一抹夕阳色，暮隙中撬出的渔船，大兵手中的竹笛被夜风击出稀稀拉拉的凄声，顺水逝去。

大兵有心思，大兵苦不堪言。

大兵是个年轻、白白净净的兵。往那里一住脚，似旺旺绿叶上那朵红艳艳的花，那么水灵。在大兵退伍大半年来，始终穿那身洗白的旧军装。听人讲，大兵神情凄凄，是个傻兵。在部队，大兵是个边境上的护桥兵，每日小心谨慎地检查里外进进出出的行人。大兵对工作认真负责，从不轻心。大兵还立了不小的功。大兵常说，指导员功不可没。其实指导员是个刚从军校毕业的大学生，两人上岗，配合得最为默契，常是默不作声，仅依靠眼神，便把不法行人剥离分隔。闲静时，大兵总拿竹笛在手中玩耍。指导员看此，总时不时瞅大兵的眼色。没人在身边，大兵直呼指导员大名，随后有朗朗的笑，看样子，指导员很贴近兵们。兵们在一块，大兵话不多，老是沉默。那年，大兵高考落榜，音乐学院成为泡影，便进了部队。大兵只是淡淡地笑，竹笛终不离手。兵们议论，指导员年轻有为。底气十足，家有什么当军官的爷爷。有时，指导员名正言顺苛责大兵。大兵面显红艳，点头称是，面对严肃，扭脸窃笑。护桥兵的日子苦，刮风下雨，白天黑夜，始终如一，身不离桥。护桥兵的活险，时刻都有偷越国境的亡命罪犯，神经的弦时时刻刻警惕得很。大兵最心痛的日子，就是离队那天，身不由己。那夜，天黑得出奇，强烈的电光击向远方，也只能瞅六七米远。那夜风冷得扎肉，年轻的指导员整整大兵的领口，示意大兵注意身体。夜半，突然，听到桥下有涉水声和孩儿呛水哭声。大兵赶忙跑过去，在两道强烈的电光下，一涉水者，背一孩童，随桥墩偷渡，眼看就要涉越国境线，俩人几乎异口同声直呼其名（偷渡者是一吸毒惯犯）。偷渡者看此，加急游涉。说此时，指导员命令大兵报警，便一个跃步，跨入河中，像一块石头子“咚”的一声投入河中。大兵见状，既而潜入水中。指导员身上的枪响了，一大摊鲜血从水中散出，大兵哇地哭了，那哭声割心的痛。大兵救活了罪犯的孩童，指导员随急流沉入水底。大兵们传言，偷渡者和大兵是同乡，大兵思想有问题。大兵心里难言，没法忍，闷哭了几日，倦容怠然，便默无声息地解甲归田了，临别军营，大兵的那一丝笑很苦。

大兵寝食无度，整个变了一个人，呆滞的目光，常是直直盯住人看。人说，精细伶俐的大兵傻了。大兵从提前退伍那日起，便是清一色军装，手提竹笛，迈着整碎的步子，日复一日。站在村北这座小桥上，先是走，后便立，风雨无阻，日日不断。大兵那痴呆样，眼圈常有泪，且泪痕狼藉。大兵立于桥头，望那船帆云影，涨潮落日，久长，人们提醒大兵站立小心，大兵似没有听到，仍以军人的站姿，目凝远方。人说，大兵在想心思，心里不好受，或许在等人，万念俱灰的日子里，想法子不去焦虑。大兵手中那竹笛，放在嘴角，但始终没有吹起。

好长时间后的一天，有几辆军用小轿车沿曲曲折折的土路转进大兵住的小村。小车里还坐有那个指导员的爷爷，说是来接指导员生前的女友。顿时，小村沸腾了。夜幕，大兵依然久立桥头，眼泪涟涟。那夜风很大，浪过船头，那夜先是下雨，雨淅淅沥沥，后是大雪，雪铺天盖地，遍布乡野。大兵全身银白，从没有看过和听过大兵手中的竹笛被大兵吹响，那声撞着雨夜雪地，人听了，感觉，心很痛，特难受，想掉泪。大兵依然冷冷地站立着，目视这雪地残桥和桥下滔滔水声。大兵慢慢摘掉圆圆的军帽，忽地，一卷秀发瀑布般从大兵脑后泻落垂下，在洁白的雪夜里清晰可辨。人惊呼，大兵是个年轻美貌的女子。

大兵的身份被来去鸣叫的小轿车声响划清，她荣立三等功。其实，大兵的男友就是她的指导员，大兵步入军营，男友考入军校，临别，以竹笛为鉴。

老兵

晨曦出露，凄风潺潺。一个抖颤的黑影，把一块浓黑的布片扯上天。雄鸣唱白，一面血红的五星红旗飘扬在天，旗杆下一位年逾花甲老人久久地仰头凝视。

村里人们管他叫老兵。

老兵是个抗美援朝时的兵。那年美国鬼子侵占朝鲜，老兵和他的战友在一个山包作阻击战。战斗很激烈。全连将士都牺牲了，只有多处中弹的年轻老兵，斜斜歪歪举着半截旗杆屹立在山顶上。当美国人带着一脸没有洗净的炮灰，灰溜溜地离开了朝鲜，老兵被鲜花簇拥，回到祖国。老兵恋家——临退伍，他向部队首长要回那面千疮百孔的红旗。毅然回到他那遥远、偏僻、贫穷的小村。

村上的人便能天天看到老兵房顶上的那面鲜红的五星红旗。在这静幽地方，却是一道风景，起初人们感到很新鲜，时间一长，人们便说，老兵有病。老兵升旗很认真，每天早早，不管凄风摇雨雪霜初降，老兵都郑重其事。双手擎着那面旗，目视前方，昂首阔步来到房前旗杆下，深深敬一个军礼，缓缓地让五星红旗徐徐升空。这当儿，只有天籁和从农家小院里传出人们呼呼的鼾声，伴随几声喔喔鸡鸣，当然没有国歌。炊烟袅袅，夜幕，老兵都小心仔细地把红旗裹好，折整，放在床边，双手摸之入梦。时间久了，风雨把红旗淋晒有洞，老兵总在油灯下用红粗布一点点拾掇，那面红旗满是五角星形的补丁。

那年，一个阴雨绵绵的天。老兵在村北破桥水沟边拣回一个嗷嗷待哺的小男孩。老兵很高兴。老兵哭了。不知什么原因，老兵一生，从没有过一个女人，孤孤一人。以后，人们便能看一个驼背的老人手牵一小男孩，一瘸一拐，蹒跚而行，小男孩在老兵背后摇晃着，两手招摇。一老一小，升旗又降旗，人们听不到声音，时常远远望见老人站在红旗下指指点点，小男孩目不斜视，老兵有军队上的补贴，水灵灵地养活着小男孩，苦日子，老兵戒烟，酸日子，老兵戒酒，小男孩都能安安稳稳地读书。男孩很乖巧，从小学、中学到大学，男孩很刻苦，钱粮从没有断过顿。村上的人笑话说，你不舍得吃，不舍得喝，还种菜供他读书，他能认你这个既脏又丑也残的臭老头子做爹吗？怕是成了窝里飞出去的鸟，白养活。死在灵床上也没有个人照应。老兵只是憨笑着，不说话。

老兵很老了，重体力活不能再干，但那面升了几十年从不间断的五星红旗仍每天早早出露，在天空飘扬，离村舍几里，一眼便能瞅见。

一个大雪纷飞的冬晨，村上的人们又平常地看到那耀眼的红旗随风飘扬，在白雪覆地的雪天里似一朵艳艳的梅花，旺盛明丽之极。早饭时分，人们便发现老兵仰卧在雪堆里，手里紧紧抓住那面五星红旗的绳子。

男孩泪流满面从百里外的师范院校急急赶回小村，老兵再也没有留一句话。男孩依然看到那面迎风飘飘的五星红旗在老兵房上艳艳灼人。男孩伤心欲绝，抖索着把那面满是补丁不成样子的红旗轻轻盖在老兵身上，顿时，红旗更加鲜艳了。

斯年七月，男孩自筹资金在老兵住处建起一所简陋的学校，男孩从师范院校毕业，自愿回到小村。开学那日，男孩手捧一面崭新的五星红旗，昂首阔步来到旗杆下，正式敬了一个军礼，红旗随东升旭日徐徐而起，男孩满含泪水，望着呼呼飘扬蓝天的红旗，呜呜哭出声。

那个被老兵养大成人的男孩就是我，如今的一个小学教员。

母与子

小镇不大，有一座如山的破烂堆，这里是收废品的地方。每天这里生意很红火。听说收破烂的主人叫钱又发，他特忌人们喊他破烂王，为此大家都叫他钱老板。

钱老板生意不大，做得可有兴致。小镇的人手头拮据，废弃了的杂物也不抛弃，拉到这里便能换来崭新的钞票，换回些油盐。为此，还有人专捡破烂营生。每隔一到半个月，总能看到一位近八十岁的老女人拉着一大车破烂，在夕阳的长影里蹒跚前行，凄苦又艰难。来到收废品处，缩回艰辛而饱经风霜的老脸，伸长裂皮的茧手，轻轻地，一个一个地卸下破烂，卖掉。小心地把钱塞进最里层的口袋，瞅一眼钱老板的脸，问一句："你听说一个叫破烂王的人吗?"钱老板反眼一瞪："从来就不知道，别说听说过了。"老妪一声不响，拉着卖掉废品的空车，蹒跚地顺着落日的方向离开了，直到夕阳把她笼罩得无影无踪。这时，钱老板嘴角一咧，看看老妪抛下的杂品废物，用脚踢了踢。此时又有人叫钱老板看秤。

又是一个半月的光景，一个秋风瑟瑟，落叶飘零的下午，风不大不小，且特寒人。老妪从杨柳飞落的行人道上拉着板车，抖索着，走来。夕阳没大没小，偏是在老妪来时的路上消失进西边的山野。蓬头灰面的老妪又一个一个卸下杂物废品，打量着，喊："杂物主人，我要卖掉这些脏兮兮的东西。"钱老板盯着老妪，看一眼："三十二斤。"老妪忧虑地看着废品，伸出带有血丝的手把钱塞进衣服表层的口袋，以凄婉的口吻问：“你认识有一个叫破烂王的人吗?”老妪语气沉重，有恳求声。钱老板用手扶住车把说：“不认识这个人。”老妪拉起板车，被落叶吹送着，慢慢消失在秋风暮色里。钱老板看着老妪走去的方向，默默地整理老妪卖掉的杂物。整三个月，老妪再没有来过。钱老板看着星稀月明的夜晚，或小雨沐浴的晚秋，对老妪来去的方向苦苦地盯着。听人讲，那老妪在两个月前，在一处工地捡破烂时，不小心被飞抛下的落砖砸断了右手。人们说得很游戏，但钱老板听得很动情。

又是一个大雪纷飞的午后，老妪从银白的天际，碾断白雪行人道，似一匹木呆的老马，有气无力地拉着板车走来，小道被她踩得摇摇晃晃。老妪是单手抓车把，一只手深深地塞进裤腰里，声音是落地的雪花：“钱老板过秤。”钱老板急奔过来。“二十五斤半。”钱老板用沙哑的声音说。老妪左手接过钱，又怅怅地问一句：“钱老板，你见过我的儿子，小名叫破烂王的吗?”钱老板忽地眼睛湿润了，簌簌地落下泪来，用带有哭调的颤音说：“我就是您要找的人，娘，我叫破烂王呀。”老妪紧攥钱的手松开，钱落在温暖的雪地上。

彩虹西坠

彩虹西坠的天，我总要凝目西方的田野，轻轻地看，浸散西天道道光彩绚丽的虹。它红艳，纯美，吉祥，宁静而遥远。很像一个妙龄的女子挣扎在尘世上的影子，一闪即逝，令人难忘。

多想永久地让它生长，看它，读它……

认识女孩虹是一个秋雨淋漓的暮夜。我趟过对面马路上的积水，去商场买些零用的稿纸，一位裙衫飘飘，秀发垂腰，翩翩妩媚，满脸净洁，极俊雅的女孩含笑作答。女孩子气质高贵。像教员，像作家。她叫虹，刚来这个商场上班不久。

虹是个静僻、清苦乡村里文化程度不高的女孩，她像好多这个时代的年轻人一样，没能耐下性子，进城赶潮的。她做过好多零碎的活计，她说，生活很苦，很累。从她细小的声音中，看出她一脸难言的忧伤，但她的意志竟那样坚定：为了生活的富足，为了寻觅意中佳人而涉足。眼前楚楚动人的虹是一个美丽仙子，倘若她是上帝的宠儿，我认为，她决不会这般下凡人间的。看看窗前那片灯雨摇红的红枫叶，冷落孤凄地贴在雨夜的玻璃上，已是雨痕狼藉。我安慰她，要她坚强，美丽的虹破涕而笑了。

第二次见到虹是在街心的人流处，虹满面春风，鲜艳之极。她从出租车中探出头，微笑着与我打了个照面，我几乎没有认出她，高档的衣料加上她那种气质，不能不令人相信她就是豪门富家的天使。她热情地拉我走进书店，买了好多书，请我吃茶。她说，人要知恩图报，我答谢再三。我有意和她做个朋友，她嘴角一滑动，那种无奈的笑意令我心底生疑，她一甩秀发，用英语问我："你有钱吗？"我哑然，慢慢从座椅上站起，走了。身后有她的喊声，你的书，你的书。我没有回头望一眼，径直走了。我知道这时的她已是一家大酒店大堂副经理了。后来，我看到她与各界名流谈笑风生，也听到关于她的传言，一个乡下妹子，坐什么样牌的豪华车，吃什么价码饭菜，等等。尽管对她有足够的轻视，然而还是认定她的能力，或许人生的无奈，或许对生活的恣肆。而后，便也看到一个大她一截的将军肚男人，手拿大哥大，腰挂 BP 机，搂着她的腰身出入金店、商场和电影院的身影。虹满身珠光宝气。

一个星月阑珊的午夜，寒风哭嚎，我断定，鸟儿在黄昏前已落巢。无边无际的灰蒙，很远、很空，寂静的街面，已没有闲人的影子，昏花的街灯明灭着。一团街灯下，一个孤独的身影，无依无靠地在冷风里静静伫立，我想，只有无家可归的人儿才能站成那种畏缩的影儿。我走近，是一个身单力薄的女孩，特明显，腮边挂满泪珠。是虹，是乡村里的虹。虹，你怎么了？我痛惜地追问。女孩没有作声，呜呜哭出声。虹嫁给了那个能做她爹的男人，是她的老板，男人在潇洒、风光，对虹厌烦之后，把虹赶出了酒店。那夜，美丽的虹哭得很伤心。我读出她凝固在嘴唇上的声音：死，比什么都幸福；死，可以解脱一切痛苦。这话，我听过……

与虹永远的远离是在医院。那个秋末的夜晚，虹似天际一抹满含泪水的云。虹能在一家化工厂上班了。那个飞雪如刺，大雪散布四野的午后，几个幼小的孩子在化工厂污水池玩水而落入池中，不会游泳的虹毫不犹豫跳入水中。虹走了，虹很单薄地走了。我相信，那一刻女孩虹家乡山坡上的苦菜花含满了泪珠。关于虹的故事或许没有果实，但是它开花，这种花开的声音，是阳光碰落在雪地上，很弱、很细、很碎。

漫步雪原。偶尔，一个赶着羊群的女孩扑入你的视野，融入雪野。清秀的脸儿和那翠红的粗布花棉袄像雪地绽开的一朵猩红梅花，特别耀眼。我相信那是天边的一道虹。

绝响

七爷明白事理，是个大明白人。村里谁家有红白喜事，七爷不请自来，都收拾得有条不紊，不用张嘴讲话，手脚比划比划便让人们做得完美顺意。七爷有威望，解放济南时，还为解放军抬过担架，淮海战役，推着满载粮食的独轮车跑在送粮队伍最前面。七爷跑过旱船，身背弹药箱误入敌我对垒战场，差点儿送了命。人们说，七爷一点儿文化没有，可谁好谁孬，七爷分得最清。

七爷对土地一往情深，对粮食更是视若生命。就连吃饭时，一只手也要放在嘴巴下，把落掉的馒头渣在手心里抖抖，再添进嘴里。或许七爷是被灾荒饿怕了。七爷排行第七，前面六个哥姐，在那个没钱没土地的社会，因饭粮断顿，疾病不治，全都夭折了，偌大的一个家庭，就剩下七爷一根独苗。七爷一身正气，疾恶如仇，身正心平，赢得村人的不少赞誉。七爷不是党员，前年，村里民主选举村主任，七爷得了满票，博得满堂喝彩。七爷摇摇头，用手摸摸满腮的胡须，手像荷叶在天空摆了两摆，脸上显露微苦的笑，没言语，默默离开人群，走了。是年，七爷六十又二。

土地是农民赖以生存的命根子，有了它，人们才能填饱肚皮，创造美好新生活。可就在满眼浓绿挺拔旺盛的玉米苗盈尺之季，乡里决定在肥沃的良田上，铲掉玉米苗，修建二十多亩见方的一片砖窑场。说是支援城乡建设，挣大钱，同时响应上级号召，精简乡镇机构，充实企业一线人员，这是乡里的策略，雷打不动的。酒后从乡里跑回村的村主任，回村后动员群众如是说。村人们一下子蒙了，各抒己见，像开了锅似的吵闹。如今生活好了，可人均也就半亩地，咱们庄户人丢了土地还能干什么。对，土地不能废，良田不能改，咱们的血汗（庄稼）不能毁坏。此时，就有人去找正在田里干活的七爷。七爷满脸红涨，提着鞋，满腿是泥，一路小跑回村了。

五日后的一个中午，七爷正在玉米地里锄草，他两手紧紧抓锄，直直盯着秧垅，不忍铲掉一棵苗儿，黝黑的脊背上汗珠子不时滑落在庄稼上，似乎，手握锄把处有血滴渗出。今年风调雨顺，庄稼长势好，农户有盼头了。七爷干得正酣，身旁便有二三行人斜踏着秧垅走近他，七爷抬头看时，村主任正指手画脚地给一个陌生人指指点点，陌生人身后还有一个戴眼镜、夹公文包的青年。来人点着头，不时发出一阵阵朗笑。大约离七爷三米远，陌生人像要与七爷打招呼，表示出一份善意友好，一不留神，一脚踏下三棵玉米苗，村主任便叽噜哇啦说了一通，加上手势招呼七爷。七爷视而不见。七爷甩甩脸上的汗水向远处望望，花白的阳光下，几辆载着货物的大车正把车上的东西向田地里抛。微风中，庄稼弯下腰，又抬起头，像在乞求毒花花的阳光别那样刻意煎晒它们。猛然间，七爷怒不可遏，用手抠掉锄头上的泥巴，用力向来人打去，村主任一歪头，不偏不斜，正打在陌生人的头上。来人抱住头，倒退几步，一时惊呆了。村主任回过神来，便手指七爷大骂，老绝户，翻天了不成，谁想阻拦也办不到……七爷一句话都没有，倏地，他把锄头扔在垅上，忽然，朝陌生人冲去，只两步，七爷直直站在陌生人踏下的断苗处，盯盯压断的玉米苗，再看看来人，七爷脖子上青筋暴出，他要说什么，但始终一言未发，继而，一行热泪涌了出来，七爷慢慢蹲下身去……

当乡村的炊烟缭绕而升时，一辆乡上的警车转进小村，下来两个民警，推撞着便把七爷进车里，小车丢掉几股青烟，拉着让人心惊肉跳的警笛便跑开了。村上人说，七爷是个大明白人，咋就那么想不开，又不光是他自己的那半亩地，唉！上了年纪被戴上手铐的七爷，是个老哑巴！

小城故事

（一）春风

一个阴雨蒙蒙的春夜，沥沥的小雨泥泞了街市。我去小城一所医院探望病人，一个秀发飘飘，极俊雅的女孩亭亭玉立在我视线里，女孩很美，美得像一块反光的玉，似窗台那盆日光灯下的梅花，清纯素雅，在静处闪烁，且花香四溢。她叫春风，刚刚从山医大毕业，是这所医院的儿科医生。她恬静、温情，美目流盼，像一幅光洁有度的油画。

春风心中有宽阔的爱，去温暖每一个病儿。轻柔的，善良的，时而把纤细雪白的手抚在病人额头，笑意盈盈，细致而耐心。从我职业的感觉中，我觉察女孩技术并不老练，但她格外用心，我想，女孩医术会日臻完美的，人们亲昵地叫她春风大夫。我匆匆见到过病房值夜班的她，玲珑，温文尔雅，让人过目不忘。

一个夏日明朗的午后，空气似炉中凝聚的炭火，散布四野。我刚要穿越对面马路时，一位极青春、也赶潮骑单车的妙龄长发少女恰巧把我拦在马路中间，一张蓄满笑意的脸，一双雪亮闪着智慧与灵光的大眼，我认为她是这座小城最美的女孩，像儿时童谣里的传说中的仙子。她叫春风，脱下白大褂，着一身得体米黄色淡装。美丽的女孩没有丝毫的涂抹，像纯纯白白乡下秀美的村姑，雅倩、文静，红润光亮的脸，且冰晶玉肌。女孩站在我的眼前，似夏日一处清凉的柳荫。我便知道女孩春风是一个生长在南方繁华大都市纤细富有水乡灵性的佳丽女子，大学毕业，她自愿来到这贫困偏僻的小城，无亲无故，形单影只。美丽的女孩平平淡淡一席话，倍显人格精神的高尚，为了一种志向，为了那么多贫困的人儿，甘愿来此。从此我知道，一个江南水乡少女来此小城服务的故事。后来我又听说，做医生的女孩春风是如何细心给病人看病，帮助病人支付医疗费，接济贫困，温暖人心的。几乎关于她的传言很奇特，也神话，人们都说她的好，一个人，一个极有爱心的女儿家，让人刻骨铭心，在我的心里便深深印有一个品貌俱佳叫春风的女孩。

秋日里一天。我因采写一篇有关医院方面的稿子，再次踏进小城这所医院，当问及春风时，六十多岁看门老人泪湿眼帘，怅怅地说，春风姑娘走了，走很远了，再没回过头。我哑然，感觉美丽的女孩就在眼前含笑而晃动，善良的她怎能这般草草走了呢？春风走了，走得很突然，让人心痛。她身染疾病而不觉察，一个深黑的夜，美丽的春风默无声息远离尘世。哦，一个名叫春风的南方水乡女孩；哦，一个献身于北方这座小城的南方女孩，你的故事让人魂牵梦绕；你短短的人生，让人竟牵出多少美好的回忆呵！

（二）雨霖铃

小城，你沥沥的雨，是我干枯不能再流落的眼泪吗？为了一个离我们而去的女孩；为了一个我深爱的朋友。我痛苦不能自已。

小城只因有了你，我不再孤独。

为了一种志向，踏至小城。希望从灵与肉的废墟上采摘故乡泥土的芬芳，拓开那漫漫醉心的文学路。一个风雪交加的冬天，小城首次举办一个文学沙龙，你来了。一个瘦弱、单薄，坐轮椅的女孩，双手摇动着车轮，从白雪皑皑的银白路面慢慢过来。特明显，你的裤腿被风雪左右吹动着，给人深深的震撼。一个雪人儿，一双紫红的手，一双洁亮的镜片在鼻梁上反着白光。我以为她是一个天使，一个雪中精灵。你启开皓齿发出暖暖温意，你叫玲，一个左腿残疾、爱好文学的女孩。

你叫艾玲，我深深为你的不幸而心痛。

1995 年高考，你以优异的成绩考取山东财政学院，可命运对你不公，偏偏你拿到入学通知书的当儿，老天降灾，才发觉你患了骨癌，左腿不得不截肢，我无法想象一个妙龄女孩在天堂和地狱之间是怎样徘徊、挣扎的。你没有理由不选择地狱。你想学张海迪、走张海迪的路，你顽强地含泪说。

年罢，在一个雪天我去访你，敲开你的家门，你笑容满脸迎来。闯入你的书房，卧室和书房是一间，满柜满床的文学、医学书籍，书桌上厚厚的笔记，知道你在勤奋用功。轮椅是你一双灵活的腿，倒茶、让坐。为你高兴，你已走出生命误区，不再谈及美丽的蜻蜓突然被折去翅膀，不能跃飞的痛惜。看你由于熬夜瘦弱的身影，便生出几分心痛，你一笑了之，无可奈何地拍打着自己时疼时木的腿。约定，以后再来，以自行车铃声为号，你高兴地答应了，以后的时间看过你好多次，你大多是打开后窗的布帘，示意你在学习或写作。有时候你在窗前挂上一块写有“暂勿打扰”的木牌，在晶莹的窗内做一个鬼脸，打一个谦让的手势。我笑了，作为朋友，我在窗外等你，常为你饱满的干劲而振奋。在小城为琐事所累时，你劝说：“任何人不会击倒你，只要你意志不败。”

结伴几位文友去看你。文友拿你一篇《窗之恋》散文传阅，我一下看中了，说给你带回市里。可你还是锁进抽屉里。最终，文友说传看，拿走了，便发表一家日报副刊上。我拿报纸见你，你很激动，泪光闪闪。你没有说一声感谢的话。不多几句，你有意赶我们走。你哭了。你说你到外面去读大学，这几天就走，以后不会再见面。这是 1997 年盛夏。你关上了你的门。

当我站在你的窗前，经久不息地拉响自行车铃，没见你拉开窗帘，更听不到你室内的响动。好久，你妈妈出来说，你到外面读大学了。我看到你妈妈那憔悴的神情，我的心生凉。

直到一天，一熟人说，艾玲死了，死于骨癌。死前想见见你。我的心震颤了。

好几天，小城都在夏末秋初的阴雨里依恋，暴雨苦降。密密的雨滴落在沟渠、河流、积水里，打下一个个圆圈，便融入平静里。其实，人何尝不是这样呢，生于自然，而终要归于自然呵！

（三）红风衣

一连几天，嗖嗖的风像刀子剜着人的皮肉，净是西北风，特寒人。若不是闰八月，冬已是到了。

说不定是飘雪花的天。说来也怪，近几天夕阳的暮色把晚霞烧烤得那个红，似台火红的炼钢炉。所过云彩，一片彤亮，行人的脸，被晚霞映得就像喝了好多烈酒。这时，便总能看到一个穿红色风衣的女孩，从小城尘土扬起的路面，随风疾驶。霎时，融在彩霞翻飞的暮色里。远远望着，那波荡的披肩发，那宽松的红风衣，是一朵盛开的梅花。看那修长的身段，料定女孩很美，光洁照人。

又是这样几个可喜的夜幕。人们说，这是天呈吉祥的预兆。人们愿意见这样的彩云。但红风衣那个女孩一直没有从此穿过。啥原因呢？很多年轻人纳闷。一时，红风衣女孩不幸死去的事便传开了。人们猜想一些年轻人的鬼话，怀疑是吃不着葡萄就说葡萄酸的缘故。但它却是真的。红风衣女孩果然年纪轻轻就死掉了。

那日，晚霞映红小城时，红风衣女孩收拾好一天的钱款放入保险箱，准备下班。女孩是一所银行营业所的储蓄员。看到一辆蓝鸟牌小车驶近营业所门边，便麻利地打开门，提起钱箱跑过去。往常，蓝鸟牌汽车一出现就是她们所下班的时间。红风衣女孩的前脚刚跨出门槛，便听到两声沉闷的枪响。倏地，几滴通红透亮的血滴溅落在车窗挡风玻璃上。晚霞映红了几个鬼祟的人影。血滴落溅成一朵朵艳丽的梅花瓣。血红霞光里透出丝丝骇人的凉气。街面上的吵叫声，霎时哽住了，叶卷尘土的冷风迷盖了人眼。是几十年来所未有的一场空前劫难，歹徒窃击营业所。一个活生生的灵肉，像一团燃旺的火群被压进水底，转瞬即逝。警笛声由远而近，巡警巧极赶到。几个歹徒四散逃遁。人说，罪恶的子弹打中了女孩头部。女孩倒地时，握钱箱的手没有松开。红衣女孩像一块红手帕，慢悠悠从空中落下。卧地的女孩似一只受到惊吓的红狐，卷成一团，又像一朵艳丽的梅花。在这万道霞光里，女孩融汇成一道令人伤感的冷风景，但箱中钱款完好无损。

女孩似乎走得很轻率，像烟飘云散的那彩霞，就那么一会儿。年轻的女孩没有隆重的葬礼和悼别仪式。人们很可惜地说，女孩很年轻。

红衣女孩匆匆逝去，是人不可想也不可及的。红衣女孩，今年大学毕业，她死去的那天，是她刚刚参加工作的第5天。

夕阳的热度猛高，彩云的舞姿猛红艳。当人听说红衣女孩死去的事后，都望天哀叹，没有人再说这样的天气是好兆头，但西天那迷人的霞光彩云，令人遐想，很吸引人。

原乡人

（一）原乡人

物景之美莫过于田野和乡村了，对于我这个生长在乡村的人来说。天籁、薄雾、晨月及夕阳下流光溢彩的暮霭，笼罩下的且浓且淡悲喜的乡村故事。乡间菜畦地留落的迹迹禽蹄，清新如一丝丝游走来的田风，令人陶醉。我怀想乡村苦也乐的那串串清瘦的故事，追记清苦朴素的农家生活，不禁在万般思恋中独具滋味。给我新知灼见的是久所未闻的乡间拾粪人，那是一抹久聚不散的游思，浅淡而饱含乡愁。

怀想记忆下的村人，对牛、马、猪、羊可谓熟知，它们零散的粪便被人拾入粪筐，用作庄稼的积肥，向来不陌生吧。昔日，它是乡村不文的章律，而今，或许我气息奄奄苟活在世的二爷可谓一斑见证。我银丝灿灿的二爷如今依然还忧心忡忡地拣拾着他沧桑人生。这个霜天如扫，万木若枯的隆冬，二爷低矮的瘦影从远处蹒跚起步，脚下吱吱的磨地声，伴杂锐利器物钩挂冻天冰土的刨击声，和着粗糙的喘息，乡间二爷用他昏花的老眼盯住地上已深积的一摊猪粪，奋力抠挖，胡须下的水滴如镜走珠。我招呼二爷，他笑笑，孤单的二爷便一瘸一拐地消失在雾气里。

二爷拾粪的故事是村人讲也讲不完的话题。四季转换，阴雨晴日，从没有改变过他每日早早拾粪的惯例。二爷也有苦愁的往事。年轻的二爷人高马大，英俊淳厚，并有一手泥瓦匠的好活计，在七里之外的小县城干活时又爱上了一位知书达礼富家人的姑娘，憨厚的二爷便从此借拾粪之名每日黎明与姑娘幽会，富贵家姑娘的家人怎能会接纳一贫如洗的二爷？年轻的姑娘在家人重压之下仍没有屈服。一个梨花满院的春晓，二爷在邻村与姑娘再次约会后被打成残疾，扔入城南老运河，血头血脸的二爷宁死不屈。他发誓，要载金山银海来娶姑娘。后来，时局事变，姑娘被挟裹异地，后又去了台湾，临别，姑娘跑进小村（此时二爷无奈远走他乡），表示誓死非二爷不嫁。

流落异乡三十载的二爷踏入兵荒马乱的年月，到老年时，满载一身酸贫苦楚的他回村了。时代的更迭，二爷清贫依旧。如今的乡村，农家拾粪人真可说是罕见，然手勤心痴的二爷依然干起拾粪的行当。日月积累，禽粪堆积如山。二爷悲苦的心事从不和人言说，只有看到背粪筐的二爷在田间村落发出几声哀叹，人们才能感到经历世纪风雨的二爷对人生命运的态度。听他的大侄子讲，二爷已是肺癌晚期，二爷，一位世纪老人，一生苦若蓬草，坎坷多舛。和二爷谈着，触及苦处，二爷便苦笑两声，摇摇头，昏浑的两眼盯住地面，背着粪筐仔仔细细地走了。或许，二爷正寻找他再无着落的那段旧情。二爷：李二民，斯年八十又五。

我常怀想。二爷，既然命运定格在此生多舛和颠沛上，何不在生命极终，坦然地面对苦闷与彷徨，在朝不虑夕之年平平安安地过上些时日呢！沉默寡言的二爷，是追惜不复存在的流年吗？有生之年的二爷，时时盯住每晚的新闻联播，了解时局，想知道遥遥相望的她是否健朗于世。二爷常念叨着那个人的名字，说着说着就老泪纵横。

（二）蝶恋

世事沧桑，今非昔昨。大奶奶十六岁嫁至我们家，就这么一嫁改变了一个女人的一生，痛苦，孤凄。大奶奶嫁过来那年，大爷爷便被抓丁的日本兵带走，渡海去挖煤做劳工了。大奶奶爱她的男人，到死再也没嫁过二人。白天黑夜，大奶奶为她的男人纳鞋底，盼她的男人回来。一滴血，一滴泪，鞋子做了一土缸多。日本兵后来被屁滚尿流地赶跑了。大奶奶说她的男人会回来看她的，他离不开她。大奶奶大母亲十多岁，长得秀美、灵巧，我们村没有第二个女人比得过她，大奶奶无儿无女。我排行老三，母亲因儿女多，揽不过来，大奶奶便把我抱在怀中，一颠一颠地带走了。大奶奶心眼好，人又长得漂亮，两条又黑又粗的大辫子，一直垂到臀部，墨染油炸似的黑亮。再破再旧的衣服，她穿上身，都好看。

大奶奶二十九岁那年，把两条黑粗辫子铰下来，卖了八毛钱，村里的媳妇们可惜地问，为啥又黑又漂亮的头发剪掉了。这年月，不嫁二人了？大奶奶哭了。她只说帮我去读书，就再没说啥。记得某一年夏夜，大奶奶和我在牛屋里住，把我的鞋子脱了，让我爬进被窝。突然墙角油灯火明的亮。大奶奶呆住了，油灯缠住了蜘蛛网，火苗爬上墙，正燃着房顶的茅草。三头牛哞哞叫着，一场灾难性的大火迅极而生。大奶奶试着几次用水泼，都没灭。火烧得茅草啪啪响，烘得牛屋一片透红。倏而，大奶奶把身上的粗布白褂脱了，闷在水里，扔上去，把火压住了。那一瞬，我看到了大奶奶那年轻丰泽裸露的上身，是一个身段极标致的女人。门外窗隙传来男人轻轻地叹语。那夜，大奶奶哭了。至今我才明白，大奶奶剪辫的事。

大奶奶四十岁了。曾祖父、曾祖母死后，有好多人劝说，提亲，要大奶奶改嫁。大奶奶只是满含眼泪说，她男人离不开她，她男人会回来的，她要耐心地等。四十岁那年，大奶奶每天都要把头发梳得光亮，身上的衣服洗得一尘不染，更显年轻了许多。一天要无数次地跑到路边上眺望，望断夕阳，到晚饭时分，才一个人慢慢回来。庄稼活是一种苦力，赶上劲非男人不可，可大奶奶嘴角一笑，硬硬地挺着。五十多岁的大奶奶干活仍麻利，她夜里睡觉很少，白天在责任田里忙活，累散了骨头架子，可夜里总不睡，编包片的机子在亮洁的灯下，被大奶奶舞得光芒一片，直响到后半夜。大奶奶不愿看电视，八月十五那夜，是个亲人团聚的日子，我拉大奶奶看电视，亲人们在一起热闹热闹。当看到电视中男女主人公，因爱而生情相吻时，我偷偷看到大奶奶眼里挂满泪珠，直往下掉，再看大奶奶时，她已默默离开了。那夜，大奶奶把脸埋在被子里哭了大半夜，一点也不听劝。

村里的人说，你那男人怕是做了官，不回来了，新社会了，也该找个伴了。年岁大的老人去了，孩子们会同意的。大奶奶眼里溢泪，苦苦地说，咱不图他做官，只要他平平安安回来就好。几十年了，我离不开他。他会回来的。我进城工作那年，大奶奶已是一位耄耋之年的老人了。我劝大奶奶，我在城里给大奶奶找个伴。大奶奶没说不同意的话，儿呀，你多打听着点，看看你大爷爷那边有没有音信，几十年了，我想看他一眼。说此，我的泪来了，默默地，我没有再说什么。

大奶奶到了不能再干体力活动的年纪，放了十几只羊，每天傍晚才从乡间那条羊肠小道上一步一回头地遥望着远天的残阳断崖，每天都要捡回一大捆树枝，背回家。晚年，大奶奶提出去敬老院，我一直没让去，就说，海那边常有人来省亲，大爷爷来了不好找到您。大奶奶，我不是高粱地里的溜虫，我会养您到老。大奶奶微微一笑，不再言语。

大奶奶去世时，紧紧拉住我的手，神志很清醒地说，儿啊，兵荒马乱那年月，你大爷爷早走（死）了，四十岁那年，我就知道了……

大奶奶幽然的声音戛然而上，头一歪，两行滚滚的泪珠挂在脸颊，大奶奶上路了。

如今，我看到好多现在的女人，我感到大奶奶一生做错了好多次好事。我也感觉，一种精神并不是披挂了什么思想而存活着。悠然，大奶奶几十年的那种孤独、沉默，牵我入怀。大奶奶在等她的男人的路上，睡成了一座碑。大奶奶！四十岁之前，你们誓言生死相见。大奶奶那四十岁之后呢？瑟瑟的风，加伴着闷心的雨，在大奶奶坟前，我燃亮一剪纸钱，安慰着大奶奶。

（三）刘河东

驴子崖的刘河东画得一手好画，十里八村的人是有目共睹的。

一些老年人都知道，前些年村里的刘河东十三四岁，县礼堂的那幅迎客松就是他的杰作。人说，这孩子一辈子都好，就错了关键的一步。也有人讲，是那年代的事。那年，“四人帮”还在台上，开国元勋们一个个去世。全国人民沉浸在悲怆中，刘河东十四岁，因画一手好画，有灵自通，保送进县办的“七五”红专大学，就是县里有名气的小画家。画笔在他手里点点划划，就是一幅批斗牛鬼蛇神的好材料。那是一个中午，人们集合在一个广场上，造反派头目向激情高昂、热血澎湃的人群宣传最高指示，要牛鬼蛇神从实招来时，同班一个女生，站在刘河东的前面，不知咋那么巧，那个女生忽地在这个要命的节骨眼上放了一个响屁，年轻活泼的刘河东忍不住发出脆铃般的笑声，就笑了一声，彻底改变了刘河东的人生。勇敢自发的人群饿虎般扑过来，那个女生见此，羞着掩住粉红色的小脸，哭声更亮，顺势就踢了一脚刘河东。当公安局的人拨开群众，刘河东已是血流满面，惨不忍睹了。现行反革命，反党反社会主义的黑爪牙，革命队伍出现了内奸。刘河东残气吁喘，争辩说，我不是故意的，她放了一个屁，我实在忍不住了。刘河东被造反派戴上手铐，在各个场所游行、批斗，“架土飞机”，一只胳膊被架折了，十四岁的年龄，走路晃晃的，像蹒跚学步的孩子。从那时起，刘河东再也没有笑声。那个女生，因哭声高昂洪亮，思想红，觉悟高，敢批斗，受到表扬，送进大学深造。县公安局的同志，来驴子崖村翻遍了刘河东家庭历史，曾祖父、祖父、父亲都是曾给地主放羊牧马的长工短工，家庭是清一色贫农，红色的苗。刘河东沾了家庭的光，“四人帮”垮台，刘河东被放回家，娘狠狠剜了他两眼，爹动手死命地打了刘河东两耳光，给我滚，我们没你这个儿子。也有人说，这孩子该坐十年八年的大牢。也有人说，孩子是个吃屎的孩子，不懂事，反正过去了，也就算了。从此，刘河东低人一等，干最苦最累的活，上学无从提起，雨天雪日，还要出门扫街、刮水，和三教九流混为一谈。

一年后，刘河东来找大队书记说，大哥，本乡本土的，我好孬也是“七五”红专的学生，同班同学，有的上大学，有的参军、驻队，村里认字的少，我就帮咱大队做点事吧！书记听后，朗笑，兄弟，你咋不早说，你是红专大学的毕业生，咱县有名的人物，你若不提，我都给忘了。回家等着吧，猴年马月，我不干了，你再说。当晚，大队召开批斗大会，刘河东被揪出来，书记要人们向刘河东脸上吐唾沫，刘河东满脸臭气，唾沫像尿粪从他脸上掉下来，群众把刘河东的头削成了秃子。刘河东气得脸色铁青，眼光发蓝。那晚，星星特密，晃晃的，月亮敞着丰泽的圆脸，悬挂在西天。半夜，刘河东就不见了，人们在河滩看到刘河东的鞋子。他娘哭说，俺儿死了，乖儿，咋那么想不开。老婆子哭了又笑了，老婆子疼儿子疼疯了。

一晃，几十年过去了。刘河东似乎被人们忘记了。如今公社换乡，大队变村，农民责任田里的小日子过得有滋有味。刘河东再次出现在驴子崖街头，少许，有几个年岁大的人认出刘河东，关心地问刘河东这些年咋过的。

刘河东没死，那夜的确想寻短见，跳河，后来还是去了东北。先在农村讨饭、作画，后来混进城里，在沈阳一家广告公司做策划，自身依然是一贫如洗。四十几岁的人了，如今光棍一条。人说，刘河东恋家，爱这黄土地，叶落归根，离不开这个他生生灭灭的家。刘河东的爹娘早亡故了，刘河东没啥亲人，没有责任田，便在就近的村庄重操就业，为乡民们在门窗、橱柜上作画，时间一长，刘河东的名气又在周围小村起死而回生了。挽手平气，马步、顿足，几点墨滴，在他手中画笔一摇，就是一幅活生生的画，色泽鲜明，物润瑰丽，栩栩如生。画风朴素，不染富贵，只添豪气，有股沉郁昂扬之感，又显玲珑之巧。山水啦，花草虫鱼啦，就跟微山湖那活物一模一样，依这人们对刘河东多了几分友好。东家请了西家请，在平民百姓眼里，刘河东是个宝。刘河东有兴致，画更加明丽，画笔如刃，咋画咋有灵。刘河东为农家作画，从来不索要钱财，有口饭，他就去，不用喊，只要大人小孩传个话，是说一不二的。刘河东人缘落的个好，就有媒人给他说亲，本乡村的寡妇们是看不上他那衰老又深邃、沧桑的样儿，且神经兮兮。四十多岁的人了，如今姑娘们更不用讲，一点门没有。村人们说，他外表不好看，沉默无语，心灵美着呢，若不是出现早年那事，他得选着挑呢。村里人们筹足五千元钱，给他领来一个外省姑娘，小姑娘十八九岁，小他一大截，两人就是看对眼，见面就黏糊上了。刘河东暂时搬进别人家的小屋，算是有了个家。好景不长，一个多月。乡派出所来人把姑娘带走了，说是人贩子把姑娘从外省拐卖过来的。姑娘爹娘见到姑娘，哭哭啼啼，姑娘心也就软了，姑娘爹娘再看看刘河东，死心拉姑娘回家。姑娘识劝，便随爹娘一道回去了，刘河东脸上没有丝毫表情，直直盯着。

那天傍晚，星星很稀，灿灿的，半个月亮从村边树林爬上来，特明。刘河东喝得大醉，泪流满面，光着身子在街上乱跑，并放声长笑。这是刘河东几十年来又一次狂笑。人们知道他心里难言，没法忍。人们没有怨恨他这般过激之举，原谅了他。

如果刘河东还活着的话，如今他已是一个年纪不轻的老头了。

在人间

（一）哑儿失聪

遥远偏僻小村的人们生活拮据。生活在那里的孩子们苦，孩子们没有书读最苦。

人们都说哑儿这孩子鬼精。1996 年腊月二十九日上午，西北风猎猎的，天气阴森，河中的冰很薄，但没有一点融化的迹象。几个毛手毛脚的孩子穿着崭新衣服，在河边嬉戏。突然一个孩子急呼，既而，几个孩子被吓得鬼嚎。顺着北风，孩子们的哭声乱了人们的心思。就看到一个七、八岁的孩子在河中央冰凌里，两手着冰沿，头一抬，一声哭喊，接着又沉下水去。冰薄水深，河岸边被哭喊声招来了不少人，大人跺着脚，语无伦次，不知如何。孩子们吓得直往大人怀里塞。猛然间，一个十一二岁的男孩，一幅脏兮兮的小脸，一双铃铛样的眼睛特别漂亮，从土墙根拉出一根碗口粗、丈余长的干木棍，推入河中，架在薄冰上。接下，男孩伏上木棍，敏捷得似只猴子，三窜两跳，爬向落水孩儿边，冰被男孩压得咯咯直响。河岸上的人们看呆了。男孩在大人帮助下救起了落水的孩子。男孩就是哑儿，是随娘来看热闹的。大人们抚摸着男孩的头，直竖大拇指，男孩聪明，可惜这孩子是个哑巴。

下午，哑儿娘说，明儿就是年了，今个把活忙完，待到明儿，就要干一年的活，是个忌。一边招呼哑儿的两个弟妹去写作业，便把饭桌搬到院里，一面又拿起一把铁锨，拍了拍哑儿的肩，指指家门口那个土猪圈，挥挥锨，向哑儿示意。哑儿接过锨，默默地，眼珠斜瞥天角的两朵云，又瞅瞅俩弟妹把书放在桌上，两腿跪在地上写起作业，才慢慢离去。哑儿在猪圈里一小锨一小锨地努力着把猪粪铲起，抛过比自己矮一头的墙外。看着两个认真写作业的弟妹，铲一锨，哑儿都朝这边瞅瞅。似乎，哑儿不在注目弟妹，更多的眼光是落在弟妹手拿笔的纸上，近乎渴望。偶尔，哑儿也能看到娘在厨房里蒸馒头，烟囱里冒出的烟火，哑儿便笑笑，啊啊地叫着，比画。叫得娘烦了，娘便拿着烧火棍跑出来骂，乱了你弟妹学习，我熘你的肉。拿火棍在哑儿头上比画着，哑儿笑得像盛开的一瓣梅花，把身子矮在墙内，旋即，有一锨猪粪落在地上，粪沫溅到娘身上，娘便骂着又跑进厨房。

傍晚，哑儿清理完猪圈，拿起一个热腾腾的馒头啃着，站在弟妹的桌边，仔细地看，两眼犹如窜动的火苗，异常地笑，机灵地比画，啊啊叫着，像是指点。每次弟妹写作业，哑儿都这样兴奋，很是激动。今个弟弟脾气躁，不耐烦，一个劲儿用胳膊捣哑儿，说，娘，你看他，挡住我的光了。娘跑出厨房，挥挥巴掌，朝哑儿屁股上轻轻拍了一下。去玩去，娘指指。哑儿啊啊叫着，没有离地方。弟弟火气更大了，把铅笔朝桌上一摔，铅笔跳到桌下，臭哑巴，你会吗？还不滚？弟弟硬冰冰说着，拿起书本，用手在上面摆出写字的架子，比画着给哑儿看，朝哑儿就是一脚。娘又拽了拽哑儿，叫哑儿离开。哑儿脸立马好似寒霜似的巨变，瞬即又似秋末红枫叶，惊得让看了的人肉跳。哑儿倒退两步，把地上的铅笔慢慢拾起，轻轻放在桌上，这当儿，哑儿长长睫毛下闪出两颗豆大的泪珠，含之泪落，滴在书上。哑儿没有叫，没有喊，把另一只手拿着的馒头默默放在桌边，将停在嘴里的一口馒头猛地一咽，又带出一串眼泪，然后，哑儿又用脏脏的小手爱惜地振了振书本上的泪滴，猛不丁，哑儿“啊”的一声雷鸣，在空中爆响，像山野里第一声春雷，余音缭绕。哑儿跑入夜幕里。

是夜，人们寻找哑儿乱作一团。哑儿娘拿着哑儿搭在猪圈上的棉袄，泪眼涟涟。最终，寻者告诉哑儿娘，哑儿在一间打稻草包的破屋里。哑儿娘疾疾而去。哑儿正用唾沫蘸着手掌搓着草绳，娘惊讶。为哑儿披上棉袄，娘的话很软，孩子，今晚是大年夜，活，我们不干了。猛地，哑儿双手搂住娘，一双明亮眼睛注目着娘的脸，发出灼人的亮光。哑儿默默着从身后取出一个自制碗口大的土泥罐，翻倒在地，哗啦一声，一堆明晶反着光的硬币摊落在地，全是一分二分的碎钱。娘的泪，刷地就落下来，哑儿又慢慢地从自己内衣口袋里掏出一张雪白折皱的纸，展开，轻轻放入娘手里，两眼瞪得愣圆，惊惊看娘。手电筒光亮强烈地击上去，一行弯曲的铅笔黑字软酥酥地映入眼帘，人们异口同声惊呼："niang（娘），我想上学！"

（二）讨厌的憨星

憨星酒后死在一座破落的别人家的小屋。寒冬的雪日，他是半闭着眼睡死的。

都说憨星是个讨人嫌的家伙。每每东邻四宅有红、白之事，便会看到一个喝得烂醉的青年人，草蓬的头发、褴褛的衣衫上满是灰污。时而和孩子打闹，脸上绽满笑靥；时而，头顶白孝帽，与出殡的人哭成泪人。由于憨星的呆傻，也遭所谓"大人"的两记耳光，常伴骂语，不伦不类，呆傻作刁。这时，憨星都要蹲之而止，泣之而歌。

憨星的泣歌是娘经久耐烦才教会三两句，娘的心愿，或许一定是让星儿作讨饭的把式。那时，娘撒手西归时，早已为星儿做好几年以后穿的衣服和鞋子。据说鞋子帮上的痰血，就是娘饥劳而减了好长的寿，娘不在人世的那日，星儿什么也没感觉，仍旧手提着一个小锣，身后插几把纸糊的小白旗，学作穆桂英，击一下，吟一句，在晚秋的田野里逐赶盗食田地的麻雀。母亲去了，星儿还有人疼，哥嫂待星儿不薄。但星儿从中作梗，常也引起兄嫂之间相互击打对骂。这时的星儿，几乎亦是饿死，也不会向人讨口饭吃，忽地一日，星儿远去他乡，走时还说，娘为啥生我憨，你们不憨，我再也不要回来了。似乎，星儿有了好多大人心眼。一月余，家中一团糟，兄嫂四处奔波寻他，仍然杳无音信，小侄女儿争要叔叔星儿，兄嫂情疏，两人已不再相容。春天的傍晚，星儿是光着身子被好心的人们挨门挨户问到家，那时，憨星还有朗朗的笑。“在外比在家吃得好，呵呵。”那夜，哥使足劲，打得星儿鬼哭狼嚎。终一日，嫂子结发他人，哥一气之下，带上一双儿女，远走他乡，静静的小院儿，星儿一个人自由自在地生熟不分地过着。

星儿上次离家后，学会了酗酒、讨饭。娘的这招儿也没有枉费心机。

星儿不敢出远门，在就近的周围，耳朵狗一样尖，人们也时常会与之说一二。喜事，星儿揭一块红纸片儿，向主人敬喜，讨上一瓶白酒、一碗小菜，醉卧于沟野堤坝。白事，选个破碗片，学做孝子，手托盆，高举过头顶“当”一下，碎在脚底，钻进灵棚，哭个不休，这便酒菜充胃，饭饱酒足。但憨星做成逆道时，常是被揪出招人们毒打，酒菜全无，星儿便泣之以歌：好心人，给口饭，我家住在远南山，父母亡、哥儿窜，你说可怜不可怜……说得满口白沫，脖颈青筋爆出，直说得人们满眼泪花，泪不能禁，也会领至家中让其饱吃一顿。

最后一次听人们讲起憨星时，是去年夏天，憨星灌下一瓶白酒，晃动着脚跟，把举过头顶的盆儿狠狠摔在地下，哭着与送葬的队伍，入林按坟，掩脸而恸哭，一不小心，跌进坟边长满槁草的一个小水坑。第二天，人们发觉时，集满全身的蚊虫已饱死在周身，星儿大病一场。

人们说星儿这样的人，不知道照料自己，早晚得从这条路上走。话也当真，终究星儿真的还是从这条路上来了。星儿的死是酒喝得太多、太频繁，没有节制。寒冬大雪纷飞的亮夜，人们看到星儿是走进自家无窗无门的小屋，怎得第二天清早，人们打扫雪地时，就发觉星儿死在人家的小屋。

星儿死了，死后仍还讨人嫌。

（三）小表弟

表弟是表姑家的孩子。表姑父患精神病几十年，1993 年还是死于精神病上。表姑长年老病，富人身子，穷命人；表姑有一个女儿，出嫁不久，也染上了精神失常，据说是婆家给穿了小鞋所致。以此，生活的磨难将由一个十五六的男孩，我的小表弟承担。

表弟倔强。

少时，表弟在我家众多外甥中是最调皮的一个，丑陋得简直无所比拟，可小表弟不笨，因此特招祖母的偏爱。十几年间，小表弟变了，沉默不语。如今，满是愁容的脸上，原本不是一个十五、六岁的样子，每见一次小表弟，我都要落泪，不为别的，的确，小表弟已饱受生活的磨砺和家庭多难的创伤，而且还要继续下去。小表弟上到初中，因为要考中专的缘故（学习成绩好的争中专名额）。有人说，小表弟偷了学校的桌子，接济家，被派出所捕去，听说是他的班主任从中作梗，报了案，后来真相大白，小弟平了冤。那年小表弟没参加考试，我第一次见到小表弟，遍体鳞伤的身子，躺在特制的小床上，默默地流泪，见到我，抱在我的怀里，号啕大哭起来，这时候我才意识到，眼前的小表弟，原本还是个孩子。

小表弟第二年去复读时，我托一个朋友把小表弟带到一个小县城去上学，想让小表弟摆脱那伤心的环境，吃苦耐劳的小表弟学习太认真了，由于营养不良，临中考时，一场大病，两个月，小表弟瘦得不成人样，小表弟很失落。后来，小表弟不辞而别，去了广州打工，或许是倔强的表弟由于学习之事不愿见我，或许是要补济家中的生活开支，外出打工的。我对他的外出难以接受，内疚地落下泪，感觉没有照顾好他，所以我急去两封信，安稳表弟。表姑思念小表弟，病得奄奄一息时，小表弟是哭着半夜闯进家门的，辛酸的小弟离不开这个难以维持的家啊！

从此，小表弟没有再上学和外出。

当经年的老土屋被一场大雨淋塌时，小表弟便领表姑在离村一里的田埂小路架起两间茅草小屋，十五六岁的小表弟便成了个日出而作、日落而息的茅屋主人。

（四）豌豆花开

豌豆花拧紧劲，把茎牢牢绕在青青的麦梗上疯长，紫红嫩黄的花瓣儿似姑娘绯红的脸儿，浅浅的、柔柔的，鲜亮而轻盈。这时季的田原撒满一身朴实和纯真，这是儿时故乡的晚春的田野，一抹火红的夕阳映红到天边，把庄稼，树木和暮烟蒙蒙的村庄渲染成一道粉红色的风景。

儿时的故乡还没有这时的富足。田地间，一个十二三岁的小姑娘手挽一篮青青的苦菜沿着软松的田埂慢慢地抹泪轻轻地哭泣着，是小翠，是黄黄头发上沾着麦叶、长长睫毛下大大的眼睛里闪出两颗大大的泪滴的小翠。小翠弟妹多，青黄不接的时节里，小翠挖田里的苦菜接济家用。但小翠偷摘了田里的豌豆角被大人发现，打哭了。我给小翠摘掉头上的麦叶，替小翠挽了竹篮，小翠羞涩涩的，不敢用正眼看我，用袖襟拭下泪痕，破涕笑了。三哥，没去上学呀？小翠说。这是我儿时熟悉的小翠，小翠的话很实在，满带浓浓的苦涩。三哥，上学好吗？赶明和我一块挖野菜吧？翠儿跟在我的身后不停地说着。翠儿不哭时，便是不住地笑，眼里跳跃着惊喜的感激，像欠了人家的人情，特耐人看。我每次见到小翠，小翠总老远地喊和笑，三哥，放学了或上学呀，她眼里突闪着轻松和愉悦。

后来，我进了县城中学，那年，小翠十五岁吧。小翠是家中的老大，娘因病而无钱治两年前便死去，小翠成了家中一头壮实的牛，出力不少。后来她出落成一个秀丽、丰满美丽的大姑娘，那满脸弯月的笑不曾减少，且笑里增添一些忧伤。成年后的小翠话一点儿不多，见人笑笑，没有什么话。见到我总是话特多，三哥，进城念大学呀！莞尔是一脸喜人的笑，脸颊绯红，把那支长长粗黑的辫子向脑后一甩，眼瞅我一下，转身低头慢慢走了。我和小翠见面不多，但那记忆特清醒，挥之不去。我上高三那年，翠儿进了城市，在一家酒店打工，和翠见面的机会几乎是没有的。

又是几年，再是几年。我从宽宽的田野走进窄窄的都市，再返回小县城。1998 年的一天，回家省亲，我几乎不敢相信，眼前遇到的那个怀揽孩儿的女人就是翠。翠已愁容倦怠，我没有敢和翠说话，也听说，翠在城里找了个老头并被他包养下来，后来生了个小男孩，老头死后，翠没名没分，翠只有抱上孩子回到娘家。回到娘家的翠便嫁给本村一个异姓壮健的憨男人，翠常被她的男人打。那晚，一个怀抱孩子的女人，手托一碟生牛肉，腋下夹一绺蒜黄，还没有见人影，笑声和话语从门外传来，是三哥来了，三哥在哪儿？这么多年了，不知道是否还记得我。一个妇人从怀里撕扯掉正吃奶的孩子，干瘪的奶子让小孩的嘴拉出好长，露下白白的肌肉，妇女话语精明，妇人是翠，我特感动。三哥是城里人了，以后可得多帮帮咱的忙，我点点头。翠拍拍她抱的小男孩，指指我，快叫三舅，赶明跟你三舅去城里上学，三舅是城里人，翠的话很弱，满带凄苦味，那笑声都好像装出来的，让人感觉有种沧桑的苦涩。翠拧了孩子一把，小男孩扭着怯生生的头，瞪着两只虎灵灵的大眼，直盯盯望我，那一刻，我看出很多地方都像是儿时的翠。

如今，家乡田野里的豌豆早已绝迹，但那爬满麦秆上艳艳的豌豆花，那雪白紫红的花秧下缀满鲜美甜脆的角儿，时时让我想起。儿时，爬进麦地就没少偷吃过，那滋味，如今满口皆香，而今，却不知从何找到儿时的感觉。哦！儿时故乡的豌豆花，哦！儿时那念念不忘的豌豆花。

乞讨者

柳絮初中临毕业那年，刚好 16 岁，已领家过日子四年。柳絮是个有志气，想成器的男孩，父亲死得早，娘又有精神病，每天要吃下大把药维系着，本来就一贫如洗的家，如今更是雪上加霜，苦不堪言。

大姐翠英长柳絮二岁，两年前就外去了，原因是，那次农忙，麦子被火毒的太阳晒焦了头，常言说，人活一世，麦活一晌。麦子可是农人的命根子，一季收成的好孬全凭这几天的忙活。柳絮家七亩地熟透的小麦，凭柳絮和姐姐翠英这两个孩子干活，怎么能忙得过来呢。眼下，天空乌云压境，水汽纵横，一场瓢泼大雨不期将至，人们心焦如焚，谁人不怕成熟的麦穗泡在雨水里。姐姐翠英先前与人说妥，并交上钱，用收割机收获庄稼，等收割机开到地头，将收割翠英家的麦子，村里的二癞头硬是要先把他家的割完，再回来收获翠英家的。翠英说二癞头欺负人、无赖，是她先打的招呼，付的工钱，为啥先割他二癞头家麦子？两人相持不下，二癞头动手打了翠英。二癞头是村里那种软的欺，硬的怕之流，就是村人常说属驴屌的那种人。二癞头的凶狠暴露无遗，他专向女孩家隐秘地方大打出手，翠英的上衣被扯烂，脸上的四个大耳刮子血印紫黑血红。翠英破口大骂，二癞头感觉面子丢在了黄毛丫头面前，哪能善罢甘休。把翠英的上衣剥了个精光，而后踢进了田畴间小水沟里。可怜的少女翠英，从污泥里爬出，几乎一丝不挂，哭着跑了。十六岁的花季少女翠英再没有回来。听人说，她死了。至于是死是活，如今也杳无音信。

小村，这个京杭大运河边上的无名小村，亘古就是恶人挡道，霸者为王，拳头和野蛮在此说一不二。弱小者受尽了折磨和屈辱，谁都会去踢上一脚，掐上一把。忍气吞声，是他们活下去的出路。农忙，柳絮一个人拉着地排车陷进水洼里，后面下工回家的人们看着、笑着，谁也不会上前去帮柳絮推一下，拽一把的，有时还会被讥讽几句，无用透顶，或骂上句，好狗不挡道云云。现在的人都脸皮子薄，眼窝深，谁也不会干亏本的事。渐渐地小村里没有人愿意与柳絮打招呼、说话拉呱，好像谁要和柳絮说句话，会矮一截，引来晦气，自找倒霉。于是聪明的柳絮和母亲迁离小村二里处，在一片满是芦苇的野地里扎起两间低矮的草房过活。家里、地里，生活的琐琐碎碎都离不开这个十六岁的青年人，给庄稼施肥、拔草、挖河工等，样样脱不了身。繁重的劳作没有压垮柳絮，更惊奇的是，柳絮一边劳动一边还能上学。虽然上学成不了柳絮的主业，农忙请假，课闲劳作，但是学习却是他永恒的主题，柳絮有远大的理想。可想而知，倔强的柳絮要付出多于常人多少倍的辛劳和努力，此时的柳絮还算是个大孩子。不知哪来的心劲，他说："即便再难、再苦，为了苦难的母亲下半辈子，我的出路，只有学习，要出人头地，决不会放弃学习。"柳絮白天读书的机会少，晚上，小村亮起了电灯，他这间小屋才迟迟燃起如豆的小油灯。全村的灯光熄灭了，乡间的茅屋里还有隐约的诵读声。夏天，田野蚊虫多，柳絮就到河边就着皎洁的月光学习。这样的世外桃源，没有了小村的谩骂声和打斗声，柳絮的母亲好像被儿子奋发向上的精神所感动，慢慢地能做些简单的饭，下地干点儿轻活了。家里时常缺钱，为了给母亲买药，柳絮卖掉一袋又一袋粮食。春夏季节，麦子吃光了，地里的稻子还青黄不接，母亲要柳絮安静上学，她外出讨饭。现在的饭好讨，走个七八里外，选个没人认识的地方，哪个村都能讨上三天五吃的。家里三天两头不冒烟火是常事，柳絮放学回家揣几块娘要来的馍馍，喝点凉开水，便又回学校上学。娘头脑清醒时，看看柳絮这般用功，常是泪流满面，默默支持着他有心劲儿子。

在这样难以忍耐的生存环境里，柳絮的学习竟没有落下，并名列前茅。八年级二百四十几个人，每次大考小考，柳絮总是在全初三年级名列第一、二名。人说，今年乡里分下来唯一考中专的指标，数柳絮这穷小子希望最大。柳絮心知肚明，他更卖命地学习，常常招来个别老师和同学的白眼，有时，指责柳絮学习太认真，那样的家境，以后没啥出息，还不如早早退学……柳絮全然不听，风言风语的惯了，就连人们指着他的鼻子，他依旧当作没看到，只管学习。人说，柳絮入迷学习，是一种病态。柳絮的初三班主任是一个近五十岁姓陈的老师，陈老师对柳絮有成见，近来常在班里明里暗里指责柳絮。也不知柳絮娘讨饭的事怎么传到陈老师的耳朵里，更是陈老师百说不厌的话把儿。原因很简单，陈老师的儿子与柳絮同班，学习成绩很出色，每次考试，总比柳絮少几分，考中专这唯一的名额恐怕要在两人中间产生一个。在那时的中国乡村，农村人认为，考上初中中专，就是一步登天，就是公家的人了，就是吃公家粮、拿公家钱的人了，谁人不羡慕。学习好，即便考上高中，还要三年，到时候还不知如何呢。尽管陈老师不讲，从每件事上，还是能看得出班主任已暗自排斥柳絮了。

前几天，班里突然少了两张桌子，陈老师报了警。乡派出所下来两名民警，柳絮成为重点怀疑的对象。听说，那晚柳絮走得最晚，班主任陈老师对他怀疑最大，于是，第二天晚自习时柳絮被抓到乡派出所。这个初三的中学生两个大拇指被铐在一张桌子腿上，半弯着腰，蹲不下，站不起。协警先踢了一脚，说：我一看你就不像个好东西，两只鼠眼慌里慌张，贼头贼脑，尖嘴猴腮，满口道理。你说不说，陈老师都讲了，就是你偷的。“不是我，我从来就不会干那种事，我冤枉。”柳絮说。“放屁!”协警年轻气盛，似乎有些急躁，走到柳絮跟前，竟然还动手打，既而拳脚相加。两拳重重打在柳絮下巴，顿时，柳絮嘴角流出血。民警怒目圆睁，大吼：不要把血给我吐出来，给我咽到肚里去。接着又是一拳，血从柳絮嘴角流出，大摊的血还是被这个十六岁的男孩吐在了地板上。柳絮还是说，他从没有偷过任何东西。拷问至凌晨三点，柳絮偷两张桌子的罪名，还是被拷打出来，强行按了手印。第二天，疯狂的母亲和老泪横流的光棍汉大伯用地排车拉回柳絮时，柳絮遍体鳞伤，鲜血殷红了衣裤，柳絮躺在车上一动不动，昏迷着被接回家。

柳絮经历了血与火的熔铸，他似乎认命了。原来，昨天晚上桌子被偷偷运回教室，两个偷桌子的学生向校长认了错，校长又急忙报告了乡派出所，柳絮才被接回家。一月余，柳絮和消失的姐姐翠英一样，默无声息地离村而去，从此，再没有下落。有人说柳絮临走叮嘱娘，要娘多保重，家里饭不足，反正娘要惯了饭，多跑几个门，终有一天他会回来接走娘。还听人讲，柳絮走时说，世界之大，哪里的黄土不埋人!

两个星期后，在这个偏僻的小村，人们看到一个四十多岁的女人手里捏着一个小泥人，叫着柳絮的名字，脱掉上衣，把小泥人放到她的乳头上摩擦着，嘴里念念有词："孩子，你吃吧，别饿着，吃饱了，你还要上学呀!"以致女人的乳头流出了血。有时，疯女人一丝不挂地跑遍整个小村，找寻他的儿子。

女谴

小男孩不情愿躺在女人臂腕里，垂泪喃喃低吟：“我该叫你什么呢?”女人白嫩的手臂挪动一下，抚摸小男孩子乌黑油亮的头发，喘吸好几口气而叹说：“我还年轻，你就叫我娘吧！叫我干娘好了。”男孩没有作声，紧抱了女人的胸。

门外有啪啪敲门声，伴有硬朗的话语，“翠，翠，是我，快开门。”啪啪……又是几声响亮急促的撞击声。小男孩似乎有些害怕，把头深深埋在女人臂下。女人先是惊诧，但瞬间归于平静，轻轻掰开小男孩的手，披衣下床。门闩碰击门板的叮咣回声，门吱呀开了，几丝星雨随闪电躲进屋内。雷声不大，且闪电一个紧接一个，好像女人随口抛出的话语：“急啥子，不能等会儿。在哪里吃了猴尿，臭气熏人。”说话间，一个光着膀子的黑影子闪进来，是个汉子的声音，瓮声瓮气地：“干啥呢？这么慢。”男人撒了把身上的雨水，把搭在肩头的衣褂向黑里一抛，倚在门槛小解一会。“嘿嘿”干笑了两声，抱起女人向里间床边走来。女人没有作声，默默地依在男人怀里，温顺似只猫儿。雷闪在窗隙里窜爬，男人把女人重重放在床上，只管解自个的腰带，一边说：“快脱，脱得一点儿布茬也没有。”女人对男人的话仍置若罔闻，僵僵地挺在床上，扭头看看床上蜷缩一团的小男孩，拍了拍小男孩，“乖儿子，去那头，娘一会儿再搂你。”女人爱惜地把小男孩抱起移放在床的另一头。男人似乎有些急不可待，连推带挪，顺势压在女人身上。闪电似的白昼，转眼又漆黑模糊。男人、女人赤裸裸的两具骨架在激烈颤动，看似男人黑黑的雄性肌肉上渗出了汗水，或是雨水，蠕动的爬虫缓缓地在强悍的男人身上游动。白嫩的女人似块反光的玉，和黝黑的男人呼应，女人的身子像一支暖水袋，抚摸了便起伏不定。风击门板响声和床板咯咯交响。更具恐怖，是女人低声呻吟，仿佛悲痛无比。小男孩把两只眼紧紧闭上，压入苇席内，像只卷成一个圆蛋的爬虫，偎缩一角，工夫不大，男人悠然地把烟燃得火亮，把头靠在女人胸前。女人把小男孩抱在臂下。男人说："今个起，这个男孩子就是你的了，用他多引出几个白胖胖的儿子，再不等你那无情无义的男人回来。"女人没回音，又嘤嘤哭泣，很小。男人走出屋门，消失在雨夜里。门又吱呀关上了，屋内一片漆黑。

女人翠走出屋门，站在烈日柳荫下。手搭在眼上，极目远望。门前是南北纵横的京杭大运河，两岸垂柳汲水，水波闪烁，接连的帆船野牛般哞哞叫着，往来奔驰。远方渺渺无垠的大淡水湖，片片渔家帆影，奔泊于富足的湖面。燕唱莺鸣，绿鸟翻飞，荷池牧舟，碧波银鱼，无限风光，诱人无比。背后，万亩良田沃野，阡陌纵横，一野碧苍，硕实的大地丰收在望。站在堤上的女人，泪眼盈盈，不禁珍惜起她的男人来，盼夫归来。站在堤上的女人很美，很年轻，上宽下窄的慢长脸，眉不点而翠，唇不画而红。两只脉脉含情的大眼能把那些吃大酒顶风浪的男人瞅成无骨无筋的一摊软泥。冰肌玉肤，丰泽的身段，二十几岁的浪荡妙龄，可惜女人长在这矮矮的茅屋下，不得天日。二十二岁那年，翠和她的男人夏结了婚，如今夏出远门了，她盼男人回来。翠日夜瞅盯，已愁容怠怠。

人们说，夏太爱他的女人翠了。夏常收紧裤腰只是咧嘴笑笑。夏爱翠明明白白，一点儿不含糊。那年夏天，翠在地里拔草，天气晴转阴，说下，大雨就滂沱了。夏二话不说，顶风冒雨一口气把雨布送到地头，搂着翠就跑进枝叶繁茂的麻地里，摸翠吻翠。翠骂夏混蛋，回家再说，大白天在麻地里就想，怕是被人落个羞，即便是夫妻。夏不管，你是我的，管他们呢，三下五除二，翠哭笑不得。麻叶拉得皮肉痒丝丝的。翠抱住夏的头……事毕，夏还拿小虫往翠的大腿上放，小虫在翠丰泽洁白的大腿根处来回爬动，骚得翠直叫痒，夏和翠嬉戏着，两人在麻地里直打滚，把泥水相互抓挠着向身上抹。男人雄健肤肌在泥水里铜铸般坚强，似一座雕塑，而女人翠，在泥水的滋润下，丰厚宽大高挺起伏的胸，在男人夏手中像只捉摸不住油滑蹦跳的两只小兔。风吹麻林，左右摇动，待夏走出麻林地，已两股颤颤。翠扶夏跨过水沟，左右瞅瞅感觉有人在注目，但翠仍没有看见一个人影。

日子像流动的水一样，今天和昨天就是不一样。夏爱翠的身子，更渴望翠能为他生个喊爹叫娘的儿子。可两年过去了，翠的肚皮依然紧绷绷，硬是没有秃起，身子消瘦不少，风水先生说，家中祖坟碍事，是不生龙招凤的孽源。夏一股气，祖坟移居荒郊野外。依巫婆指点的药引子，翠吃了天上飞的，地上跑的，翠的肚子仍纹丝不动。夏瘪了气。翠也没有办法。湖中鱼虾充塞的季节，夏拉上翠整日住在湖里，住在连家船上。结识了曾拉过队伍，扛过枪杆子的柳二。柳二无妻无后，为人仗义，一眼便看上翠的脸皮子，为翠这样的女人没有孩子伤了好长时间的心。柳二是个半截老头儿，脾气是属炮筒子那号人，别人这边一点，他那边就冒烟炸响，鸡毛小事，动刀动枪跟人拼命。这脾气一辈子没有改过，就这脾气，伤害过好多人，湖区的人们又怕又恨，认为他蛮横霸道，得罪不起。人们都这样讲，这样传说，只要柳二看上的女人，没有她玩不到手的。至今他仍孑然一身。湖中有钱人便雇下柳二，给他们看苇地、鱼池。野荷池插上一面红旗，这是柳二的记号。外人不得入池采摘。柳二有吃有喝，在湖一待就是十几年。夏和柳二的结识纯为偶然。是夏把船撑进柳二看管的荷池。船压断几枝荷叶，柳二不愿意了。骂夏有眼无珠，把篙杆子抢过来，当翠把头探出船篷外，柳二小眼转脸看到苗条的女人翠，立马把抡到半空的篙杆子又拉回来，笑之以礼。当晚，夏提上两瓶老白干和柳二喝得酩酊大醉，由翠在一边陪坐，柳二喝一杯，翠在一旁满一杯。柳二说了不少醉话，夏也一吐为快。这场酒算作谢罪，求柳二原谅他的不知之过。翠在一边也筹上两句，以后还要柳二照顾帮忙之话。柳二满口应允，好办，没说的。

湖区捕鱼旺季，日子是手托钞票数出的，夏的渔网下在哪儿，就是一拳定音，湖里的蛮汉子也白眼不敢翻，这阵势，他全仗了柳二。至于柳二得到了夏的什么好处，帮助夏，人们认识到柳二看重的是，细皮嫩肉、年轻漂亮的翠。渔人都说，翠是个骚女人，但柳二从没敢动过翠一个指头。七月十五是驴子崖镇大集，夏早早收拾好捕来的鱼，给翠说了声，便去卖鱼了。中午天还好好的，翠依着船帮洗了几件衣服，就发觉柳二的两只贼眼在偷偷看自己。等翠破口大骂，比鸡骂狗之势。柳二痴痴地转过意来，急急逃遁了。下午，天空突地刮起风，把晾晒的衣服吹得呼呼作响，翠在午睡，听到风起，爬出船舱去抢收船棚外的衣服。风把水卷起了波浪，船在锚的牵引下，左右摇摆。翠是住惯船的女人，赤脚就爬上棚子收衣服。一股波浪打来，翠身子闪了闪，一脚踩空，顺着船身倾斜啊的一声，落进水里。翠的水性很好，但翠还是被人托出水面，抱上船。那人看了翠一眼。“水凉，快回舱换换衣服吧。”二话没说，撑起小船，随风飘走了。翠知道是柳二，翠没作声。

冬天降至。冰封渔网，白雪补湖。夏和翠又回到村子。翠打心眼感觉欠柳二什么，虽没有与夏讨论过柳二的好孬。感觉，没有柳二，夏不会赚这么多钱。有了钱，夏对翠生孩子的事淡漠了许多，不再怨天尤人。夏与翠商量，把家中的钱全拿出来，去外地买条新船再添加几张大网，来年大干一番。翠当然高兴。翠数足了钱给夏，夏好好和翠睡了一宿。夏走了。冬末，新年来了。可夏一去不回，可把翠等得心干脑急。担心害怕，又不敢想别的差错事。赶巧柳二来家，说是，过年了看看夏兄弟。夏不在，翠还是热情款待了柳二。翠是个知情达理的女人，柳二毕竟对这个家有恩。村里人看在眼里，就有话传出去，柳二和夏好只是面上，柳二这号人不喜钱不喜物，只是喜欢女人，八成柳二和翠睡过了。

生活在湖区的人，一年有忙不完的活，干不完的事。年过去了，地里庄稼活又开始忙活。可夏仍没有音信，庄稼活是一种苦力，赶上劲，非男人不可。翠常这样想，她的男人莫不是被人算计了——谋财害命。除了柳二知道他们在湖里赚一笔，再无二人知道。可这事也得有个传言什么的。莫非夏……不可能，夏是爱她的，几乎百依百顺。可村里传言，夏把翠扔了。柳二照常来翠家，只是说，夏没有事，夏在外忙起生意，正忙另一批大买卖。翠料定，是柳二在骗她，夏即便在外再忙，总该有个话，送个信。她愈感到是柳二害了夏。翠想，夏若有个三长两短，柳二是个证人，拢住他。田地里麦子收割了，柳二把大捆大捆的麦个背回家，打砸了，把饱满硕实的麦粒送进翠家土瓮里。湖里捕鱼季到了，又帮翠在湖中布好渔网，专等翠卖鱼收钱。可翠没有丝毫感激柳二的意思。翠一直在想，柳二在捣鬼，有所图。女人翠实在不能忍耐了，他四处张罗人去找夏。回来的人都说找不到，眼巴巴地偷看着翠。只有柳二说："他不能回来。"翠问："是你的事?""不是。"柳二回答。翠总猜不透别人的话，更听不进柳二的鬼话。终一日，翠笼络住柳二，打了二斤烈酒，甜言蜜语。柳二醉了。吐出一大堆实话。"夏带了钱，领了别处的妮子，跑了。"为此，柳二曾将夏狠狠打了一顿，夏喊爹叫娘饶命。可他不愿见翠，翠不能生孩子，光脸皮子好，没用……翠没恼没哭，闷睡了几日，第四天便下地干活了。翠变了，变成另一个人。柳二为翠可惜，夏无情无义，抛弃了年轻好心的翠。翠认为柳二不像人们传言的那样，反而感知柳二无比好，以前自己错看他。那晚，柳二怕翠一时想不开，出了事。便来翠家。翠心里闷。柳二有心事。翠炒了两个菜要柳二吃着，一是感激柳二这么多天来的帮忙，二是说说心里话。柳二端起一杯要翠尝尝。翠没拒绝，脖子一扬，一杯下肚。翠的脸腾地红了，翠的话活了。涕泪皆下。那夜，翠扒光上衣，问："柳二，你看老娘我长得怎么样，夏这个黑心肝为啥抛弃我？我不会生孩子吗？生个让他看看。"便伏在柳二身上。柳二骂说："娘个屁，夏，该杀。"而后转眼看着翠的脸，轻轻叹息："酒能醉人，可醉不了情呀!"女人翠扔掉手中的杯子，深深地看柳二。柳二抱起翠，轻轻放在床上，"翠，你让我干了，我可等不及了，干了。"翠骂了句笨蛋、废物。柳二解开翠的衣服，翠紧紧抱住柳二。月朗星稀。柳二披衣下床，翠猛地抓住柳二的手，小声地说："柳二，我想要个孩子，赶明你还来吗?""来，来，一定来，你养好精神等着，你那半亩地我还没刨起来呢。"柳二悻悻地走了。

感情这东西，厚如山，薄如纸。有时候很复杂。有时候就那么简单。没人相信，没人认为翠看上柳二。一晃，几个月了。如果说翠和柳二原先偷偷摸摸，现在是冠冕堂皇了。柳二在翠家吃住干活。像翠租下的小工，唤了来，赶了走，别看柳二上了年纪，锐气不减当年。可翠对柳二有些灰心，便猜测起自己。半年了，该有的有了，有个女儿也好啊，夏、柳二两人难道都不行。她认定自己是个不能生育的坏女人。越是这样想法，越是增加她的恐惧感。翠当初选择柳二，就是要人们看看，自己和柳二这样的人在一块，也能生出孩子来。可现在翠认为自己不行，不怪夏扔了自己。不想再有怨言，有时也想原谅夏的无情。有时，翠让柳二半夜趴在自己身上，一夜来七八次，可更令翠绝望，恨自己。柳二不嫌弃，是个靠山，下半辈子依着柳二过吧，有什么办法呢？翠想。

村上的爷们认为，柳二和翠往来，名不正言不顺，有伤族规村风。柳二的岁数都是做翠爹的人了，这事哪是哪，不是乱伦吗？爷们儿不惧怕柳二横行乡里的淫威。秋天的夜里，人们把干活回家的柳二和翠堵在床上，拳打脚踢。柳二口吐鲜血，默不作声，似有必招之势。翠可不，翠披头散发。“他是我的人，我一个女人你们谁看到了，不会生养的女人，你们谁要。柳二能要我，我就心满意足了。”女人哭声雷动。村上一鹤发老者猛走几步，举起手，照翠脸上就是几巴掌。“不知什物的东西，孽妇。”老者气得嘴发抖，雪白的胡须直向上翘，“有伤祖上门风，村人的脸面让你丢尽了，剥光他们的衣服，绳之以法，送乡里。”柳二听后，顿时，以头撞地，跪在老者身前，流泪说：“翠姑娘还年轻，你们别，别送乡里，我改，我改，我走。”柳二遍体鳞伤。家丑怎能外扬。柳二被村民扔入老运河，柳二顺水流走。翠没法在村中待下去，迁到老运河堤上，架起两间茅草棚，做栖身之所。翠孤苦，无依无靠。

又一夜。柳二神奇般出现在翠的茅屋，是两个人来的，身后跟着个脏兮兮的小男孩。柳二看一眼男孩，对翠小声说：“翠呀，我给你领来一个儿子。人家儿女多，养不过来，我便招呼给你留一个。我不配你，让你受罪，遭打。这孩子要好好养，精心照顾，他会给你养老送终。”翠看着眼前胆怯的孩子，没有作声，扑在柳二身上。柳二拉了一把小男孩：“孩子，快叫翠娘，她是你的亲娘。”孩子呆呆的，硬是叫不出声。翠悲喜交加。柳二来翠小屋的次数少了。孩子成为翠生活下去的支柱。翠更难忘柳二，给孩子取了个“留”的名。光阴似箭，留在翠艰难困苦的日子里泡养，出落成大人。可翠不再年轻，已跨过三十八岁的门槛。留生活上受周围环境压抑。按理说，农村现如今，男孩子到十九岁就定要找上对象，可翠这个不光彩的家，哪个女孩家会到她家来。留恨翠，认为翠是个浪女人，苛刻待她。更怀恨柳二，柳二罪大恶极，害我至此，该杀。留到二十岁，柳二再也没有来过翠家。可翠念念不忘柳二，便给留注入更多的爱。近来，翠心神恍惚不定，时常想吐，不自觉感到腹内有种东西踢蹦，怪怪的。翠是一辈子不会生孩子的女人，当然翠不会往这方面想。但的确，翠怀孕了，在四十五岁之外怀孕了。留不再单纯。留把童贞送给了谁呢？他自己很清楚。

一夜，小雨淋漓，风轻轻卷着运河水波，整个小村庄在幽静的夜沉睡。一叶悠悠小舟慢慢靠岸，柳二手提几条鱼，蹑手蹑脚来到翠亮灯的窗前，轻轻拍了一下，喊："翠，翠，是我。翠，醒醒，是我。"小屋的门被风掴了一下，扯裂开一道缝，吱呀开了。柳二快步走进屋内，小声说："翠，我给你送鱼来的。"翠急忙拉柳二疾疾走出房门。微弱哭泣，说："别惊动留。柳二，我感激你的好意，以后你就别来了。"翠低下头。"咋的，留又打你了。""没有，没有。"翠急忙说。"这样的夜，谁知道，对了，刚才睡在你床上的那个人是谁？"柳二问。"谁，还能是谁，别管了，我们这是最后一次，来，我们在厨房里待会吧。"翠低头叹息，在落泪。当厨房的门被人咣的一声用脚踢开，柳二正紧紧抱住翠。随后，便有尖叫的骂："捉你个奸夫淫妇。"翠被突如其来的踢门声惊得紧紧蜷缩到柴堆里。柳二也目瞪口呆，当认准进来的不是别人，正是留。留骂："好一对狗男女……"柳二有些理直气壮："留，是我，我是你大伯柳二。""是个鸟，打的就是你。"说此留举拳就打。柳二被留翻倒在地。拳脚夹杂。翠扑向前，抱住留的腿："留，就饶他这次吧。""滚开，骚女人。"一脚，把翠踢进柴堆里。"柳二，今晚得给你点颜色看看。"留拼命不留情地打。"留，这样会出人命的，想打，你打我好了。"翠说着，上前趴在柳二身上。"留儿，求你了，放了他吧！他给咱家帮过好多大事，他对咱有恩啊。"留听此，脸上的肌肉紧绷了一下，露出如刀似箭的寒光。顺手操起锅台上的擀面杖砸下去，擀面杖断为两截。柳二鬼嚎一声，双手捂住腿。

翠死命抱住留的身子："留儿，别打了，饶他一命吧。"留转过脸，目似寒星，眼光发蓝。推了翠两把，翠像粘在腿上的蚂蟥，推抛不开。留反正两巴掌打在女人脸上。"好，骚女人，你不是想要吗，我这就给你。"留说此，抓起翠放在柴堆上，吱的一声，撕破翠的裤子。柳二已没有能力再反抗。翠只是用脚碰碰柳二，微微地说："柳二，你快走，不然会打死你的，别管我了。"柳二拖着被打断的腿说："你这个丧尽天良的畜生，我给你拼了。"留又是一腿，柳二像一个球随斜坡滚下大堤，一抹血痕在雨水和灯火中跳跃。柳二消失在雨夜里。翠叫着柳二的名字，骂留："留，我是你娘，我可是你娘啊!"留哪里能听。其实留每次受到村人的嘲讥，留都野性狂胀，翠只是这样弱小无力地叫着。翠知道，留这是对她的报复。翠打掉牙，默默向肚里咽。

过惯了，一天天，好日子孬日子也是一样打发。翠的肚子一天天大起来。留骂翠衣服穿得少，更不愿翠有半句唠叨。留强迫翠去医院，医生说翠难能可贵，中年得喜。翠听后，百感交集，悲泪如潮。翠想喊，看看留低下头去，凄然泪下。回家后，留为翠服药。翠问什么药，留说是头痛发烧的药。翠坚决不服，翠知道，留想打掉她肚中的胎儿，翠说："我要把孩子生下来，一辈子了，我想要个孩子，不论孩子是谁的。"孩子是谁的呢？留最清楚，翠也最清楚。这世界间，老天把男男女女撒向人间，无论任何关系，男女结合了，就能生儿育女，算作老天对人们的赐福和降作的灾难。翠当然有份的。留抓住翠的手，硬是把药碗向翠嘴里倒，恶狠狠地说："我还年轻，还要有女人，你不能毁我一生。""留儿，干娘几十年如一日，就是证明给人看，你娘是个女人，是能生养的女人，夏抛弃我，这么多年，我吃尽苦头我不图想什么，只做个女人，我也是个女人啊!"留手中的药碗被翠用头碰向一边。留见此，假惺惺哭泣："干娘，你几十年的养育之恩我时时不会忘，你做了我的娘，你替儿想想吧，娘，儿留还有好长的路要走。"留泪流满面。翠望留又看眼前的药碗说："留儿，娘想把孩子生下，让夏知道，让全村人知道。苦命的柳二大我几十岁，干娘了解他，慢慢对他好上了，可你又打走他，这么多年来，娘的泪流干了。下辈子再也不做女人了，情愿去做牛做马，这辈子，干娘忍了。我要说，让那些人知道，我这样的女人也会生孩子。留儿，你依了干娘，你割我的肉，剜我的血，只要把孩子生下来。我都忍了。”翠凄凄落泪。留转脸一变，似一头兽性大发的恶狼。留把翠按在墙上，强行灌药。“你不能让我丢人现眼。”翠拼命用头撞击药碗，药撒在翠身上。留见此，恼羞成怒，忽地把药碗摔砸在地。猛地向门外推了翠两把，顺势补上一脚，翠踉跄几步，哎哟一声，碰在门前石磨上。翠倒在地，鲜血随裤脚流下来。翠没有作声，眼泪像断了线的珠子，默默地看着怒目圆睁的留。

留走了，扔下孑然一身的翠。人说，留找他亲娘去了。再也不回来了。

一个凄风摇雨的夜。女人翠下身刀铰般疼痛。翠挺着圆圆的大肚子，忍着疼，半爬着，钻进湖岸乌篷船，用劲划进湖区苇荡内。翠跪在小船上，小船顺着痛苦的呻吟声荡着波波涟漪。既而几声清亮的婴儿哭声，惊吓起几只落巢的飞鸟。翠早产生下一名女婴。

风过幽谷，雷动长空。一种苦涩的欢心，一种苦难的坚强洋溢在翠周身……

几年后，一位白发苍苍目光深邃的老女人一手扶着单拐，一手牵着蹦跳的小女孩，走出茅草屋，坐在门前的石磨上漫无目的地向远处张望着。看着远天碧波荡荡的湖水和千万亩丰收在望的硕实大野，听着大运河上猎猎的船鸣，细心地瞅着眼前这个扮新娘玩耍的小女孩，老女人在想什么呢？突地，小女孩在大人的吆喝声中似惊弓之鸟，奔跑着，深深扎进扶单拐的老女人怀里。小女孩怯怯地问：“村上的都喊我们是老朽遗女，啥叫老朽遗女呢?”女人默默着，一脸锥心透骨的疼痛，没有作声，两颗豆大的泪珠从老人脸颊掉下来。小女孩又疑惑着低声问：“那……那，我该叫你什么呢?”老女人沉思一会儿，哭泣说：“我老了，你叫我婆婆吧。”小女孩凝视了老女人流泪的脸，用衣襟轻轻地为老女人搌泪眼，嘴中喃喃地喊：“婆婆，你不老。”

这不是一个道听途说的故事，有些是我亲视直见，尽管是过去了多年，十年前，我在回乡省亲时，看见过已 73 岁的老太婆翠拄拐杖支撑一只残腿，风雨飘摇地扶坐在运河门前的石磨上晒太阳，那时她精神很好，上河村的人讲，她能活一百岁。就在去年，2008 年的清明节，我还在故乡看见一位风姿绰约的 35 岁左右的少妇，右手提一眉清目秀调皮的小男孩，左手勾一篮火纸钱，到翠光秃秃的坟头前祭奠，人们说她是翠的亲生女儿，如今在市里一所高中教书，连续几年了，每年清明都来烧纸。现在，再提及翠，当地人已不把她当异端看了，都说翠，这个女人一辈子不容易，吃了很多苦和屈。听后，我为翠激动不已。

哦，小妹

哦，小妹，那是你吗，那是我日思夜念的你吗？想到你，我的泪怎能不流呢，几十年了，几十年来，你那弱小身影一直在我眼前闪现，穿着红花棉袄，梳着两个小辫，两手招摇着，迎着寒风，在隆冬大风狂啸湖岸边，上船离我们而去的你吗，时光一闪，而今的你呢？

妹妹，你别怨咱爹娘心狠，那时他们也没有办法，是送你我一条活路呀！当时不是咱家穷吗？咱爹娘心里也是难过的流泪，况且你是跟咱姑姑生活，姑姑家远，姑姑、姑父家没有孩子，又是工人家庭，你在那一定比在家好不是吗，妹妹。你走那天晚上，我清清楚楚地记得咱娘哭了大半夜，为你特赶制了那件大花棉袄，姑姑劝咱娘说，你跟她和跟咱娘一个样，不少你吃，又不少你穿的，姑夫还说供你上学，咱爹半夜起来摸着你的被角流着泪，你在姑姑怀里，梦中不停地叫着，娘，我不走，我怕。姑姑不是拍着你的小肚说，孩子，别怕，我就是你娘。

第二天，一大早，姑姑、姑夫把你带走时，爹抱着我，娘在运河大堤上，不是重新又梳了一遍你的小辫。你紧抓着娘的衣襟，娘的眼是昨夜哭肿的，那早，一老早的大北风，把荒草吹得哗哗作响，几只冻得不敢下水的鸭子，呱呱地在野草里乱叫，客家的船被湖水冲撞好几次都靠不上岸。姑姑把你抱上船，突然你从船上跳下来，湿了半只脚，险些掉进水里。娘赶紧扑过去，你哭着。小妹，那时你太会说话了，说得娘直流泪，把你紧紧抱在怀里，娘变心地对姑姑说，不让你走了，死就死在一块。爹狠狠打了娘一巴掌，娘不哭了，可小妹你也不哭了，默默地转过身，走了两步又转过身，你朝我挥挥小手，又站住了。我挣脱爹的手，跑过去，你抓着我，小声地呜咽着说："哥哥，我不想走呀。"我看到爹转过头，不再看你，娘无可奈何得把身子矮在地上，狠狠抓着草根，禁住泪不让哭声弥漫开来。

咱家不就咱俩吗，你常和我争嘴，一天爹干完活回来，捉到一条蛇，爹饿急了，用火烧了吃，爹看咱俩站在一旁，只给了我一块，你，你呜呜地哭了，跑到娘跟前，说爹偏心眼。那时，生产队一天就给咱家七八两，可咱兄妹一顿就全吃光，爹娘只得靠野菜、湖草充饥。娘饿得瘫坐在地上，无力地解开上衣，露出干瘪的奶，让你再吸两口。那时，我也很烦你，嫌你和我抢嘴，常常打哭你。小妹，你真的哭了。你走时，我没有想那么多，当时，非常愿意叫你离开我们，直到现在想来，尽管思绪万千，还感觉你走了好，不是吗，妹妹。你回着头，只是看着我，跳上小船，小船没有拔锚，就被大风吹离开岸，你只是大声叫着我，哥哥、哥哥。你凄软的声音划着翻卷的水花离开，弱小的呼喊在半空回荡，你走时的情景和那件红花棉袄我常常想起，令我触目惊心。你走后，娘大病一场，那年也赶上发洪水，爹用竹筐担着我，举家北迁。

现在农村生活好了，1986 年姑姑来信说，你大学毕业，分配到一家工厂。姑姑来信讲，你不愿回家，不愿见爹娘。妹妹，你怎能这样呢，爹娘其实真不容易，如果当初不这样，咱俩是活不到现在的，起码有一个活不到现在的，姑姑把你的照片寄给我们，爹娘坐在堂屋的草铺上，指着你在大学校园里的留影，老泪横流，说，闺女不容易，闺女有能耐。有时老两口呵呵地笑着，我在一旁也感到很光彩，毕竟是这个农家小院走出来的妹妹。爹想把你从姑姑家里要回来，娘坚决不同意，娘说，你长大了，姑夫、姑姑也上了年纪，也得要人照应的。爹娘要我读读你的来信，可是我没有给咱父母读你不想见咱爹娘那句话。上次姑姑来信说，你由于上班不小心，手被机器划了一下，父母几日不安，非得要去看看你不可，我就告诉爹娘，只是一点儿小伤，划了一下皮，不打紧。我知道爹娘年岁大了，再去一趟你那儿，永远是回不来了，我一直没让去，只是说，你今年春节回家看看，今年过去了，我就说你忙，下年春节一定来，以此来安慰几十年来没有见到女儿的父母。父母常在家门的枣树下，对坐着，拿你的照片默默地看，然后便是父亲的长叹和母亲用衣角抹眼泪。有时，家门口有人闹，自行车铃声，父母必定要跑出去看的，好长时间倚在门槛上，娘便对爹说，只怕今个是来不到了，便轻轻关门，慢慢地回来。娘默默念叨，见一次少一次，说不定这辈子就见不着了。我说，妹妹有空准能来一趟，转过脸，我就用手擦眼睛。

小妹，听说你也有了家小，儿子上小学了，丈夫很爱你，父母也很是高兴。2008 年 3 月 21 日你真的来信了（以前都是姑夫写信），我拿着手中的信高兴地对娘说，是妹妹的亲笔信。每次来信，父母都惦记着，拿在手中翻来覆去地看，笑着问，有没有照片，姑夫姑姑都好吗？父母一个字不识，只能从照片上看到现在的你，来自慰牵挂吧。妹妹，咱的爹娘已经老了，满头华发，每次你们的来信，都是他们的节日。可是这封信，我不得不告诉爹娘，姑夫姑姑去年已去世。父母哭了。一个劲地怨你没有照顾他们老人家，为啥不及时告诉我们。近来，你每个月都要寄家书一封，述说心中思盼已久的渴望和那迟迟不愿见亲人的心情，大前年你还说哪里的黄土不埋人，今年想看看家里的老屋遗址，和父母住上一段日子，父母为此高兴坏了。我想，小妹你一定很疼爱姑夫姑姑的，并今年的思绪又特多吧。愿父母也能理解你的心思。

妹妹，你来时，还是从昔日那南阳湖渡口归家吧！那昔日搭棚小木船，现已是“呜呜”直叫的大客轮了，那堤上的人家现住上了几层高的小楼。父母年纪大了，不能前去接你，但我还是会顶着风雨，会一直早站在港口迎我那穿大红袄走出时小妹妹的。妹妹，我想我还能认出如今的你吧。

昔日的流浪似一潭激荡的水，用起伏的殷殷情感吻平水逝物浮依岸游子吟，平铺别绪离愁路。你我现在都步入中年，年轻时的冲动，是会随岁月的增长渐渐宽慰亲情无奈的悔，不是吗，妹妹？

女誓

（一）高山流水

火红的映山红遍地招展，纤秀、羞涩的女孩移动着颀长的身子，潭水般天蓝清澈的大眼睛似乎是窜出激情的火苗，那眼神热切，又渴望。女孩玲一连把手中的信翻来覆去看了好几遍，双手把信捂在脸上，而后把身子矮在小河边。清冽的河水便映出一张美丽动人的少女的脸儿，女孩向河中努努嘴，挤挤眼，把头探下去，用手轻轻抚抚眼眉，便把手伸进水中使劲摇了摇，水面顿时五光十色，波光粼粼。女孩用水把发烫的脸濯了濯，甩着秀发，跃着轻盈的步子跑开了，身后飘落银铃一般清亮的笑，随风疾驰。

夏末的田野浓墨的稻秧一下子疯长成一野金黄灿烂硕实的稻穗，稻花十里飘香，丰收的景象遍布四野。女孩玲揉抚着在不到两个月收到远方的上百封来信，白皙的脸笑成了一朵艳开的花儿，盛开的心房酿出蜜一样的情愫，时时溢出香馨俊美的温情，柔软成一洼秀美的水。同事们也饶有兴趣地追问，玲，这么高兴，有啥好事？女孩玲只是摇摇头，一脸满含羞涩的笑意，既而露出一排洁白整齐的牙齿，张张嘴，欲言又止，便把头埋在桌上，一头秀发瀑布般遮住美丽的脸儿。人说，看那频繁的三角头印花信，八成是玲爱上了一个傻大兵。也有人讲，玲，依你这条件，什么样的男孩找不到，千万别向军营这方面拽，这可不实际，找个军人，女人可得遭不少罪，一年到头，没几天舒坦日子过，比方谁谁，不是最后还是各奔东西了，女孩玲把头抬起来，咯咯地笑了，会说话的眸子眨了两下，似乎有反讥之色，但玲没有言语，依然温柔如水。

当玲收到一封带有一张年轻军人照片的信时，照片上的小伙子站在山脚下，长得敦敦实实，黑黑的肌肤，一脸憨厚样。人们确信，玲真的爱上了一个傻大兵。有一小妹偷看了玲的信透露，不期，傻大兵将来看玲，玲一脸满足的笑颜，泛着红润的脸儿像个走进结婚礼堂的新娘，玲捂住脸，跑出门外，人们说，玲这样的女孩，找个兵不值。中秋，田间沉甸甸的庄稼收割了，鸟儿成双成对唱着欢快婉转的歌掠过田间，玲坐在办公室里，时不时就把头抬起向窗外瞅几眼，或站在窗旁看马路上奔忙的人流，有时，风扇动房门，玲都要跑到门外左顾右盼一会儿，无的再转身回来，一脸羞涩。人说，玲平日不是这个样子。一连三个星期，玲坐立不安，心神不宁，饭也不按时吃，工作老是出差错，常说去外面办事，但人们大多看到玲在路边看天，呆呆地看人。玲每次总能从街上买回一双牙刷、牙缸等日用品，不然玲就在信纸上写着什么，尔后风吹一样疾疾奔向邮局。

一月余，冬来了，繁茂的青草如今已是飘荡成干枯草梗，伏倒在沟野间，倍显满目的凄凉，风走过，撩起几根衰草向远方飘逝了。玲有些忍耐不住，有时，玲静静地站在门口，向远处直直地望，风翻卷了她凌乱的头发，几丝星雨打在她额上，姐妹喊，玲，冷吗？玲才哦一声，慢慢走回屋里。玲不再外出办事了，她常念叨，这是一个点，外人来办事，找不到人怎么办呢，于是玲把饭也端到办公室吃，每晚，夜很深了，玲才关门迟迟走开。自从姐妹们知道大兵将来看玲到现在，大兵压根就没有来过一封信，人们也从没有看见过一个兵模样的人来找过玲。

忽一日，邮递员匆匆给玲送来一快函，玲激动得心都快跳出来了，两手颤抖地接过来，当着众姐妹的面把信拆开，玲一脸陌生惊恐，既而是眼中的泪一滴滴溅落在洁白信纸上，猛然，玲大哭出声，捂着脸，踉踉跄跄跑出屋门，那哭声令在坐的人倍感沉重和艰难，揪得人心生疼。男友是玲的大学同学，玲热爱军人，甘愿送男友步入军营，可男友在一次执行任务，筑铁路通隧道时，被巨石压死在山洞里。玲日渐单薄瘦弱，眼儿没了往日神韵，整日不言语，常常偷偷拿出男友生前的照片，用手细细抚去照片上的灰垢，两眼痴痴地盯，一眨眼，便是两颗泪珠滴下来，打落在照片上。玲念叨，这儿是个点，这儿是个点，人来了找不到怎么办呢？玲依旧一封信接一封信为远方的人写信、寄信，信上玲说，就当男友没牺牲，兵哥们，你们就当男友没牺牲，对时报他的平安信好吗？人们说，玲太痴情，天下找不到第二个玲。有好心的大姐劝，玲，男友不在人世了，再找个吧，保管比你的兵哥好，你这样会焐出病的。玲只是苦笑，摇着头，眼一眨又是一串泪水抛落下来，此时玲的心情似一朵枯萎的花儿，没有了希望和向往。

又一日，玲收到一封令她掉魂的信，笔迹很熟悉。玲一脸疑惑，看着看着，情不自禁凄婉地念叨："活着，还活着。"此刻，玲的眼泪更多了，姐妹带着伤痛的心情凝望美丽痴情的玲。既而，玲默默地说，世界上最痛苦的，是孤身女子的期盼。人们又惊喜地知道，有一个爱着玲的残疾兵，为了玲以后的幸福不愿拖累玲。

一个大雪普降的中午，满天的大雪纷纷扬扬，遍布乡野。一年轻美貌的女子穿一身火红的盛装，向天边的雪野走去，那团红红的身影像一朵在隆冬天野里艳丽之极绽放的梅花，又像一堆烘烘的炭火在这个天寒地冻的雪野哧哧地融化着皑皑的白雪，碾压出一条曲折、霞光万道温情的彩河，在天际间熠熠生辉，无极通向遥远的北方。人们讲，那是玲，去和她一等残疾的军人男友结婚。

（二）铃儿响叮当

响铃转过身，泪眼汪汪："老师，俺还能上大学吗？还有救吗？"

“通知书早发下去了，大学已开学了，我们也没办法，唉，再补习一年吧！”

响铃捂住脸，踉踉跄跄跑出屋门。响铃知道自己考上大学，是大学开学一个月以后的事。二哥家的侄女珠珠，一天拽住响铃的花褂子向响铃要喜糖吃时，响铃还一直蒙在鼓里。响铃知道，一定是爹从中作梗。爹不容易，响铃还在娘怀里吃奶时，娘便去了。

爹既当爹又做娘拉扯大响铃。到如今，这闺女的模样似开裂干瘪的地皮上长出的一朵油菜花，鲜灵灵的。在这穷乡僻壤之地，庄稼如村里缺营养的孩子，黄不拉叽，片片耷拉着不旺长，爹知道这村里最大的官是村主任，每年催公粮，要提留，计划生育呀什么的，都是村主任挨家挨户找上门，村主任说一不二。爹也知道，村上长得俊的妮子就属响铃，大人孩子们都这么说，而且响铃文化最高。爹更知道，脸蛋儿漂亮不中吃不中喝，尽管村主任家的憨二岁数比响铃小点，人说憨傻，爹不这么认为，他说是憨到了福窝里了，傻到了白面缸里了。爹说，他就是太老实了，净说些大实话，爹喜欢，二姑给响铃提的这个亲爹一百个同意。爹两手闪动得像摇摆的荷叶，看村主任家的小四合院，数全村最漂亮、最阔气的，有风水，又显眼，靠大路边，车来人往的一眼就能瞥见。爹最看中的是村主任手中的权，现如今，计划生育搞得红红火火，哥家这门，头胎就生个丫头片子，二胎还没见面，村主任就找上门来，说要去乡医院流产。否则说要罚一大笔款。爹怕断了祖宗香火，爹怕从自家腰包里向外抠钱，若是和村主任结上这一门亲，人财两旺，爹还盼不得呢。

爹劝响铃，爹都是为你好，过了门，吃香喝辣，人活一辈子，图个啥？图个好，图个享福，村主任家那红砖到顶的四合院，不全属你的。再说，村主任手指缝里拉拉点权，还怕你哥不接二连三地生娃吗？明摆着，还不是往福窝里跳吗？爹眼里眯缝出了泪，再说呢，上大学急需钱，爹借磨不转，闺女，不是咱没钱吗？你爹我穷，如今这大学是咱这娃家上的吗？几千块！爹活这么大，从没见过这么多钱。你哥超计划生育，罚的那个钱还有数，爹暗自抹泪。都是你娘去得早，心事都让我给操了。你二姑不是外人，你二姑提的这门亲事，不好，她还能往火坑里推你吗？还能胳膊肘往外拐。爹看得远，看得长，我收了村主任家的聘礼，这门亲事就算定了。响铃知道，对爹说情讲理，全然对牛弹琴。响铨说："爹，俺想看看大学通知书。"爹不让，说是烧了。响铃一眨眼就是一串泪。无奈的响铃，一扭脖子，一口气跑到百里外的县教育局问个究竟。响铃绝望了，她想去补习，如不同意这门亲事，比登天还难。再说爹能依一个女孩子拿几百块钱去补习，绝望之极的响铃，不知道什么时候，踉踉跄跄回走在生她养她的贫瘠原野上，听着呜咽的轻风，望着沟沟坎坎的大川，夜像河塘里被搅散的一团污泥，弥漫在远天深夜里，响铃脚下的路，没有一丝光明。

突然，一声炸雷般的惊叫，有人跳河了。大运河遥远处一处处晃动的渔火，闪耀着丝丝昏花的灯光，像游动的萤火虫，如漆夜里一只只长眼的火苗，蹦跳着拥过来。紧接着，河堤沟岸村庄里的灯火相继多起来，工夫不大，像蜿蜒爬动的长龙，围拢而来。一个年轻美貌的女子，被摇动的小船救上来。女子头发凌乱，向下滴着水滴，粗布花褂下系着一根用红薯秧捻成的绳子，绳子另一头拴着一个大石头，足有百十余斤。人们叹息，这窈窕的女孩真的不想活了。善良的人们拉来老水牛，把女子放在老牛的背上，女子头朝下。朴素厚道的老妪叫着，闺女的魂你回来吧，闺女的魂你回来吧，有啥过不去的事，非要跳河？闺女回来吧！叫得川缩鬼耸，河水呜咽，凄凄茫茫。在这深夜里叫出了悲苦女子的泪。老牛默默沿着曲折的小路，如负重荷，在农场上围绕着转动。年轻的汉子光着脊梁揪着心，女子们轻轻地掸着眼泪。人们知道那个牛背上的女子叫响铃，是个考上大学的女孩，美得像块反光的玉。

响铃命大。响铃被人救活了。可人们再也没在村庄里见到响铃，时间不长，三三两两的人戏说，响铃疯了。响铃苦闷忧郁疯了。人们怀疑，年轻美丽的有文化且有说有笑的女孩能疯。直到有一天，人们含泪，终于相信。

一竿子高的鞭炮挂在响铃家门前的枣树上。噼里啪啦地叫着，似响铃发出的救命悲吼，又像血性的汉子冷酷无情地在抽打遥远山村女人的身子。吹鼓手弹奏古朴欢快的民间乐曲，嘻嘻哈哈的人群接踵而来。直到响铃那腆着大肚子的嫂子，笑逐颜开地和村主任家交换了筐里的一只母鸡和一块肥大的猪肉（一种结婚时的风俗）。人们才确信，这桩交易一锤定音，一朵鲜花插在了牛粪上。响铃嫁给了村主任的儿子。大喜的日子，人们看到昔日貌美之极的女孩响铃上轿了，好多人在默默地流泪。响铃穿着大红花褂，白白净净的脸洗得一尘不染，脸蛋上红白相间，神采奕奕，眉宇间略带笑意，似一朵盛开的桃花。响铃头发梳得流光放亮，显然特意抹了好多头油，她手里紧紧抓着一个红本本，两眼直盯盯地看着，看出了泪，入了迷。看似，女孩极聪慧、极俊雅。爹，这是我的入学通知书吗？爹说，孩子，去吧，是你的通知书，到了那边，好好跟人家过。爹老嘴张合着，有眼泪，但没有哭声。响铃乖巧地坐进花轿，吹吹打打的人们似带着过年的嬉闹去了。不久，人们便看到一个蓬头垢面的女子，疯疯癫癫，游走于村庄小镇，往往手中捏着一张碎纸片，大声朗诵，“疑是地上霜，低头思故乡”上下不接的句子，老远，人们不用看，闻声，便知道她叫响铃——一个考上大学的疯女人，人们都是这么说的。

时间像老运河的水天天流，天天有。尽管有不少神经兮兮憨呆的人儿时常从人们眼前游动，但从此人们再也没有见到过一个呆笑着、露出一排黄牙齿的名叫响铃的疯女子。人们认为，这些人冷热不知，生熟不分，沟河深浅不辨，车辆冲撞不知躲，怕是变成了孤魂野鬼了吧。有人说，如今实行创建文明城镇，这样的呆人多了会影响人文景观，有的地方偷偷地在黑夜里把他（她）们赶上车，偷偷运到别的乡县去。说的人很认真，听的人耸起了耳朵。

十年光景，如今农村人的生活发生了质的飞跃，小村传出一个爆炸性新闻，青平县引进外资建起了一个专收那些失去生活能力、憨呆年轻人的一个机构，叫春华福利院。人们议论，如今弱智的年轻人也有养老的去处了。起初，小村的人们不大相信，说只是电视上说说而已，是精神文明宣传，哪有那样的好事。小村里有个憨孩子顺利送了进去，人们这才相信。

人讲，据说是香港来的一个女老板投资兴建的。几天后，小村的人们围着看电视，人们就看到一位三十多岁、说话得体、举止有度的女子在参加福利院成立的剪彩仪式，听她口音像是本地人，会场上她与县委书记平起平坐。县委书记双手握住那女人的手激动地说：“欢迎你来家乡投资，更多地为家乡父老帮忙。”女人满含眼泪，“故土难舍难离啊！”人群中一老人大叫，这不是咱村响铃吗，是咱村的响铃，就是她。

那夜，全村的人家，谁也没有再转换过电视频道，一直到电视节目结束，小村的人们沉浸在一种状态中。

六个你的驿站

（一）河东河西

深秋，冷飕飕的风夹杂着零碎的雨，倾斜着一并涌进小城，天气悄然失神，枯枝落叶颤颤地被扫落，湿淋淋的潮气凝集成一张大网，把满街的天空筑成一条条风带，让风呼呼地追逐在大街小巷上。明灭的红绿灯微弱是将死人的呼吸，只管僵卧着，不顾及行车的冲撞。凄冷的风，抽打着世间万物，偶尔，街上匆匆行驶的车辆，像一只只受伤夹尾巴的狡诈老狼，被追赶着，神色慌张，闪而即失。

街面已没有了小贩的叫卖声。唯有小店、饭铺里躲着的，抱肩抖缩的行人。行人口吐热气敏捷地躲进店来，要碗廉价的小菜，狂饮大嚼着。我也钻进小饭铺，抖落满身的冰冷，向老板娘讨碗带汤的水饺。小店老板娘很与众不同，似乎不怕冷，像个死神，只管在一破旧雨布之隔的无墙棚下，不紧不慢，掐一块拳头大小的面蛋，然后碾压成长条，刀割着杏儿大的团，再用手对桌面按两下，用一杆瓶口粗的木棍头碾几下，抹点儿馅，手指灵巧地握卷成个肚圆皮薄的饺子。从女人疲倦和有些皱纹的脸上，稍有几分秀色，单薄瘦弱的黄脸儿在秋天的寒气里，更需抹擦些粉黛。她的手腕在被卷起的单衣中，长长露出一截，希望风雨对她多些怜惜。我躲进一块饭桌，缩坐着，狂吃大嚼。忽地，一声细弱的男孩声："叔叔你要蒜瓣吗?"一只黑黑的小手，脏兮兮地伸在我所及的视线里，软乎乎的小手心儿，放满几块蒜瓣。我慌张地回头望去，一个瘦高挑约十三四的男孩，眯着小眼看我，他的刘海很长，散落在额头。"谢谢，我不用。"我猛然忆起，五年前，一个胖乎乎、七八岁的小男孩，梳着油亮小分头，手握一把玩具手枪，对着进入镇大院行人的屁股上一点，"别动，动就打死你。"于是我便与小孩搭几句，小孩便来了神威，我爸是镇长……于是乎对那天真的小孩记忆犹新。恍惚间，这般熟悉的脸儿，我充满了怜惜及同情，所以小心地探问，"湖畔镇，你过去待过吗?"男孩点点头，"是的，好几年呢!""一个叫高远的男孩在镇大院。"我说。"就是我。"男孩默默地低下头。我没有再问下去。这时又有两个人进来，男孩转身招呼着走了，"妈，再来两碗水饺。"一个有些苍老的女人声，"知道了。"听声望去，显然是那破棚风雨下的中年女人发出的。

那女人是高远的妈，一种复杂的情感在我的脑子里扩展，在湖畔镇那几年，这女人可谓风光一时，"贵妇人"可谓是乡村里老百姓们的贬称，出入坐车，阔气大摆。不为别的。她的男人就是高镇长，高镇长手段不凡，全省超先进，敢为天下先。建起了一座规模宏大的电影院，后又是造办公大楼、集贸大市场，那会儿搞得热火朝天。大报记者来了，后荣获全省名乡镇称号。不时有参观团、代表团等大批人马进驻学习小镇经验，小镇名气出去了，大屁股债落在秋收夏忙的农民身上。"公粮"一年比一年增加，辛苦一年的农民，有的把全地收入搭上，不吃不花，还得花钱买"公粮"上交，农民负担太重了。可是高镇长"小伙子"智慧多多，聪明会理家业，政绩大大，后来调进县城做了副县长。湖畔镇的农民不干了，大伙一合计，去了市里告他。再后来高镇长便销声匿迹了，有人说他停职检查了；也有人说，他上面有人，还年轻，经验不足，但是政绩明摆着，再锻炼锻炼，借调外地挂职去了，消消风头。现在看来，高镇长的步子是迈得大了点，至于说他贪污，谁也没见过，瞎嚷嚷。给上级领导送礼等事倒是有几回，都是公事，现在办事，那是理所当然的。

吃饱喝足，看那女人仍迎着风站大雨中。看着从雨布上溅落下来的水流，风卷起她稀疏的散发，更显满脸满身憔悴和单薄。远处驶来车辆，她眼也不眨一下，死死盯着，在交加的风雨里，目凝来往的车辆，干裂的手机械地做着活计，眼从不向下翻，手艺似乎很娴熟，风雨中女人像一活雕塑。我掏出钱，给身旁一位老者，老者说："只吃了一碗水饺，给她。"老者手指了一下那女人，又说，"我们不是一家，屋内我的，外面棚子是她的。我们搭伙，相互多挣点钱，我也乐意。"老者呵呵一笑。"老板，收钱吧！"那女人似没有听懂，点点头，我把钱放在她的小桌上，女人也没看一眼，只是点点头，依旧迎风望着。好大的风雨，我索性把头包进衣服里，闯入风雨里，清晰听到背后那男孩问，爸爸在外省挂职期满，还不回来。等着吧，"死鬼"在外边为你又娶了个新娘。女人说话声是带足了愤懑。

小城的风依旧吹着，天空的雨依然倾斜着，想必，马上就会雨过天晴。

（二）午夜叫卖声

夜半，我正赶写稿子，房门忽然开了，一个满脸酒色的汉子，闯进屋里。"我的弟，我求求你。"汉子泪流满面，呜嗬嗬、呜嗬嗬地哭了出声。

汉子四十多岁，满头白发。我知道汉子今晚喝多了。

汉子是我租住小屋的房主。我惊悸地站起来。汉子抹了两把泪眼，搬个小凳坐在墙边，两只被酒烧红的小眼紧紧盯住我。我递过支烟，汉子摇摇头，两只颤抖的手还是接了过去。汉子把烟燃得火亮，微微低下头，眼泪又扑扑滚落下来。

汉子凄凄的泪水，不时戳中我的痛处。

房主是个老实巴交的汉子，没有曲曲折折的念头，平日寡言无语，或是不语。

汉子家人丁四口。两个女儿尚在小学，媳妇至今无工作，全家经济来源是汉子的工资，然汉子厂子不景气，好几个月没发工资。汉子家经济特拮据。

汉子家现如今过着吃粥咽菜的日子，十天半日没吃过一顿荤菜。今时季，大白菜堆积成山，汉子家只不过把别人剥去的白菜老皮，收拾起来，以8分钱一斤买回家，汉子的女人摘摘、拣拣，切成条块，洗洗，砸巴砸巴，碗里一摆，哧溜进肚，以致两个孩子常说腹饥、肚疼。

汉子的女人个头矮小，瘦弱无力，面目丑陋。自从她的厂子倒闭被承包以后，就没上过一天班。厂里领导说，她样样不行，干啥呢？回家休息休息，养壮身子，可生活费咋个来法？汉子常说女人无用，人家婆娘贩菜卖鱼，煎煮炸焯，样样能行。可汉子的女人，全身刀刻无肉，也没那力膀头，又缺手艺。汉子的女人听此常脸红，默默转身拭泪。不过平日里汉子和他的女人，还真没红过一次脸，吵过一次嘴，日子过得紧巴且还算有夫妻味。

在酒劲的驱使下，汉子抱头和我说了一夜，也流泪一夜。汉子话不着题，语不达意。说东道西，东家如何有来头（做官人），西家怎样有钱财，王家的哥几个拳头那样的硬，而他自己这辈子裂熊了……汉子酒气熏天，半夜我才听出，汉子想让他那女人能有个活干，捞点工资，补济家，但无钱无物，只好请求我以他孩子的口气，给他女人的领导去封信——可可怜怜的乞求信，以求死活好歹感动领导，给他女人找个活。后来他的大女儿推门进来，满噙两眼泪，拉住汉子的手说：“爸，您别流泪，我替人家收割大白菜，明天就不去学校了。”妈说：“她明天下村讨点儿馍，换点儿钱。”“我也跟她去。”很聪明伶俐的小女孩给那汉子擦了两把泪说。小女孩明亮的两只眼睛在灯光照映下，闪动明晶的泪花，盯住我桌上的笔。汉子把身旁的女儿搂在怀里。懂事的孩子伏在汉子肩头抽泣起来：“叔叔，你替我给妈厂里写信吧，我妈一天就吃一顿饭，我求你了，给俺家写个信吧，爸妈没上过学，叔叔求求你。你写好，我就说我写的，我妈上了班，我也就有学上了，求你了，好叔叔，亲叔叔。”汉子的女人手拉老二不知何时也挤进小屋，一把鼻涕泪两行呜咽着。二女儿说：“叔叔，你写吧，明天我带你玩。”霎时，我的心震颤了，我猛猛地点了头。

我没有同情那受现实生活之累的畏惧者，给自己的生活炮制痛苦。我看重那两颗懂得生活受生活之苦的幼稚童心呀！

小女孩晶莹的泪滴，像火苗在我心中跳跃，啃咬着，燃疼我的心。夜深了，我凄苦而深沉地拿起手中沉沉的笔……

斯夜，深凄的街面上，偶尔有断断续续楚楚叫卖油饼的稚嫩女童声。令人心惊，催人泪落。

(三) 站在田埂望北京

小学二年级，那年我九岁，在自家责任田埂植下一棵洋槐树苗。昔日的小槐树，现已郁郁苍苍，有半搂多粗了，且果实满枝、丰硕肥厚，挺拔得似一个壮硬的汉子，造屋可以做最好的梁头了。

十五年了，三年级上半年，由于家庭经济不支，我辍了学。那时，我用劲摇着小洋槐树，流着眼泪。

现如今责任田分给了二果家。二果和我当年诸多相似，愿上学，且学习很用力，现已是四年级的学生了。突一日，二果的父亲遭遇大病，为了救活父亲，往日还算富裕的家现在变得一贫如洗。娘要二果照看瘫痪卧床的爹，并干些家务活。爹要二果下学回田劳动做娘的帮手。二果抡起比他还要高出许多的铁锨，使足劲刨着板结的田地。他哭了。他说："我非常想上学。"微风吹过，开满洋槐花的朵儿纷纷落入田地里。我说："二果，收起这些花枝，它可以做药材，跑到山外边会卖个好价的。"二果似乎没有听到，狠狠地挖一锨，把落地的花蕾深深地埋在了土里。

一日，我找到田间劳动的二果，手拿一封北京"希望工程"来的信(这是我跑到镇上把二果的事情和照片传到了网上，两个多月后的喜人结果)。我高兴地跑来给二果报信："二果，北京的一位奶奶知道了你的情况，支持你上学，一直到你高中毕业，这下你有望了。"二果呆了，好一会儿，他扔掉手中铁锨，手托红章黑字的"飞鸿"，既而，他笑靥如花。

这个时季，正是洋槐花开得正艳，香气十里扑鼻的时节，在明媚的阳光照射下，树叶更加浓绿，花蕾更是白里耀银。我站在洋槐树下，凝望着……

（四）救火者

农历十月二十八日，凛冽的西北风整整刮了一天，待到天黑下来时，寒风仍旧刮个不停，人们沉浸在一家人围桌晚餐的温馨和欢乐中。

突然，不知谁叫了一声“着火了，快救火呀”。顿时，整个小村似开了锅，人们异常喊叫声，呼呼风声，火光把天空染成红色，照亮西半边天。看此情景，让人触目惊心，使人感到这是一场瘆人的大火，我提起一只破水桶冲出门去。

我是第一次来此小村，人地两生，一会儿，便被左拐右拐的人们落下，我跑进一条胡同，当正辨别着火方向时，突见前面五、六米处，一个人影在小步慢跑着，天这样黑，风又刮这么大，没大事的人们是不多出门的，我信以为那人是救火者。我怕再被人落下，走错了道，便紧紧地追着，渐近火场时，那人突地加快脚步，飞跑起来。我确信那人是救火者，猛然间，那人挤进一家小院，紧接着听到一女人的叫骂声：“大二，你这死鬼，才来家几天，成天和那些人（村中有手好闲者）打牌，到什么时候了，饭也不顾吃，你看，这是谁家哟？可惨了！”“你嚷什么，要不这烦人的火，我须要他们打个通宵，快盛饭来。”男人没好气地说着。

我惊愕了，望着前面被狂风卷起的火舌，斜成弧形屈伸，有吞掉整个小村之势。看着愈烧愈烈的大火，听着噼噼啪啪脆响（着火声），掺杂着让人呕吐的气味，我拼命挤进救火的人潮里……

（五）百姓和县长

刘县长刚把屁股歪在座位上，县政府办公室主任便慌慌张张地推门进来说，驴子蹄菜市场一泼妇正在马路中央闹事，来往车辆与上下班行人不能顺利通过，造成严重堵塞。刘县长猛地把手中报纸扔在桌上。走，看看去。县政府办公室主任正要联系车子，刘县长便生气了：“就那么一丁点儿路，要个车子做什么？”刘县长骑上他的那辆老青岛牌大轮自行车，一头就窜出县政府大门。

远远的，在小城东南，公路上的车和人已水泄不通。尽管车子闪着红色尾灯，鸣车叫警，自行车铃震耳欲聋，可阻塞的人们仍寸步难行。刘县长扔掉手中的车子，便小心地挤进人群。老远就能看见一个膀大腰圆的胖妇人，蹦着老高，手指指点点，头摇着，两只硕大的奶子在肥大的衣衫里滚动，像两只惊恐跳跃的小兔。刘县长硬着头皮从人群里转了去。妇人很强壮，手持一把锋利明晃晃的肉刀，撞击着身旁桌子叭叭作响，桌上的鸡肉成粉末状，嗓门高如雷鸣，看看哪个混账东西来管，说不出个道道，老娘我就今天死给你们看……妇人话不绝口，眼里有些泪。刘县长看了一会，上前道，大姐，哪来的气？你看，这么多的人和车，就因了你的这个卖鸡肉摊位，把人流阻隔了，闪闪，向里边推一下，人群不就疏散了，来，我帮你推推。刘县长说此就弯腰欲推。妇人立马手紧握推车，怒目圆睁，你是谁？别多管闲事，老头，就是县长来了，这个面子也不给。老头和蔼地笑了一下，为什么？为什么，我还没问他们税务和工商上的几个人为什么呢？那些人二话不说，砸了我的摊位，把我的鸡肉扔得满地都是，我要和他们论理，我不走，他们叫公安的人去了，不是说，有种的，叫我在这儿等着。老头弯腰把地上散落的鸡肉一块块拾到妇人手扶车上，妇人依然纹丝不动。妇人理直气壮地说，老头，我知道你心眼蛮好的，就别在这儿费心劳神了。妇人看着眼前这个土不拉叽，个子不高，干瘦的老头，黑黑的面孔，大热天一身朴素灰白色中山装，像是有长年老病。老头听后有些不高兴，有事以后说，先把车子推开，让人和车疏散。老头话语沉闷而严肃，有命令声。妇人似没听到，置若罔闻，我行我素。

妇人哭说开了。我下岗了，好难操持这个行当，可你们今天赶我到这，明天赶我到那，没个正式地。你们吃拿卡要，我们这犯规，那犯法，问问身旁的姐妹，我们容易吗，女人泪水涟涟，着实也引起几个小贩的眼泪来。围观的路人笑着看着，人们猜测，说不定老头要和妇人干一架。妇人接连说。大伙看看，他们要我们这些摆摊在这样的积水成河、满是污泥里摆地摊，晴天这里污水积存，阴雨天，上淋下踏，弄得我们满头满脑泥水。我们愿干，买东西人们下去买吗，做小生意，谁不想多卖点，选个干净的地方，老头你再看看，我身旁的这杆公平秤，不是也摆放在这儿？是谁砸了它？是我们卖东西的人干的？我们缺斤短两？老头转目，看看已被损得体无完肤的公平秤，玻璃被人砸烂，指针掉落，里面满是积水。老头缓了一口气，双脚移动一下，溅起几朵水花，仍站在污黑的泥水里，老头这才清清楚楚地发觉，大多卖东西的人们脚穿胶鞋，两手交叉了，举目向他张望。买东西的人很少。偶尔，也有几辆自行车在他们身旁冲过，回头问问价，要买的则单脚用脚尖点在泥里讨价还价。老头没有移动，只是盯着妇人，一脸沮丧，有喘息几口气的功夫，老头从褂子口袋里摸出一盒大鸡牌香烟，把上衣搭在手臂上，又慢慢从下衣口袋里掏出一盒火柴，手抖动着，燃了。老头两眉紧锁，嘴里直向外流烟气，再没有言语。倏地，身后有人破着嗓子叫，刘县长，刘县长。政府办公室主任急急忙忙从人群中窜过来，一把便把妇人从刘县长身边分开了。您没事吧，刘县长。办公室主任很是吃惊，惊诧着，为刘县长擦了擦他衣袖上的鸡血。卖鸡肉的妇人好半天没有转过神，哑然自语，“刘……刘县长”，又转目瞅瞅眼前这个并不引人注目的老头，再直盯盯地看着老头手中那两元钱一盒的大鸡牌香烟，再没说一句话，默默着，把摊位推进泥水里。人群先是鸦雀无声，然后是悄悄议论，那个瘦老头子是县长，这下妇人吃不了也要兜着走了，接下是人们细长而响亮的笑，随之，便是车水马龙，顿时，人群和车辆像化冰的春水，流泻开了。几天后，在全县一次干部大会上，刘县长把胳膊向上一捋，一拳就重重砸在桌子上，手旁的茶杯被震翻，坠落在地。他大声道，群众原本没有错的，哪里群众出现了问题，哪里就生了贪官污吏……

半个月后，驴子蹄菜市场一派生机盎然。一条宽十米、长两里的菜市场焕然一新，洁净、清心、明丽，且热闹哄哄，菜市内偌大的垃圾箱，便利的下水道，两排明朗水泥板垒成的摊位，头顶是天蓝色的大塑料棚，蔽日遮雨，脚下两尺多厚的煤渣、沙石结结实实地压在平平整整的脚下，小贩们正忙于红红火火的生意，在众多摊位中，人们会醒目地看到那个高大壮实的妇人在满脸含笑地接人待物。

（六）废墟上凝望栓儿

栓儿是邻村一户贫困人家的孩子，比我小五岁。我关注他，如同疼爱我的兄弟姐妹。青年的我曾暗下决心，我要帮助栓。我知道唯一支撑栓儿弟生活的那片蓝天塌了，孤苦伶仃、茕茕孑立的栓儿，给我刮骨的震痛。

10 月 2 日，凄风摇雨。我带着满心的痛，迷茫地沿湖边摸着那条较熟悉的乡间小道，望着那片寂冷的小村，弟栓儿的家好难找啊！往事闪念即逝。我的整个身心完全情绪化了，怎么也提不起几丝精神，几颗泪滴不由溢出，是心灵怠怠地哭泣啊。以往我来，小弟早已迎于村头，今个却没有。绕过几道墙角，转出几条旮旯，在那残墙断瓦边，我踏进栓儿家。弟没有出来。冷不丁一条枯瘦毛皮满是锅灰还不会叫的小黑狗从小屋内嘤嘤跑出，友善地舔着我的裤角，摇头晃尾。小屋露着被烟火熏烤得发黄的尘垢，墙角一个不大的小床上有破旧的被褥，床前几把秋后的稻草，一堆柴火中有个圆圆的小洞，窗前有几块零碎的馍放在柴草上，一条三腿小木凳上放着一本满是油污的初中数学，被风零乱地翻着。掀开小锅盖，几粒白白的米饭冷在锅内，已没有一丝温热。回眼转在院内，三间用石头砌成的石基摆铺着，几摞红红的砖依石基立着。邻人捎来口信，弟大早跑进湖里买苇子去了，要盖新屋，怕今个回不来。

栓弟年少，十六岁的年龄在四个月内经历了四次与亲人生离死别的磨砺，好像老天很看重弟。有谁能经受得住这惨痛的打击，栓弟，你能吗？

栓弟，我不见你久了。斯年六月，你从广州寄我一信。我又气又急，你不是在那所中学上好好的吗，怎的一去千里呢？整整一个星期，埋怨又心疼。我知道你少年的路很艰难，上学确是不易，弟，咱农家的孩子谁个不是从饱经风霜，风雨泥泞的那条路上恍恍惚惚趟过来的？食不充胃，钱财拮据，举步维艰。你说，学习每况愈下，且家中的财力不持。弟，我懂，你家不是有常卧病的父亲，精神失常的母亲，都在用钱吗？每次上学，祖母不是紧攥着那几张毛票，叮咛又叮咛，孩子，在外要苦读呀，不是把用油调了的半瓶咸菜塞入你怀，含泪赶你上路。弟，咱是农村走出的孩子，从小就知道柴米的日子是个苦熬法，知道上学的渴望。于是，我便急急连给你发出三封信，叮嘱：弟，距家千里，自重啊！月余，听不到你的回音，我便坐卧不宁。谁料想，当听到你的消息，看到的是形单影只的你，在门前小屋下，精神懒怠的呆痴样，全然是另一个人。二月余，你连失三亲，这突如其来的变故，就是壮年人也伤怀难愈呀，况且，你是个孩子。你父先逝，死于重病，祖母念子心切，极度悲伤，而后怅叹，最后一口残喘，不是念：我孙儿无人照应呵，苦啊！不日，祖父也牵念着，扶携而去。是天合巧极呀，这不是命！弟。你见我，扑入我怀，涕泪皆下，哭声悲怆，那当儿，我的心碎了。我扶着你的头，不是劝你吗？弟，你不苦，你不是还有一个可依偎的娘吗？你娘嘀嘀地笑着，从我身边不看你一眼，扬长而去。见此，我的泪哗哗地流落下，我紧搂着你，你娘已不认识你我小辈了。风雨中，你送我，你说你想上学，你说远在外地的单身汉大伯能支持吗，我紧紧点点头，我答应了。看看远处那几朵飘荡的云，望望茫茫硕实的大野，秋来了。

风凉了。叶黄了。弟，人穷不志短，挺挺一切会过去。秋收农忙，庄稼是咱的血汗，一年的口粮，身单力薄的你有啥农事百工不懂，问问村人，庄稼活危险，你可要轻拿细摸，多熬点夜，别赶在雨天里。今年收成好，土路不平，车子少装点儿，多拉趟。播麦施肥，不是你力所能及的，向邻里讨求。亲人不在身边，一些零碎小事你得自个拿主意呀。你说你想哭，弟，我知道。可你只是掉泪，你没有哭声……我要走了，你抓住我的车把，紧紧不放。我没敢看你一眼，走了老远，再泪眼回望，你奔跑着赶我，塞给我一块热乎乎的油饼，你说，哥，你一天没吃东西了，你带上。我的泪刷地又来了，我抓着温热的饼，情不能自已。默默地分吃着，我悄悄再看时，你那满嘴吞咽，睫毛下那点点泪滴，令我悲泪如潮，你还是个孩子，那情，那景，怎不让我掩脸恸哭呢！

去年我去学校看你，你蜡黄的小脸就像田地里三年都没有施肥蔫蔫的苗儿，你异常兴奋，你说，你要考大学，我不是拍着你的肩说，弟有志向，成大器。转瞬，人事皆非。我想了，人不论从事那种职业，都要认真地对待生活。咱祖祖辈辈都是农民，整天忙在地里，看庄稼好喜在心上。

哥想通了，愿望并非你我希望所能造就的。人生难得，做个老实巴交的人更是不错，我不是自不量力，说胡话，你能听进哥的话吗？你虽聪明上进，且道途多难，荆棘纵横，哥上有风烛老母，下有尚少弟妹，且月入三百余钱，无法全力接济你呀，你能谅解你哥吗？

又一月余，你打来电话，声音含混，哭声雷鸣，我接后踉跄而坐。我知道是雪上加霜，又一个亲人撒手离你而去了。

我的心沉重呀。我迷失了去往你家的路啊。你的悲苦麻醉了我的思维，可却触动着我的心呵！站在你家冢前，旧坟还没有被染绿，新坟又添呀。你祖父祖母，你父。而今，是你大伯，一个远从海上跑船归来照顾家的单身汉子哟。坟前不见你的踪影，坟头主次分明，仙人们都有一个仙极温和的家，相偎相依，可我那悲怆小弟，谁人照管，哪家呵护啊！大伯生前那垒筑半截砖屋，积钱操劳，今缺料少材，不能成形。人说，弟的大伯常年积劳，百病染身，来家不足一月，一夜心肌梗死，一命呜呼。弟彻夜恸哭，哭声凄凉。人听之，无不涕泣。皆曰，苦孩儿，苦人儿。又说，弟心凄气离，含悲带伤，誓言盖一新房，找到迷失的家。弟，人生难测，生离死别，谁能免于经受呢，悲欢离合，老死病残，谁人一辈子没有呢，谁人一生不从这条远无头近无踪的路上来去呢，刻骨铭心的亲情，谁人忍离舍呵。你说，你失去了最亲的人，谁与为欢？我懂，我能不懂吗！弟，10月2日不见，不忍离去啊。今后你就要持家过日子，柴米油盐要精打细算，缝缝补补要慢慢学会，有好处，应急。其实男孩子与女孩子有什么两样，没人在身边，自己要照顾自己。弟，尝尽人间酸痛艰辛，更懂得生活、人生的可贵。乡村的年轻人脾气倔强，要融洽邻里的关系，多读点书，今后用得上，再两年，你就十八了，是大人了。哥说的这些家长里短的话，是让你慢慢学着做。千言万语，不知从何说起。

夜深了，长夜无语，魂牵梦萦，静夜醒来，抹掉腮边两行凉凉的泪迹，是梦啊，忧心忡忡。听，风潇雨泣，看，月夜繁星，望，黑暗旷野，谁人知我那远村的弟呢。思，亲情无眠，千刀难割，怎能不令人牵肠挂肚呀。今是腊月的雪夜呵！洁净的夜，昏黄的灯光映入雪野，远天的风雪从窗隙灌入小屋，凄凄扣着我的心。弟，今夜宿落何处，银白的世界里，你依然有梦吗?

这是一个乡村少年不幸的故事，它真实、命若黄连，他凄凉的遭遇一直影响着我，让我在生命的追问里，情不自禁伸出援助之手。还记得他受其初中老师的诬告（告发），被派出所捉去打得遍体鳞伤，偷者被抓后，他才清白于天下。我所幸托人、资助他转学，去一所中学读书。几年后，寥落在家务农两年的他，遭受了村人的欺凌、谩骂，再次被我送入一所成人大专院校。十多年前，我去北京打拼，和他偶有电话，他厌恶我的说教。他有了些知识和视野，如今学成了一个市侩的小商人。我几乎是看着他长大的，不敢相信他吃了那么多的苦和屈，终成为我无法想象现在这样一个人。

女殇

（一）断桥

小城的西郊是一个小村，紧贴小村东边有一座年长日久的石磴砖砌的小桥，桥不大可有来头。汉子们进城做生意，媳妇们上城赶集，大卡车，小轿车，听说清代官家翰林一学士坐轿曾一度吹吹打打，欢闹地从此路过。现桥身已断开，人们也改行他道。都说这个地方从不生美女不降信男，但有一个凄楚动人的爱情故事为人们所咏唱。

断桥似一个耄耋之年的单身女人，有怨声但无人问津。那年，桥西的这个小村竟开天辟地出了一对男女，他们的故事，大有接竹引泉之势，且声名远播。男子何家是名画画的，年纪轻轻却成绩斐然。女的是村里第一个考入大学的妮子，时为金贵。何家少时家贫，没能成就学业，在县城一所化工厂上班，曾日月累积，风餐饮露，寒暑夜日勤苦练画，所绘画卷每每一度走红。何家年轻有志，到了找对象的年龄，城里漂亮的姑娘们跃跃欲试，情书频繁，但何家情有独钟。几年前，他曾在S大学以信的方式结识了一位少女。女孩子文笔老辣，情切意重。每每鸿雁传书，情深似火，但两人从未见过面，不过即使不见面，俩人已是知己知彼的恋人了，见面也不过如此。往来信中情融胶漆，卿卿我我，私定终身。何家志大气粗，就认定寻觅信友贝婴这样的女友为妻。他自认贝婴年轻漂亮，是彬彬有礼的秀女子。女友贝婴说是在一些时下的报刊上一睹了潇洒的何家，两人一见钟情，信物频传。双双坠入情网，似有非你不嫁，非她不娶的山盟海誓，且私情不可外扬，两人几度守密。转眼女大学生贝婴毕业了，两人却一时几个月杳无音讯，何家整日愁眉不展，上班也打不起精神，苦思冥想着他的贝婴。他想，虽未谋面，但贝婴两字一入他耳，定是个娇小美艳秀如天仙的女孩子，他爱贝婴，渴望佳期。

几天前，他们厂分来了一个女大学生。何家小时候就认识她，是他家老邻居妮子，黑黑乎乎，一脸雀斑，嘴角处还有一个疤痕。第一天，妮子上班，何家作为邻居不得不打个招呼罢了，不冷不热，似乎何家一看到妮子那副长相，就有些反感。工作时，两人很少说话，可妮子总时不时瞅何家一眼。何家感到很不自在，马上逃离。似乎为贝婴而心中腻烦。

平平淡淡过了一个多月，每次下班回家，妮子总乐意一同与何家回家，加之是同村同路，何家也不放在心上，若无别人，路上从来不多说话，两人常路过这座桥——残桥是他们的必经之路。河中鹅鸭成群，绿鸟翻飞，偶尔两只水鸭追逐着，两嘴相吻，突地又把一只压在身下，嬉戏着沉入水底。两岸绿柳成荫，成群的牛羊在静静地吃草。妮子指着浊浊的河水说："多漂亮的小河！"瞅一眼何家，"可惜化工厂排泄的污水浸染了它。"何家目不斜视，不耐烦地偏说河水清澈，比先前美了许多。似乎何家想塞住妮子的嘴，只管走路。妮子没有再说话，心里想，终有一天叫你看看河水是怎么清的。路遇行人，年轻翩翩的姑娘们投来异样的目光，抛下几句耳语，何家怎么和这个女孩好上了。这时妮子总是送耳语者一个回眸微笑。何家嘴角抽动一下，飞快紧蹬几下车子，落下妮子。亦而妮子猛追上去。后来两人因此拌了嘴，何家一度暴躁起来，就是妮子紧跟他不放。何家常拿了S大学的女孩子向她炫耀，说她如何对自己好，有时拿贝婴热情痴迷的信当着妮子的面狂吻，来刺激妮子。妮子总能不急不火莞尔一笑。再后来，何家说出不愿与她一路同走，妮子那时哭得很伤心。两人再也没有一同走过。有时下班，妮子看到何家，不是紧蹬，就是放慢车速，远远地逃离。这时何家的心里只有一个人，贝婴。他见人就说，遇人就讲，编造说，S大学的贝婴马上就毕业了，模样长得可水灵了，像块玉。她来过好几次等，想以此打消人们对他的偏见。有时还放风讲，妮子在大学就有了男朋友，现在两人正准备结婚呢。为此事，妮子和何家大吵一架。而对何家，妮子总嘤嘤地哭。也有姑娘劝妮子，你是才女，大学生，他何家人模狗样算什么，画画点点谁稀罕，如今商品时代，大款大腕多的是，随便摸一个都比他强。妮子总是满含眼泪，伤心地摇头，女孩子的心容易受伤害，尤其是为心爱的人。于是妮子便把厂里污水处理作为头等要事，夜不能寐，夜以继日，专心研读，埋头苦干。最早一个到厂，提取化验报告，最后一个离开厂门，不再和何家见面。何家连续给S大学的贝婴写几封挂号信，结果都原封退回，说是查无此人。他是知道贝婴已毕业了。何家后悔当初没有问清她的住址。以前贝婴说——毕业马上来找他，莫不是贝婴变了心？他想。贝婴不会是那种轻心女孩子。他艰辛地等待。

白驹过隙，秋尾已止，冬天到来。溜溜的小北风整日不偏不斜地吹，桥下那条河有一人深，只是薄冰日见有加，污水却未见稍减。河畔的草木多半被污水浸枯，几株杨柳在冬日的河畔老人般被风霜渲染得骨瘦，河床上的车辆轰鸣不断，尘土飞扬，远处的阳光，昏昏茫茫洒在大地上，一片凄凉。一天暮夜，一骑单车的人摇摇晃晃，醉醺醺地向小桥走来，看样子是一个不知喝了多少瓶烈酒的醉鬼，发疯般地猛骑猛蹬上桥头。车子被桥头石块颠了一下，那人像棉絮里隐匿有重金属般“当”的一声，跌落车下，倏地，连人带车抛进桥底，伴着“咚咚”两声闷响，似两枚石子投入河中，既而哗啦哗啦溶解在水里。突地又一个骑车的黑影追上去，说此时，那人大声呼救，有人落水了，快来救人。“咣”的一声，那人也跳入水中。听那呼叫声，是一个女子柔弱的叫喊。在凛冽的冬夜，叫声特寒人、刺耳，像有人拿针刺在敏感的神经上。河底扑扑腾腾的翻滚声，似梭鱼受到猎者的惊吓，发出冲网窜绳的脆响。北风呼啸，小雪狂舞，几处零星的灯光摇曳着，漆黑的夜色笼罩着幽静的大地，如此这般的天，人不轻易出门，时间平常而又繁忙地飞过着。当有人赶来，打捞上两个人，那个醉鬼模样的人是名男子，另一个则是名女子。听人说，在打捞的那个当儿，女子死死拽着那男人的脚，女子的脚挺挺的翘着，分明是在努力把那男人往水面送的姿势。还听说，在送往医院的途中，女子的身体就僵了，整个身体结了冰碴，那女子头上露出一个大血洞，向外透着鲜红的血，说是尖石撞的。

第二天，女子清清白白地死在医院急救室，可谓是一位舍身救人的英烈女子。而那男人却如梦方醒，腿被摔断幸而抢救过来，怕是要记悔恨终生。两人同在一个急救室，男人呆若木鸡般看着医生用大白布把女子裹住，送入太平间。那女子走得很坦然，脸上有轻轻浅浅的笑意，但眼睛睁得很圆。在整理女子私人遗物中，打开女子尘封的手提箱，两叠厚厚的信飘落在地。一叠是女子写好未发出的，另一叠，信皮上的字体好眼熟，猛然惊悸的男人打开信纸，他撕心裂胆地狂叫一声贝婴，他掩面号啕，顿时悲泪如潮，痛不欲生，贝婴就是妮子!

又听说，那夜，一辆卡车从桥上穿过，车过桥断，但卡车完好无损。

桥上断了行人。每年清明节和妮子殉难的日子，总能看到一个四十多岁的汉子，目若寒霜，潸然泪下，独自转动轮椅，把写好的一封封长信和一篓纸钱焚入清澈见底的河水里，呜呜哭泣，他就是画家，何家。终身未娶。

（二）女伶

晚霞西坠的当儿，若推开我的小窗或走出我的屋门，总能看到小城偏僻角处尘土荡起的街面上有一把偌大的扫帚在浑天厚土里蠕动。定神盯视，一个弱小的身影被包容浸陷进滚滚灰尘里，扫帚游动像卷卷猎猎的狼烟，遮盖静亮的夕阳，柔柔的光线折射去，似一抹浓墨重彩的落霞，绯绯悬浮在半空，殷红了一片大地，使大地在沸腾弥漫中激剧滚动。凉风习习，矮小的身影偶然走出激荡的尘土中，是一个身着工作服的瘦弱女孩。人们管她叫女伶。

我只知“女伶”是旧时社会唱戏的年轻女子，但眼前的女伶我不知技长何处?

女伶姓字名谁？不知道。只知道女伶是这个潮湿阴暗居民区的清洁工，负责打扫街道和管理这个区域的垃圾清理工作。我来此租住处的时间不长，偶尔也能看到她三二回，后来便注意起这个女伶。因为“女伶”这个名字令人好奇，而她的形容，让我想起我乡村里失学在家的妹妹。女伶蓬头垢面，蓬蓬的头发像一团无绪的乱麻，绽开在脖肩处，头发大多遮住了脸儿。活生生白多黑少的眼儿，木木地转动，看过后让人顿生颓意。女伶矮小瘦弱，个儿不足一米五，年龄总也让人猜测不透，但人们认为她不大。一身灰白的工作服套在她身上，好比一件宽宽的大衫，裤腿扫地，淹没了鞋脚，锈迹斑斑的衣服笼罩住了女伶，看上去极不舒心，大有些可恶感。

女伶看人总是羞羞地瞅，怯怯地盯，瞅人的走动，盯人的相貌，常常眼光随人走出老远。女伶每天都要来此打扫街面和清理居民区的生活垃圾，当傍晚时分，女伶拉一车，带一锹一扫帚一个粪箕。工作时，常遭街口那个补鞋老匠人的咒骂，骂语多是嫌女伶过早打扫街面，灰尘把他的客人吓跑了。于是女伶总是早早来此，轻轻坐一边瞅盯行人的脸儿，看街上的风景。等补鞋人把深度的花镜摘下，修理停当，女伶才开始了清扫。有时她从过往行人飞速穿插过，总被行人回眼一瞪，丢下几声咒语，“眼瞎了，往哪儿扫，看不见有人吗?”这是几声文雅咒骂，若是后者，驻足，威吓一通，恶语谩骂一番，几乎拳脚相加，愤怒不已，那简直可怖极了。这时的女伶总是把扫帚放在两手肩处，环抱了，低下头不去看凶恶的骂者，默默地，听骂声远去时，才慢慢抬起头，悄悄盯梢四周，见远远没有行人过来，便先是轻轻扫几下，而后，全神贯注用力呼闪开大扫帚，扫帚磕巴巴的刮地声，一个劲地猛响，把打扫的纸片，棍棒放入粪箕，按在肩上，粪箕的底座撞得女伶的小腿啪啪作响，女伶走到垃圾车前，轻轻一弯身，把举起的粪箕倒在车内，看此，女伶竟做得这样自如。车大人小，女伶拉车特卖力，高悬的清石台阶，一个小跑，女伶如走平地，当街面扫完，女伶把车放在所要清理垃圾处，她要等这里十几户人家把晚饭后的垃圾铲上车，于是便从口袋里摸出五粒石子坐在地上，时而把石粒抛入空中，时而又接住半空中的石子，不让它落在地上，口中喃喃有词，声很小，听不到女伶在说什么。有时女伶自个在玩游戏，便引来居民区的孩子们远远围观，女伶笑笑，朝他们挥挥手，但孩子们相互拉扯着说，爸妈不让我们接近她，她是女伶。于是孩子们像躲避瘟神样夭夭逃掉了。女伶最爱看的是县剧团唱旦角的那个年轻漂亮的女演员，晚饭后，总能看到县剧团那个女演员扭动着婀娜的水蛇腰，灿烂地走动。女伶总偷偷一眼不眨地盯女演员白皙粉面的脸，目光僵硬地伏在女演员不慢不快的脚步上。当女演员发觉女伶瞅盯她，便恶狠狠地猛吐一口唾沫，用美丽的白眼剜一下女伶。这时的女伶呆呆地看着女演员吐唾沫的方向，不知如何是好。当垃圾哗哗倒在女伶的脚上，清亮的高跟鞋当当撞击着青石板，像鼓点，女演员远离时，女伶轻轻跺跺女演员故意倒在鞋上的垃圾，直盯盯看女演员苗条的身段，直到女演员消失在楼道内，女伶才用手刮一下脸上汗水，用干裂的小手紧抓锨把，一下下向车内铲垃圾，似乎女伶对女演员极度羡慕感。等到不知从哪儿窜出的蚊虫爬上人的手脚猛叮猛咬时，夜已沉沉了，居民们晚饭后，手牵孩子外出纳凉，闲聊。才看到女伶费力地拉着垃圾车慢慢走过。尽管女伶面目丑陋且苍白，但女伶不大，人们这样讲。

七月的天地似炉中凝聚的炭火，热气散布四野，闲谈的人们拉起女伶，知情人讲，女伶是乡下一个小村的孩子，来此打工的。原先这个区域没有配给清洁工，是这十几户居民自发出资雇佣女伶清理垃圾的。问及女伶的家里人，人回答，家中只有一个上高二的哥哥，父亲因病亡故，妈妈受不了生活之累，随一个生意人私奔，远去他乡，前年奶奶念子心切，积劳成疾，临别念叨，我孙儿无人养护，苦啊！便撒手离世了。苦难和世态炎凉落降到这个沧桑的家庭，初一还没读完的女伶为了哥哥考大学，辍学来此打工的。女伶来此已一年有余，人们说得很游戏，但我听得很动情。看着光洁的马路，在洁净的环境里纳凉的说客，我不知道年少的女伶在这么多风雨飘摇的夜晚怎样度过的，她的哥哥能否今年考上大学，给她这破败的家注入温暖及安详。

一个大雨弥漫街市的午夜，狂风翻卷，雨乱如泥。当我把小窗紧闭，阻挡风雨入室时，猛不丁，看到街面路灯下孤零零的一个黑影在风雨里蠕动，空荡荡的街面，深沉的雨夜，飞雨如刺，只有这一处是晃动的活物，当那黑影蹒跚过我的小窗，映入我的眼眸，我的心很痛，想掉泪。黑影是弱小的女伶，在风雨里拉着一车垃圾正艰难前行。女伶的身影消失在了雨夜里。感觉，女伶这样单薄的孩子应该有人疼爱，有人疼的孩子是不会干这种活计的，她还那样小，这是七月初的一个风雨夜，我所看到的女伶。

当居民区的垃圾堆积如山，招引泱泱蚊蝇来此盗食，街面和居民区的垃圾无人打扫时，过处的人掩鼻骂说，臭死个人了，女伶呢？人们才突然想起女伶好几天没来了。当居民区的人们看到一个十八九岁的男孩，身背女伶模样的女孩急奔向医院时，男孩边跑边哭喊，妹妹，你醒醒，好妹妹，我是你唯一的亲人，你别离开我。你睁眼看看哥哥，我是你的亲哥哥啊！男孩说此泪如泉涌。县剧团女演员说，叫人再雇个“女伶”吧，雇个像这个一样廉价、勤快的女伶，居民们赞同，说是该再雇个“女伶”了，我猛然醒悟，女伶原来是一个年少廉价的劳动力，一个年少女清洁工的代名词。我不知道这个僻幽的居民区将要又雇下一个怎样的女伶，更不知这个居民区以后还要雇有多少个这样的女伶。我要搬离这个居民区，租住他处，永远不想看到犹如我小妹妹一般年龄的童工“女伶”。

（三）孤独的安琪

安琪儿在我的心中似一团散乱且匆匆坠地的小雪花。支离破碎地来，却又无任何鲜明踪迹地去。至今这个明朗的女子的音容让人魂牵梦绕，我无不时时为之过多的哀伤和惋惜。

雪纷纷扬扬地从茫茫的天空抛撒在浅灰色的街面，路灯淡淡地反着昏花的光亮，毛茸茸的蛰伏四周，空旷的大地冷威满布，含羞的小雪花像盈满一地的断金碎银，夹杂着冷冷的斜风，寂寞地梳理着少有行人的街面。这当儿，一个斜斜歪歪的人影，像风掴飘落的枯叶，浅浅轻轻，在我视线里踽踽而行。好大会儿，雪地上的影似一卧姿正酣的睡人，在雪地慢慢停住，蹲下来，我信以为在这雪漫天野的深夜，那人定有难了。我慌慌从二楼冲下来——一推单车身穿红色风衣的女子映入我的眼眸，慢慢划过。雪作风颤，我真切地看到眼前的女子秀发飘飘和着那飞舞的红色风衣，似雪地绽开的一朵鲜艳之极的梅花，女子的面皮朦胧俊美，我轻轻地笑着说："小姐，摔痛了吗？没事吧？"女子回头看了一下："自行车出了点小毛病，就快到家了。"女子轻声柔语，便消失在雪影里。整整一个雪夜，我为那个雪中的红风衣担忧，同时，也为那个美丽的雪夜的邂逅而愉悦。

第二天，残雪依旧，野风劲起。下了一夜雪的天空仍不见有雪停的迹象，大地在银装素裹里娇然美丽。我早早赶到指定地点做课前复习，我正翻阅一本书，倏地一个穿红衣的女子拍着身上的雪从门缝里挤进来。女子一头秀发瀑布般泻落入我的眼际，我好奇地盯了一下，眼前的女子美丽，身形颀长，秀发垂肩，看上去很纯洁，也就二十七八的年龄。耳廓伴有女子清爽的自言自语："这天气，真讨厌。"女子自管拍打身上的雪。但我不由加了一句："这样的天真是太美了。"我做陶醉状，抬着头直盯着窗外的雪地。女子轻轻看了我一眼，坐在我的前排，跺着脚。我猜测，这女子和我一样报考研班前来复习的。红风衣不是那种惊目炸神般的女孩，我收了心，便全神贯注地看着书。九点整，学员们大多来到，人们正着急地等待中国现代文学史老师的第一次讲课。前排那个年轻的红风衣出奇地走上讲台，脱去身穿的红风衣，从布包里拿出一些书纸，并作自我介绍。红风衣女子叫安琪，是讲授中国现代文学史的，愿和大家做朋友。

我哑然。整整一个上午，我没有敢正面看一看安琪老师，只是沉闷地记着笔记，我怕安琪老师抓我的小辫子。安琪老师是北师大博士后毕业，由于学术有成，毕业没一年，做了副教授。安琪老师的课讲得绘声绘色，偶尔还用毛桃般的大眼睛环视大教室里的学员们，我的心更是发火，生怕安琪认出我。一上午我都在慌慌中度过，放学后，安琪走到我的桌前说："雪真是太美了。"我抬眼看看她，故作笑笑。她点点我的桌子又说，请问贵姓？我理直气壮地回答，雪村。我问，那您贵姓？安琪笑了，我姓安名琪呀，不是自我介绍过了？我点头，细细打量着，眼前这个皮肤雪白的安琪老师，她两眼柔美而温情，像个天使，但也能看出她的疲倦之色。安琪讲，我今早说雪烦人，只因为昨晚在为一个朋友买东西的路上摔了一跤，自行车也坏了，还被一个"小流氓"嘲笑一番，故而心情不悦。其实，我挺喜欢雪的。我笑笑，收拾一下，便急急和安琪告别了。回来的路上，思想着安琪说的“小流氓”，着实懊恼了一会。星期一早晨，我坐在编辑部办公桌前写下一段给安琪自我辩解那夜遇上的人不是“小流氓”的信，我坦白，那个“小流氓”就是诚心想帮助一下那个雪中的红风衣。没曾想，第四天，一封寄自×师范大学的信落在我的办公桌上。是安琪老师写来的。大意是她错怪了我，表示向我道歉，并寄来一首小诗《伤了你的心》。小诗写得有情有味，一时我爱不释手。

我和安琪接触多了。作为师友，我会提出疑难不懂的问题，安琪回答得细致入微。星期二下午，我们约好，我去她宿舍找她，她不在。听同宿舍的朋友回话说，她为在南方某大学的朋友去图书馆找资料去了。第二次再去找她，又听说，她为南方某大学的朋友寄款了。两次未果，更增添了我想找到她的想法。有天，她打来电话，说星期六上午十一点请我吃饭。我如约而至，安琪在她的宿舍里宴请了我。她从食堂打来两份带肉的菜和一瓶啤酒，外加两个馒头，安琪笑说，这是她宴请朋友档次高的了。我以为她在开玩笑，同室的女友也这样讲，这是她破天荒的奢侈。我愉快地接受了这次吃请，席间，她从桌下的薄塑料袋里拿出一个冰冷的剩馒头，掰开，一块块放进开水里，一边说，浪费了怪可惜的。猛然，我感悟，一个遥远乡村农家的女孩，一个走进大都市的高级知识分子，依然朴素节俭地生活在这所全国著名的大学里。我越发增加着对她的爱恋。从安琪宿舍回来，我写了一首小诗给她，是一首爱情小诗，内容有爱慕和赞美。她很敏感，在回信里，我就遭到拒绝，她说得很绝情。她说，她已有了男友，她不能三心二意，并说她男朋友在南方某大学读书。她在信中坚定地说，她要全力支持她的男友顺利到毕业，直至回到她身边。我和安琪只能做一般的朋友了，这是我所料不及的。我感觉安琪对爱是如此的果敢、执着和痴情。我默默把这种爱深深埋在心底，以后我害怕见到她，又时时渴望能看到她。渐渐地，即使我在城市的一隅看到安琪，我总默默地躲开，就是听她的课，看她从讲台上扫来的目光，我都不知所措，或把头低下，或斜目去看窗外，就是打个照面，故作不冷不热地招呼一声作罢，但我心中有一团爱慕安琪儿的火在点燃。安琪有种向上的精神在吸引我向上。我讲不清，安琪美在哪儿，但安琪是我心中一根颤动的弦，我深深地被她吸引着。

在这个沉迷的情感都市，我感觉，安琪对她男友的关心要比爱她自己多得多。在以后的日子里，我越发觉得，安琪在消瘦、苍老，我去听安琪课的时间也越来越少，我知道，我爱上安琪了。又一个雪日的中午，我在她的学校看到安琪时，她的额颧骨高高大大地突出了出来，那飘飘的秀发也枯黄了许多，脸儿发黄、雪白，样子比前些时日憔悴多了。听她的朋友们讲，安琪的男友又寄信和打电话向她要钱了，且他还经常向安琪发火，除了要求安琪为他做些事的信外，信也来得极少，总不冷不热那样薄情。安琪常流泪，反驳室友，男朋友不会见异思迁，更不是陈世美之流。一个风雪交加的夜，安琪突然接到南方某大学的电报，男朋友病了，盼速汇寄5000元。安琪泪水涟涟，我得去看他，男友有病了，一定是得了大病。当日下午，安琪借了些钱，便坐上开往南京的卧铺汽车，安琪这一去，竟是诀别。当我再次看到安琪，她已静静地躺在医院的太平间里，再没有那些愁苦事了。

这个女孩永远地卧在爱的道上。安琪搭车的第二日，由于路面冰滑，汽车行至徐州近郊时，车翻进水沟里，奄奄一息的安琪被送往医院时，已全身冰凉了。医生讲，安琪临终时，紧紧捂住口袋里的钱，轻轻地说，钱……南京……友……便咽气了。她同室的女友在通知我时，已哭成了泪人，说，安琪爱她男友太深了，安琪太善良了。

我们去徐州的医院看了她，安琪去得很安详，面部有轻轻浅浅的笑意。事发第四天，当她的男友来看她时，手臂间还挽着个漂亮的小姑娘。他向人们介绍，姑娘是他导师的女儿，艺术学校毕业不久。这个貌美如花的小姑娘在安琪的男朋友身上做亲密状，很是任性。那一刻，我真的为安琪落下了哀伤的泪，我看看洁白病房里永远睡去的安琪。安琪，安息！

老虫

老虫是个外号，一次友人的酒会上认识的朋友。老虫高大壮实，一张油光满面的脸，胖嘟嘟的，走路只见屁股剧烈扭动，却不见得能移出多少距离，像只爬在豆叶上蠕动的大豆虫。老虫独特，尤其那张不露白牙的嘴，能言善辩，能把假事说得有板有样，真服了他。

再次见到老虫，是我和县纸浆板厂的出纳梅谈恋爱二个月后的事。那天下午，我们并肩走在小县城的柳荫道上，和老虫撞了个满怀，他腋下夹着个公文包，行色匆匆，像有急事，老虫见梅后，便计上心来，把梅说成似一朵极美极亮丽的花儿，有种惜香怜玉感。后又把我赞扬一番，我心里美滋滋的，就别提了。我当时真的感激老虫那张绝好的嘴，回走的路上，梅还偷偷吻了我一下，这一功劳要记在老虫的嘴上，因为梅相信了老虫对我的一通狂吹和拔高。我和梅深入交流是见到老虫后的第三个夏夜，那夜天不冷不热，弦月垂天，柳儿们摇曳着翩跹的腰肢，在朦胧的夜色里做挑逗状。梅身着薄如蝉翼的连衣裙，紧紧地贴在我身边，我时时能闻到梅身上少女的体香，让人愉悦极了。我们海阔天空兴奋地聊着，从人生、社会到家庭……梅温顺得像只稚鸽，我能看到梅清澈的眸子里闪动着爱的火苗，最终，我还是拉了梅走出那片多情的柳下。但半路上，梅无缘无故泼了一通火气，说我是一块木头，只知道自己，不懂得别人，临别梅哭着说，不想再见到我。我丈二和尚，摸不着头脑，心里烦闷，不知如何安慰，梅似乎得更伤心，用力推我一把，独自跑了。

我去找老虫，请求指点迷津，老虫听后哈哈大笑，一脸怪态，一口许诺，我替你搞定，又是一个周末的下午，我约梅出来，还是那片柳树林，梅没有允许我解释自己的过错，断然提出与我分手，我想争辩，梅一脸阴晦地说，以前我想利用你，而不是爱你。梅似王八吃秤砣，铁了心要与我分手。我的嘴和鼻子像塞满了烟气，我一个教书的，有什么可供梅利用的呢？我伤心至极，快步离开绝情的梅，我恨死这片柳林了。在柳林的一角，我看到了老虫依然悠闲地抽着烟，我和老虫擦肩而过时，老虫含笑说，谁家的孩子不是向上长的。老虫只是无奈地摇头，追上我，拍拍我的肩，我弄不清老虫话的含意，点点头，慢慢地走了。我没有再和梅交往，梅那句无缘无故的话深深刺痛了我的心。四天后的一个傍晚，我从书店的玻璃窗里，看到老虫搂着梅的腰身从百货大楼门口出来的身影。我把头故意扎在书页里，他们亲密地从书店门口走过，我茫然若失，像个空心人，这样的结果，我无论如何是想不到的。

后来经人介绍。我认识了女孩思思。不久，我们恋爱了。思思是一个聪明、俊雅，内相的女孩，是一个中学的教师。一个阴雨交加的秋夜，按思思给我的地址，我去找思思租住的小屋。刚走到二楼，便巧极地遇到老虫正提着垃圾一脚门里一脚门外地出来，老虫先是一惊，既而我们相视一笑。老虫笑眯眯柔声细雨般说出一堆无奈的话，什么有缘无分，什么爱情不能勉强，什么他和梅木已成舟……老虫热情得要命，非要让我到他租住的房子里坐坐。我故意表现出男子汉的大度，自由恋爱嘛，无所谓，我们仍然还是朋友。明灭昏暗的灯光下，我发觉老虫不时瞅我的脸色。我自豪地向老虫讲，这次遇见，我是找女朋友思思的，绝无他意。这时老虫身后的门开了，梅露出半张脸，既而一本书打在老虫的身上，梅骂说，你僵死在那儿啦，还不快滚回来。我没有再和老虫说话，默默地爬上三楼，身后便传来碗盆摔碎在水泥地上的清脆响声，我知道，梅和老虫同居了。以后的两个月是，我遇上梅和老虫也能不冷不热地寒暄几句，便各干各的事，偶尔，我和思思也能被他俩客气地让进他们的房子里，谈谈聊聊，打打牌。思思偷偷地给我说，据她观察，梅和老虫的生活不怎么和谐，但老虫应该是挺好的一个人。十月八日是思思的生日，下午还没放学，我早早地把思思从学校接回来，我俩准备好好庆祝一番。不知老虫怎么知道思思生日，给思思送来两本上下卷《静静的顿河》，以表祝贺。思思很感激，说好长时间就想看这本书。于是思思说喊上梅，我们四个一块去小酒馆吃饭，以表谢意，老虫连忙拉住我说，梅下班晚，今晚她还要去乡下她妈家办急事，脱不开身，你们就不必等她了。我们三个人在菜棍小酒馆吃得正酣，儿时的伙伴栓子和他的几个朋友赶巧也来吃饭，栓子给我们桌送来一捆啤酒，我向思思、老虫介绍栓子混得不错，在县公安局任职，老虫非要和栓子喝个酒，两个人紧紧握了手。“县公安局的谁谁谁，那是我拜把子兄弟。”老虫喷着酒气说。当我从厕所小解回来后，醉意朦胧地听见老虫在思思身边讲，栓子在县酒厂保卫科上班，不在县公安局。我们走出酒馆时，老虫说我喝高了，一再要求思思坐他的车。后来，我们两家的关系更拉近了，但也只是因为思思对梅和老虫有好感。时而，我去找思思，思思不在，或我有事，我们便让老虫或梅传口信，他们总能满口应承。我逐渐感觉老虫这个人很会为人处事。

我和思思处长了，难免生出些小矛盾。女朋友思思心细，了解我一丝不马虎，一些无聊的谈资她也会问我，包括我小时候是否病病怏怏，有没有由于吃奶时营养不良，到现在还瘦瘦长长，云云。我给思思讲，从小到现在我就很少得病，就是个感冒发烧，多吃个馍馍我就能给顶回去。曾记得，小时候赤脚光着屁股爬猪圈，肚皮上刮出五道殷殷的长血口子，怕回家挨训，顺手抓起猪圈里的猪尿掺和了土，抹在肚子上不让家人发现。村里大树小树都爬，邻家的墙头也被磨得铮亮，虽没揭瓦却也多次上房。小伤小病不讲，以至上大学了也根本不知道腚针怎么打。至于到医院看病及其住院的病，我从来就没有过。

我清楚记得，那是一个初冬的小雪夜，是星期三，思思和我约好，香港大片《红番区》在县电影院上映，我七点准时去找思思，思思不在，梅和老虫也不在，只碰到一个穿公安制服的陌生人站立在老虫房门口，说是和老虫与梅约好这个点，在此处等。在回去的路上，我与思思老虫和梅打了个照面。只是我在暗处，他们在明处，骑着自行车，有说有笑，没有看到我。我大叫几声老虫和思思，路上人多嘈杂，他们没有听清，我急急地在小雪弥漫的灯影里追赶，十五分钟后，三楼的思思不在，铁锁依然死死地锁着门，我想问问二楼的老虫和梅，知不知道思思不在的原因，老虫和梅正在他们的房门口踱着步，见我走过来，他们惊愕了一下，马上平静地说，思思不在，倒是和我们一块回来的，梅也说，我看见思思刚才急匆匆下楼去了，说是办点事，很快回来。老虫插话说，真不巧，梅的小侄女病在医院了，我们正急着去看她，要不然你也可在我们屋等等她。梅看了看我，真不好意思，她立马锁了房门。我笑笑，没关系，我在楼道里等等吧。老虫打趣说，老弟，这样的良辰美景，你怎能错过呀，不过没关系，以后有的是机会。梅笑着，拉了老虫走了。我狐疑地望着他们，他们屋里的灯光如白昼般明亮着。

当我回走到离思思租住的楼约十米处的立交桥上时，回头再看一眼思思房间里仍黑漆漆一片，突然，我眼睛的余光斜落在老虫和梅同居的那个没有被完全遮蔽的窗时，我惊呆了，好一会儿没回过神来，老虫和梅的房间里灯光下两个晃动的人影，我不知道是雪水还是泪水，我用衣袖擦了擦眼镜片，我看清楚了，那个房间里秀发飘飘的那个女孩子是我要找的思思，另一个是我所见过刚才等老虫和梅的青年。我明白了，一切都明白了，老虫房间里发生的一切。我真想冲过去。把心抠出来给思思看，我不相信自己的眼睛，更不相信思思这样的女孩会脚踏两只船，可事实就摆在面前，不容你怀疑。更可恨的是老虫和梅这两个吃里爬外的东西。当然，爱情是需要选择的，现在的人很实际，谁不优中择优，沙里淘金呢。毕竟人生只有一次，谁会把婚姻大事当儿戏？我在雪夜足足徘徊了一个小时，小雪打湿了我的头发和衣服，灰茫茫的雪夜里，路灯清冷地映照着眼前这座孤独的楼房，我的心像是被人剜割下来，人与人之间的冷暖真是太可怕了。在县城的繁华地段，我又巧遇到打着雨伞，雪中漫步的老虫和梅，梅手里正抓着一大包卫生纸往回走，老虫依然面带笑容，形色可掬，像在打探和引诱，“唉，我的朋友，你等着思思了吗？天还早呢，这样的天色，正是有好事的时候，良辰一刻值千金呀。”既而便是老虫和梅诡秘的笑。真想大骂这一对男女，真是可恶。但我还是忍了，没有一句话，无声的回答是最好的反击。我匆匆从他们身边穿过。

第二天，一大早，我若无其事地去找思思，思思开门见我，立即把门又响亮地关上了。我轻轻叩门："思思，请开门。"房门没有思思的动静，突地，门开了一条缝，一包东西扔出门外，接着门里抛出一连串的话语，你的东西，还给你，你以后不要再来打扰我了，我不能和你这种人打交道。"思思请你相信我，我有什么错，你当面讲清楚!"我气愤地说，"我不是那号脚踏两只船的人。"思思好像被我的话激怒了："你的灵魂肮脏，你看看你包里那见不得人的东西，真是不知耻的小人，我有对象了，你快走吧!"包里有毁坏人的东西?!我自言自语道，这包里是我给思思买的几本书。我忙打开包，突地，一块方形包装精致的扁纸盒散落在地上，是两块厚实的塑料袋，其中一袋已被拆开，皱皱巴巴地放在里面，散发出一股怪怪的草香味儿，儿时的农村每年过节，我们村在煤矿工作的人大把大把地把它们带回村，分发到争抢孩子们的手里，我们放在嘴角猛吹，长长的塑料袋便被吹成一个大圆球，扎紧了放上天，我们嬉戏追逐，气球便成了我们儿时的玩具。而今，眼前这个玩意就另当别论，我什么时候买过这东西，我用脚踢踢，硬纸盒翻了一个身，一对搂抱的外国男女赤身裸体地坐在红红的大海边，样子很挑逗，纸盒上写着三个黑黑的大字"避孕套"。

我明白了，小人之所为，卑鄙无耻，我又被人涮了。我用力击打思思的房门，思思你要相信我呀，我是无辜的。思思似乎更加愤怒，无耻、下流、下三烂，我不了解你，别人还不知道你吗?你不配和我讲话，你欺骗了我的感情，你就是用这种手段欺负女孩子的，快走开，流氓。思思的嗓门放到最高音，句句穿心的疼痛，我似被人掐去了半截的蚯蚓，心痛肉跳地真想在地上打滚。三楼门缝里挤出几个中年人来，向我走来，我怕把事情闹大，对思思影响不好。便对着思思的房门说，我不会干那种事，纯粹有人陷害我，请你相信我。我用力把那块避孕套踢下楼去，风一样跑了。后来，我给思思打过九十九次电话，她根本不听我的分辩，听到我的声音便挂断电话，几个日夜守望在她的学校门前，有时被保安赶走，再不就是思思房门紧锁。思思不领情，她已恨透了我。后来思思搬家了，我也不知道她住哪里，这事便像一盒狗屎紧紧扣在我的头上，仇恨留在了思思心里。我知道和思思的事又黄了，这是没有结果的结果，就此作罢。只好冷静地去淡忘，我盼望将来有朝一日，能给思思心平气和地说说心里话，希望她不要误会了我。

小县城不理解我，我闭门不出，发誓要有所作为，2006 年 9 月，我考取北京的一所重点大学中文学院研究生，算是一种解脱吧。这年寒假，我再次回到小城，我感觉小县城是那样可爱和顽皮，不再对它恨之入骨，它弹丸之地，随处都可遇到满面笑脸的熟人。隆冬的一天下午，我在大街上的小报亭买一份当日晚报时，一个孱弱的声音叫住我，循声望去，我没能立马认出是梅，她盯着我看，尔后，苦笑着低下头。梅明显地清瘦和苍老，倒像个家庭主妇的打扮，梅叹了好几口气说，我若不向你说明，心里堵得慌，你现在发达了，也不要和我一般见识，是我害得你不轻，其实，你的朋友老虫，一开始就在利用你，坐享其成，你始终不觉？他不是人，他的手段卑劣，见异思迁，玩弄女性，如今他又跟思思同居，在县城的一隅，我也不清楚他们住在哪。其实，他反对你和思思在一起，我也怕你爱上思思，她比我强，她聪明、俊秀，工作又好，我便和老虫设法对付你，而老虫原来另有所图……梅的声音极小，嘤嘤地低吟着，这一切我心里早就明白，我不想旧事重提，我打断梅的话，向前看吧，面包会有的，牛奶也会有的。在走出离梅二三百米远处，回头望着那个暮色的梅时，梅单薄瘦小的身子像一根枯草，晃晃悠悠地飘荡在远天的寒冬里，矮在呼啸的风影里，我不禁对梅生出一丝怜爱来。一段时间以来，我老思考一个问题，爱到底有没有错。我想到老虫，我一定还会碰到他，我会向他自豪地说，我去北京找女朋友。

桃花源记

是灵肉的泯灭，是亲情的摧残。陈旧破败观念禁锢着无数的生灵，因此人们不敢再接近它——那湖畔边的青洼地。

青洼地是一片浅湖的岸。这湖是全国有名的大淡水湖，这湖日出斗金，禾木苍郁，鱼虾充足。然一畦之隔的青洼地，却四季显得悲凉凄怆，荆棘纵横，很少有人来。初春的湖畔，小河的冰细而薄，堤坝上艳红粉紫的杏梨，色彩缤纷，似少女的肌肤，洁白丰润。幽远的清香丝丝缕缕随风弥漫。昔日，青洼地是块水草丰美的田原宝地。夏稻冬麦的田原里一年到头苗旺果硕，辛勤的人儿用汗珠润生出这片无垠的良田沃野。在堤坝围绕的青洼地西邻，是历史宏伟的人工河——京杭大运河，融汇着，颤撞着两岸活鲜的生灵，南北流动着。大运河似一个裸身的袒胸女人，东挑一口碧水清澈、甘甜芬芳、水草旺盛、鱼虾充塞的中国北方最大淡水湖。西担一野养育芸芸众生的大平原。青洼地便是淡水湖中一块很小的清清沟坝和沼泽，从其身上能说此淡水湖一个清字、一个纯字来。

几十年前，贫穷和愚昧封建依然是这里人们生活信仰的主色调。运河边小村里的人们，生活困苦，信神信鬼、烧香拜佛封建迷信思想依然在人们的脑子里固化不去，精神情感和美好生活的追求，几近成为人们的奢望。春的步履似乎还没有涤荡过这湾盛开鲜花的原野村落。人们生活的意义只不过是喂饱肚皮，打着全新的饱嗝儿了事，这片土地里的人群只不过把生活当作是一种繁衍生灵的把式，至于涉及性的问题，难以启齿，过于压抑，认为是大逆不道的事。处在烈火干柴中的年轻人，追求爱，向往美好生活，但往往成为与世俗抗争到底的殉葬品。运河边小村的人们喜欢把一些“死猫烂狗”都扔到青洼地，死去的青年男女、儿童也都聚集在此埋葬，时间一长，长舌的村人们便传言出青洼地的阴森。果真如此吗？一时间令青洼地这块圣洁的地方飘引来凄鬼和幽神的怨嚎。新垒的坟头日见有加，人们称之为无家无户的孤魂野鬼集接地。一向在人们心目中美好的青洼地，后来已是恐怖又阴晦，飘石头，沉鹅毛，使人虎口丧生的葬身之地。人们因此称之为藏鬼纳邪的乱石岗子。

苏北平原上的驴子崖，这个遥远偏僻的小村，九十年代了，仍似一贫病交加的老人，憔悴而垂死地僵卧着。这里土坯苇草垒成的小茅屋，依然苟延残喘，充塞着满堂爷孙。在小村里走一圈，的确看不到半点红砖青瓦的“腥臊”味儿。改革开放的风暴对这个小村似乎完全没有影响，驴子崖不大，却有亭亭玉立的三个女子：杰儿、雪儿、瑾儿，如今却被那块青洼地的野鬼招魂而去，青洼地新添的坟头里有她们的尸骸。女孩杰儿、雪儿、瑾儿死得很凄美浪漫。可谓到达一种极致。

初春的冷风夹着茫茫的雪花，如梦如幻，撒落这片天野。在青洼地这方寸间，有三位年轻美丽的女孩幽幽然飞入了她们的梦中成人的童话世界。现场三女孩永久长眠在一块绣花的纱巾，场面很柔和，并不豪迈壮烈。她们脸色微紫，嘴角流着零星的血滴，身边零乱地放着三瓶香槟酒和几袋汽水。瓶口倒地，向外散着一股怪味，杏花和桃花纷纷飘落在她们的身上，似在催促着她们回家。女孩杰儿穿一双油亮的高跟红皮鞋，白色短袜，一条长及脚跟的白色黄花连衣裙，她上身套一件黑白相间的方格褂，手戴白手套，垂肩秀发梳得油光放亮却插了几朵的桃花枝。女孩雪儿足蹬一双黑色高跟皮鞋，脚穿长筒丝袜和黑色长袖连衣裙，套一件白色绿花褂，梳一条垂臀部下的麻花辫，手戴一副雪白的手套。女孩瑾儿穿一双平底布鞋，超短裙，上身着绒线毛衣，头发烫成波浪状，也是戴着白手套，据说瑾儿结婚不多长时间。雪白的纱巾下方，有两行小的血迹，飘落的雪花被血滴凝滞了，像雪地上盛开的梅花，血是从女孩口腔里滴落流出的，血浸透了女孩杰和雪的裙衫。一滴滴血迹显示出女孩们的死似乎轻率又悲苍。瑾儿翻身滚落在纱巾外，三女孩肤色发青，雪儿两腿紧蹬着地，身子半俯半卧在一棵桃树根下，像一条被小孩玩耍至死的蛇。杰儿死得很安然，瑾儿口张眼瞪，两手僵硬地伸向雾气飘摇的远方，像要接抓某物。有人猜测说，她们三人是遭人强暴而死，是他杀。也有说，是三个懒散，轻薄者的自戕。也有人提出种种猜疑……这消息没有张扬，仅被几个邻里小村的人们知晓了。翌日，青洼地便出现三个崭新的坟头。三条年轻的生命像小村上掉死的三只猫、狗，无声无迹地永远离开了小村。只有足不出户的长舌妇零星蹦出几句，但小村还是一样的平静，仍日落而息，日出而作。

虽然人们对三个女孩的死，不愿做过多张扬，但事出总是有因的。

听人讲，前些时间，女孩瑾儿从婆家回娘家小住几天，是被娘骂了，说瑾儿不要脸。瑾儿哭过，后来找到儿时伙伴雪儿，聊了一个晚上。雪儿是小村最美丽善良的姑娘，家中有一个憨傻的哥哥，呆且又聋又哑，然家中就这根独苗，现如今二十三四的同龄人生的孩子们都会喊爹叫娘了。而他呆傻残疾，婚姻大事，无人问津，爹娘为此整天叫苦闹病。然而，其妹二十岁的雪儿也到了谈婚论嫁的时候，然凭媒婆踏破门槛，爹娘铁了心肠，哥找不上媳妇，雪儿无论如何别想嫁出去。这不是雪儿爹娘定的，这是化以成俗，教移人心的规矩，哥不娶，妹就不能嫁。杰儿是中学毕业生，十九岁，花一样的年龄，天生丽质。然出生那一日，父亲说杰儿是孽种，不是他的骨血，月子里打得娘死去活来，从那日起，杰儿倍受虐待，并且被父亲戴上异端的精神枷锁。杰儿性格软弱，生活所迫，十八九岁的大姑娘还跟娘同在一间茅屋里歇息，尽管偶尔爹爬上娘的身子，发出欣慰的吭吭声，杰儿听见，赶紧掀起被子假装蒙头大睡，她很想离开这个没有温暖的家。然一天夜里，杰儿爹在外边喝醉了酒，回到家来，直径朝杰儿床上走来，杰儿大呼，吓得哭出了声，娘，快来救命呀，你看爹在做啥呢？杰儿娘点上灯，看到杰儿爹光着膀子正压在杰儿身上，两手抓着杰儿的头发，杰儿不能动弹。杰儿娘急了，抄起一根粗木棍狠狠打在杰儿爹背上，不要脸的老东西，她是你闺女呀，传出去看你老脸往哪搁？说着，娘哭起来，老天这可咋过呀！俺不能活了。杰儿慌忙挣脱爹，哭着跑出门外。从此杰儿就搬到雪儿家，与雪儿同住一屋，两人常常聊天聊到午夜。

村里爱嚼舌头的婆娘，眼最尖，耳最灵，嘴最快。哪里有个风吹草动，于是乎风云乍起，谣言漫布大街小巷，传入千家万户，因而青年人最恨咬舌妇。瑾儿回娘家两天，她男人便来接她回家。爹娘再劝，瑾儿就是不回，爹急了抄起擀面杖，朝瑾儿腿上就是两杖，杖断成两节，然瑾儿没落一滴泪，瑾儿铁了心，死也不回。她男人看是没趣，悻悻地自个儿回去了。听婆娘们说，瑾儿结婚四天，便试出她那个卖油条的男人没那功能，只一个软皮鸡蛋，不耐煮，连门都没入就彻底完蛋了。女人们呵呵一笑，那卖油条的男人还不是瑾儿的老爷子看他有仨瓜俩枣的小钱，要瑾儿委屈嫁了出去。的确，瑾儿爹是看准那男人有钱的。再说，瑾儿下边是三个妹妹，没有男孩子，在村里就低人一等。如今赶上这事，瑾儿爹发了难，脾气更坏，常骂瑾儿娘无用，窝囊，抬头就打，张口就骂，小婊子，我去你小娘，你这个龟孙骚半夜的，骂得瑾儿娘只咧嘴不敢还半句，有时脱下鞋底，打得瑾儿娘飞蝗似的满街号啕："俺不能过呀，娘呀，这辈子我得罪了哪路神灵，天叫我做女人……"瑾儿小妹妹只是跟在娘的身后狼一样地嚎。瑾儿还年轻，有苦难言，瑾儿的心在爹的铁拳下战栗。瑾儿常与那个男人试着折腾多次，依然无用。瑾儿伤了心，她的心日渐铁硬起来，可那事瑾儿又不能对外人说。

有时瑾儿偷偷来娘家，不进家门，自个跑进雪儿的小屋，和雪儿、杰儿泡上一夜，凌晨再赶回婆家，瑾儿爹是从来不知道的。三人说到畅快处，瑾儿只是伤心地笑，挂在脸上的笑有丝清醒的悲伤，乱事苦在心里。那夜，雪儿爹半夜发觉了雪儿屋里有说悄悄话的瑾儿，大骂雪儿不要脸，跟瑾儿学坏了，踢开房门，单手扯住瑾儿，一膀子把瑾儿撞出门外，死推硬拉把瑾儿拉到瑾儿爹家。那夜，雪儿爹大骂瑾儿爹娘，两人没说几句就动了肝火，噼噼啪啪，拳脚相加，然后就是两个老女人撕天扯地油光光的骂声。那夜，瑾儿被爹脱光衣服，吊上梁头，打得鬼哭狼嚎。一个劲地叫求饶，今后再也不敢了。第二天，瑾儿四脚朝天，被爹捆在卖油条男人的马车上。瑾儿仍然大叫不回家，等到那个马车绕村转过一周，女人的哭声被马蹄声踩碎。村里的老女人们看时，无不掩面而泣。人们说，瑾儿这孩子命苦，就嫁鸡随鸡吧，闺女是泼出去的水，哪有回头的日子，人鬼都是人家的。

雪儿、杰儿自从瑾儿被打，捆进婆家后，两人似乎没有那么足的劲了，总默默，不再拉男人女人的事儿了。赶巧，杰儿表哥从城里带回一个袖珍收音机，杰儿便借来听听，很巧，那夜她们听起午夜市电台的悄悄话，两个女孩听得入了迷。这时雪儿的危机也日见显露，雪儿爹不再容忍雪儿这般呆坐下去，催雪儿娘来软的，苦口婆心劝说雪儿，你哥年纪不小了，你能忍心看着他这样受罪一辈子，趁娘还能活几年，替哥换个亲，你哥有了家小，也了却爹娘这桩心事。后来爹又来了硬的。雪儿说要我换亲我就去死。爹说，死妮子，白养你二十几年，你死就死，这事就是天打五雷轰，爹是绝心了。雪儿哥看到雪儿，只是咯咯地傻笑，忽而窜入雪儿房内，雪儿拿起大扫帚，憨瓜，滚出去，便打出房门，雪儿哥嗷嗷叫着跑了。

尽管是过着贫困几乎没有精神支柱生活的日子，蓬勃成熟的性人人是会有的。雪儿杰儿也是人，有时她俩心闷便打开收音机听到凌晨一点——那个点便是收音机播放悄悄话的时间。一个慢声细语的男人讲，什么时代了，女人也是人，女人也需要性的爱抚，不要不好意思，女人也有爱的权力，等等。雪儿杰儿爱上了这个节目，每当夜深人静时，收音机便播出男女之事，雪儿杰儿听了咯咯偷笑，雪儿说，羞死了，不听了，脸都发烫了。杰儿便关掉收音机。杰儿说，如果这是真事就好了，雪姐，你说有那么好的事吗？雪儿无语，两人不谋而合又忍不住打开收音机的开关。雪儿听着，说，难道节目主持人说的真是对咱们来的，真有这事？杰儿说是自编自演的吧，没影的事儿，我睡不着了，真想谈恋爱了。雪儿默默地说，别傻了，你爹能允许，你没见咱们村都是媒人提亲的嘛。唉，人家多有意思，再看看咱们，有时候真想一死了之，可娘拉扯这么大了，死了对不起她老人家，再说，人来世上没尝过叫幸福的味儿，多可惜。雪儿姐，我看咱村二狗对你有点那个哟。雪儿反诘，混球，别瞎讲。两人互相搂抱着，嬉戏着，翻滚着，月光静静地泄入小屋，几声狗叫，咬睡了这沉寂的夜。

忽一天午夜，正当杰儿、雪儿听收音机入迷的时候，门外突然响起三下轻轻的敲门声。雪儿、杰儿吓得赶紧关掉收音机，缩在被窝里不敢出声。雪儿，快开门，我是瑾儿。门外响起瑾儿略带伤感的求救声。雪儿忙起床开门，瑾儿嘴角带血迹，头发蓬乱，衣衫不整。瑾儿看着雪儿、杰儿惊疑的目光进门就说，我找了个野男人，我男人发觉后，把我暴打一顿，我连夜从野地里爬回来，没敢从正道走，怕男人追上会打死我。杰儿惊悸地问瑾儿，你爹会打死你的，你还敢回家？瑾儿回答，人到这份上，狗急跳墙，他不认我这个女儿，我也不认他这个老爹了。我那男人无能，我又脱身不得，人这一辈子瞎过呗，不瞒你们说，我找了个相好的男人，让我痛痛快快地做了回真正的女人。尽管皮肉受点苦，外人说几句风凉话，我还是我，管不了那么多了。瑾儿停了一下给雪儿要了杯水，接着说：那男人好疼人，他有儿有女的，去年刚死了媳妇儿……人活一辈子图个啥?!杰儿雪儿很惊异但是却入神地听着，说道瑾儿凄凉的身世，三人自然地一阵子伤心。对了，那男人为了拢住我的心，买了一台小黑白电视机，那天我看咱市里新闻，抓了一批像咱这般年纪的女孩子，说是叫什么卖淫女，专门吃青春饭的，我看后真想为她们鸣不平。抓她们干什么，她们多不容易，你看看电视里整天放一些爱呀情呀的节目，有人能编出那事卖钱，为啥女孩子，特别是像雪儿你这般俊俏的姑娘，还受这苦命罪呢？瑾儿又喝口水，喘了口气。杰儿小声说，真是，如果电视上不演，人们还不学呢，全国能有多少像咱们年轻的女孩子。赶一场集，你看那男男女女，挤满街道。各种女人用品都摆在柜台的明眼处，多诱人，有什么见不得人的事。雪儿悠然地说：社会是进步了，可咱这天高皇帝远的旮旯里，什么新鲜风也吹不过来。杰儿急忙说，别说这是旮旯，村上的顽固老头子们可不这样说，他们还自豪地说清朝时咱这儿还出过一个进士呢，说是什么翰林大学士的官，修过牌坊。瑾儿补充说，前几年，大运河里还跑过洋轮，大客船，现在生活变了，可咱们姐妹还是受罪，多煎熬，什么时候是个头呢？我想，咱们不如一了百了，一走了之；咱们三个也进城去，找个活干，挣他娘几个钱儿，过几年再回来，你们说咋样？雪儿动心地问，她们能找什么工作呢？瑾儿说：干什么不中，只要给钱。再说咱模样长得不赖，趁咱年轻，在外面混混，享几年城里人的福。我想好了，我这边的事先拖着，等爹娘死了，再找那卖油条男人算账。雪儿、杰儿听了连说不行，并骂瑾儿坏了良心，没人情。说到伤心处，三人便抱成一团哭笑。

继而，瑾儿放肆地哈哈一笑，人是会变的，人活到这份上，我就不信，我会饿死在城里。别小看咱，咱换换衣服，抹抹脸，打扮打扮，照样迷人，再买一个叫什么丰乳器，健健胸，把胸部凸起来，听说城里男人都喜欢这样的女人。咱化化妆也比城里人差哪去？雪儿、杰儿都捂着脸说，别说了，别说了，羞死人了，要去你去，我们可没那胆儿。说笑着用被头蒙住三人的脸。

第二天一大早，瑾儿那卖油条男人就气势汹汹地跑到瑾儿家要人，并骂瑾儿爹是老混账，养了这么个臭婊子。然瑾儿爹莫名其妙，丢人现眼的事，又不敢吭声，只得摇头生闷气。瑾儿被迫无奈，不敢在小村待下去，便走为上策。雪儿说，瑾儿心野，她天不怕，地不怕，也不知此去是福还是祸……

乡村的生活是日出而作，日落而息。天天周而复始。雪儿尽管谈不上刻骨铭心地爱一个人，但她常常想起他，感觉是她害死了他，那便是村里的二狗。二狗年少时父母双亡，是个苦孩子，叔父把他拉扯成人，家庭拖累，二十大几的小伙子，铁打一般强壮的身体，脸皮子长得也不差，就是没人来提亲。在偏僻的乡村，男青年二十二岁以前找不上对象，再往上就是大龄青年了，过了二十八岁也就差不多要绝望成光棍了。雪儿与二狗年龄相当，两家隔邻而居，从小一块长大。小伙子憨厚耿直，不大言语，但心眼特机灵。有一天，雪儿用地排车拉柴，陷进路边泥坑里，碰巧二狗路过，帮雪儿把车推上来，并一直把雪儿送回家，感动得雪儿娘一个劲夸二狗心眼好，雪儿爹也递上烟表示道谢，并让进屋里坐坐，谈起二狗的亲事，说二狗这么大个人了，也别挑挑拣拣了，别管丑俊，挖到篮里就是菜。二狗听此偷偷瞟一眼雪儿，雪儿也在瞅他，二人赶忙把目光移开。二狗为难地对雪儿爹娘说，提亲哪有那么容易，要房子，要彩礼……没谁管我的事，所以也没有认真想过个人的问题。二狗说此又斜了一眼雪儿，雪儿正靠在门上，低头不语，用脚揉搓着地。雪儿爹似乎看出不妙，忙改口说，二狗，我还有事，以后常来家玩。说着把二狗赶出家门。雪儿娘试探雪儿，雪儿呀，二狗这人咋样？什么咋样？人家只不过是看我拉不动车，才帮忙的，别瞎猜。雪儿辩解着，扭身走进自己的小屋。日久天长，难免有时碰到一起。一天日暮，雪儿与二狗干完农活并肩往家赶。二狗半道上遇到雪儿爹，就打招呼，而雪儿爹只是应付似的哼两声，并不正看一眼二狗。回到家了，雪儿爹愤恨地大骂雪儿，死妮子，什么时辰了，还不快回家，帮你娘烧火做饭，拾掇拾掇。雪儿争辩说自己是为了干完地头那点活，省得明天再跑一趟，才回来晚了。雪儿爹娘担心地嘀咕，雪儿与二狗之间有猫腻，时间长了恐怕要出事，那人就丢大了，又回头看里屋那个傻儿子，不由得唉声叹气。于是又驯服雪儿，你看二狗那呆样，满村再找不出比他木麻的男人了。以后别再与他来往了。雪儿急哭了，知道你们就在出歪点子，其实，自己和二狗是清白的，啥事没有。没事就好，但有事的时候就晚了，你瞧瞧你那哥，等我们两个有一天死了，留下你这个憨哥，我们如何能闭眼！你忍心吗？雪儿娘说着又抹鼻子，又是擦眼睛。各人管各人，我顾不了这么多，雪儿扔下一句气话，甩门出去了。为了防止意外，雪儿爹娘议定由雪儿娘暗自去二狗家劝说。二狗呀，论说你各方面的条件都不错，过几天婶子给你介绍一个外村的姑娘，咋样？二狗听后脸红红的，憨厚地笑笑，那让大婶费心了，我请您吃饭。雪儿爹娘仍放不下心。雪儿去运河滩上收拾苇草时，正赶上二狗从湖里收网回家。二狗老远就热情地招呼，雪儿，你家的网今天捞了不少鱼，大叔卖了拾多元钱呢。雪儿只扭头笑笑，没有吱声。二狗帮雪儿把苇草运到家时，雪儿娘的脸竟布满阴云，一句话没说，雪儿的这顿晚饭也吃得疙疙瘩瘩。雪儿，二狗为啥不帮别人，偏偏帮你，你给我说清楚。雪儿娘怒气冲冲地质问雪儿。我怎么知道，大家从小一块长大，帮个忙有什么大不了的。雪儿反击道。臭丫头，我就知道你们之间不干净。雪儿娘把盛满米饭的碗往饭桌上一摔，坐在地上，手握脚脖子，号啕起来，我怎么生下你这个没心肝的东西，心里只有自己不想爹娘。一边用手摔鼻涕，一边偷眼秋雪儿。雪儿爹猛吸几口烟，碾碎在脚下，径直朝雪儿走来，雪儿后怕地往后躲闪着，“啪”一记响亮的耳光打在雪儿脸上，顿时雪儿脸上留下五道鲜红的指印。死妮子，不听爹娘的劝告，你不叫我们安生，你也别想安宁。雪儿的眼泪像断线的珍珠，扑嗒嗒落下，雪儿却没有哭出声，只在那儿默默呜咽。我和他什么都没有，我是个活人，又不是哑巴，要不，我守在家里，不出门好了，雪儿说。

几天后，一场空前的大暴风雨，把湖区的渔网渔船洗劫得一团糟，满湖的渔网被风刮飘在水中，渔船沉了不少，听说死了人。村上的茅草屋有几间被卷走了上顶，雪儿家门前的一棵一搂粗的大柳树被拦腰刮断。那天，村里传来消息，年青健壮的二狗在大风中淹死在湖里，二狗的尸体被水扒光了衣服，漂到了南洋岛一个小码头，后被人发现的。雪儿听后着实麻木了一会儿，虽然与二狗没有谈情说爱，但二狗这个人心眼蛮好的，他对自己有意思，雪儿是心知肚明，只是爹娘的拦阻，雪儿并不敢奢望。眨眼间这么个活蹦乱跳的人儿竟然走入另一个世界，雪儿的心隐隐作痛。村民们大都惋惜地感叹，那天县里专门派人来警告，夜里有暴风雨，老少爷们应该都知道的，咋的？老实的二狗竟不知道，难道没有人通知他吗？真是造孽呀，这么半大小伙子，为两条破渔网送了命。人们唏嘘不已，七嘴八舌地议论着。吃晚饭时，爹娘绝口不提二狗死去的只言片语，雪儿爹竟破例让雪儿娘炒了两个小菜，还买回一瓶湖西米酒。一家人闷头吃饭，只有傻子高兴地张大嘴巴，香甜地吃着。半夜里，雪儿突然闹肚子，便披衣上厕所，回来时忽然看见父母屋里灯还亮着，心想爹娘怎么这么晚还没睡，便悄悄走至窗下，只听母亲小声说，老头子，今个儿怎么合不上眼呢？是不是这件事做得太绝了。雪儿爹有点儿故作轻松地说，是他自己被湖水淹死的。雪儿娘叹口气说可事出有因啊！雪儿在窗下屏气凝神，听着父母的对话，差点儿瘫在地上。原来，那天二狗是知道有暴风雨袭击的警报的，上午便早早地从湖里赶回家，午饭时分，雪儿爹满面带笑地走进二狗家，看看屋里只有二狗一个人，便问，二狗吃饭了吗？二狗当时正在补渔网，听见问话声一抬头，有点受宠若惊地站起来让座，还没呢，大叔，您老怎么有空过来了。雪儿爹紧锁一下眉头，略带忧虑地说，二狗呀，大叔也没什么大事，有件小事想求你帮个忙……看看二狗的反应，二狗慌忙说，这没得说，只要我能行，您尽管安排。于是雪儿爹清清嗓子，我湖里下了几条网，好几天没收了，肯定已进了不少鱼，这几天，我的腰痛病又犯了，不能下湖，我怕别人会偷去，正巧你在家，我想……大叔，今夜有台风警报，村上的人都从湖里回来了，县里、乡里专门派人来说的。哪里的事，咱这大平原，大叔都一把年纪了，哪见过什么大风大浪，再说湖里那么多苇草，什么样的风挡不住，上面是谎报军情，我从来不信。唉，我家雪儿这几天身体不适，病倒了，咱又没钱治病，我还指望着从湖里捕点儿鱼回来，卖几个钱儿给她请大夫，这个忙你能不能帮大叔？二狗沉默了一会儿，大叔，大叔……喊了几声，最终还是把想说的话咽了回去。二狗，大叔以前没求你办过事，如果你有难处，大叔也不强求你，不行就算了，我先回去啦。说着，雪儿爹慢慢地蹭向门槛。大叔，行，我去，顺便也把我那几张网给收了，你可要及时给雪儿看医生。二狗带上用具，雪儿爹从家里拿了几个大馒头，几块咸菜，装入二狗的鱼篓里。然后把二狗送上码头，二狗撑起小船，向湖里划去，只见湖里的渔船往岸上靠，只有二狗的小船向湖里撑。西天的太阳雪亮，远天飘着几朵白云，偌大的湖，一望无际，白茫茫一片，空气里有一些潮热，平静的湖面，被来往的渔船划破宁静，但湖面并没有多大的波纹。

那夜，雪儿病倒在床，用头蒙住被子任杰儿再三地询问，也不回答。尽管杰儿不解，但她知道雪儿心事，以为雪儿是为二狗伤心难过，因而也不便多说，只是宽心地劝劝。第二天，雪儿谁也不理，只说头痛，也没起床。可雪儿的内心如翻江倒海般折腾着：去揭穿二狗的真正死因吗？爹是亲爹，娘是亲娘，孰轻孰重呢？一会儿是二狗冤枉的求救声，一会儿是爹娘愁苦的老脸。雪儿内心激烈地争斗着，雪儿虽恨爹娘的残忍，但她毕竟生活在封闭的小村，亲情可谓胜过一切。然如此一来，雪儿又觉得对不住憨厚诚实的二狗，因而总觉胸口压块石头，闷得喘不过气来。雪儿有口难言，神情忧郁，精神恍惚，如在梦中。正当雪儿内心备受煎熬时，竟意外地收到瑾儿的来信，信中讲，外边的世界似天堂一般，与乡村一比，乡村生活简直是地狱。只要是女人，城里就有金饭碗，生活就会阳光灿烂，城里的天空不会亏待女人的。只要年轻貌美，比如，雪儿你这样的女孩，金钱就会像雪片飘来。瑾儿还在信中夸张说她所处的城市是离不开女人的，似乎女人一旦离开城市，城市会暗无天日，不复存在。她找的工作很好，不出力，就能挣大钱。过一段时间就能攒够还清那卖油条男人的彩礼钱。她还说等她有了足够的钱，找个好男人好好过活。雪儿听了杰儿给她读的信，感动得一夜没睡，真后悔当初没跟瑾儿一起走。杰儿下决心说，雪儿姐，咱也走吧，外出打工，去找瑾儿。毕竟雪儿大几岁，她说，咱要向瑾儿学习，瑾儿能做到的，咱做女人也同样能做到。瑾儿没说在外面干什么工作，你快给她去信，让她帮咱俩联系一下，快来接咱们。信寄出后，瑾儿成了她们的精神支柱，她们一刻也不愿在小村待下去。她们出去的目的不是挣钱，只想开心。

苦涩的日子在渴盼中慢慢流逝着，在噼里啪啦的鞭炮声中又迎来一个新春。然而新年的欢乐祥和并没有带给雪儿和杰儿好心情。因为这一段时间没有收到瑾儿的信，本认为瑾儿会回家过团圆年，可竟竹篮打水一场空。新年的喜庆反而增添了她们的担忧和惆怅。新年后的第一场大雪，厚厚地罩在田野里的冬小麦苗上，冰封的湖面上不时响起猎人们清脆的枪声。随即，湖面上几只野鸭在凄苦的叫声里抖落下来。鸣叫响彻在青洼地干枯的野草丛里。突一夜之间，不知哪路神仙一把火把青洼地的苇草燃个精光，只留下几处黑秃秃的坟头。乍一看去，更惊人心肺，使人更不敢走近。然而这却成了野鸭、野鹅、水鸟等动物的藏身觅食之地。猎者明明看着就要到手的猎物，眼睁睁跑进青洼地，他们也会倏地停下脚，望之兴叹。即使狂躁的猎狗神奇般追去，然追至青洼地边，却汪汪狂吠几声，掉转头，随主人而去。

时光飞逝，转眼到了正月十五。正月十五是小年，正月十五闹元宵。家家都在屋中燃起蜡烛，一夜不熄。夜半雪儿与杰儿正躺在床上说悄悄话，思念着瑾儿。二人认为瑾儿在外过得一定很舒心，但有些担心，瑾儿会忘记她们俩。她们渴望有朝一日瑾儿会来接她们俩。雪说前几天，那卖油条男人又来瑾儿家纠缠，要人，并恐吓瑾儿爹娘，如不交出瑾儿，小心他们的老命。雪儿，杰儿暗自替瑾儿捏把汗，不知瑾儿钱挣够没有。再说，她俩没有文化，到了外面，两眼一抹黑，去哪儿满世间找瑾儿，只好按下心来等瑾儿的音讯。

瑾儿离家出走后，来到一个有众多名胜古迹的旅游城市。然现时节，下岗失业的工人满街转，寻生活求出路。于是个体户多起来，小商小贩大街小巷不断，什么理发店，美容院，宾馆，饭店，快餐部，小吃部，针头线脑的小买卖，满布大街。人们都在为一个字“钱”而奔忙着，算计着。瑾儿只身来此，像无线的风筝，四处游荡。在这陌生的城市，无亲无故，想找份工作更加艰难。好在天无绝人之路，正当瑾儿走投无路时，她在此城找到一份卖报刊的活。说报纸杂志是好听的，其实雇主给的是封面封底都令人肉麻的淫秽书刊。开始，瑾儿很犹豫，不好意思接受。然而老板说，这种书刊在人多的地方，比如：火车站，汽车站等地方很好卖，瑾儿可以从卖出的数目中提成，如果好，还有奖金。为了生存，瑾儿不得不接受，瑾儿虽不识字，但从书中花花绿绿的图画上，猜测这不是什么好书。什么凶杀，情杀，色情，床上的镜头。城里人有文化，现在流行这个。录像厅，歌舞厅，洗脚房，什么会馆，发廊纯然上演着城市生活的欲望。瑾儿开始不大好张口叫卖，报刊手里拿着，低头在人多处游走，偶尔偷眼斜斜行人，发觉没有异样的目光。但仍叫不出口，一连两天，没卖出一本，老板有点不高兴。一回生两回熟。瑾儿心一横，豁出去了。瑾儿有点儿胆怯地在火车站候车室里，挨近一位等车的旅客，这人穿着讲究，头发光亮，是个大腹便便的中年男人。瑾儿试探着小声央求，先生买一本吧，旅途寂寞，看了我的书会是另一种样子，保证让你高兴。男人在说话的同时，向瑾儿屁股上拧一把，瑾儿没敢吱声，反而还强颜欢笑。中年男人也很爽快，买下一本，并给瑾儿五元小费。瑾儿凭借自己的聪明和美貌，慢慢也能养活自己，并略有剩余。一天晚上，瑾儿破例奢侈了一次，买了一块鸡腿，一瓶啤酒，悠然地又吃又喝。猛发奇想，要是我每天都能吃这样的饭菜，多好，我必须去挣大钱。看看手中的报刊图画上男人雄健的肌肉，女人性感的胴体，让瑾儿想入非非，唉，别说男人心动，我自己都快受不了了。或许出于青春期性的渴望，瑾儿很想有个男人跟自己过夜。瑾儿想，别的女人能做的，我为什么不能做呢！听说干那事很赚钱的。瑾儿想到做到，便开始细心打扮自己，半个月不到，瑾儿经人介绍去理发店帮人洗头。如果说乡村女人是朴素而善良的，那么瑾儿在理发店应该坚守妇道。可瑾儿一心想挣大钱，吸引男人的注意。她学会了卖弄自己，小嘴涂得血红，眼睛划上眼线，涂上眼影；指甲涂上指甲油，又红又亮，再穿一身轻装暴露的打扮。阔绰的男人们是吃腥的猫。金钱让瑾儿贪心。大冬天，瑾儿像城里妖艳的小姐，穿起毛线裙，天天在发廊炫耀自己。欲望是男人的偏爱，瑾儿自认为城里的小姐才叫真正的女人，只要大胸肥臀，可人的脸蛋，女人就会尽享荣华富贵。功夫不负有心人，终于有一天，一个脑后留着一撮小辫的中年男人，走进发廊，嚷嚷着要洗头。瑾儿急忙多情地迎上去，小辫子看着瑾儿，露出得意的笑，试探。小辫子撩动瑾儿的裙子一角，瑾儿不在意，卖力地洗着男人的头，并不时地上下胡乱按摩，不时地给男人抛一个媚笑。小辫子说，我们写诗赚钱生活，和妓女卖淫活命有什么两样，只是我们出卖灵魂，妓女出卖的是肉体而已，妓女有什么错？小辫子中年人向瑾儿大腿摸去，瑾儿有些心慌，但一点不害怕，瑾儿铁了心要挣大钱。今天是瑾儿接待的第一位“客人”，瑾儿早早做好了心理准备。按摩室光线暗淡，但装饰豪华，铺着地毯，窗上挂着鲜红的布帘，让人不由想起，结婚的新房。小辫子在床上开始动起手脚来，猛然，抱起瑾儿扔在床上，迫不及待地趴上去……事毕，小辫从上衣口袋中掏出五十元钱，放在瑾儿手里，下次再来找你。瑾儿嘴角露出一丝微笑，点点头，甜甜地说，好哥哥，我等你。瑾儿好激动。瑾儿有了第一次，第二次，第三次，以后便顺理成章，便接踵而至。感觉钱来得太容易了，这样一次，赶上在乡下拼命干一、二个月的，况且这儿风吹不着，雨淋不着，太阳也晒不着，瑾儿觉得这样来钱快。

为了多挣些钱，白天，瑾儿依然在理发店上班，只要男人乐意的事她都干。黑夜，她走出理发店，钻入树林，花园，或是偏僻、阴暗的小巷去做妓。一个细雨纷飞的黑夜，瑾儿被一嫖客拉到医院的墙角，瑾儿被嫖客紧紧地按在墙上，瑾儿动弹不得，瑾儿说，二十元一次。嫖客笑了，什么二十元，你们这些路边的“野鸡”什么货色，有没有性病？十元足够了。瑾儿坚持说，少于二十元不做了。嫖客嘴角露出狰狞的笑，掀开瑾儿的裙子，挨上去……瑾儿想挣脱，可动弹不得。突地，医院二楼产房里传出新生婴儿的哭声，又一纯洁的生命来到这个肮脏的世界。瑾儿哭了，泪水无声地滑落脸颊。嫖客骂一声，小妮子，手跟树皮一样硬，知道就是一个乡下妹，真没劲。瑾儿小声说你还没给钱呢。嫖客没有作声，从口袋里拿出两张票子扔在瑾儿身上。瑾儿整好衣服，寻思着，还有下一个客人，便急匆匆走出小街。此时的瑾儿忽然想起并不温暖的家来。细细数数，离家时间已不短了。原先认为城里是天堂，现在她失望了，在家受的是皮肉之苦，而在这里不仅仅是肉体的伤害，最难过的是精神心灵的痛苦。起初给雪儿，杰儿写信吹嘘的一番在现在看来并不真实，雪儿，杰儿来信说还想过来跟她一起干，瑾儿想到此，默默祈祷，雪儿、杰儿呀，千万别来这地方，原谅我不再给你们去信。在城里生活不下去的时候我就回家找你们，城里不是我待的地方。

一日，瑾儿在夜深人静的午夜蹒跚着走进生她养她的小村，敲开雪儿的房门。雪儿、杰儿被瑾儿的样子着实吓了一跳，瑾儿瘦得似一棵凛冽寒冬里将干枯的枣树，刀刻无肉，凌乱的卷发散披在脏兮兮的脸上，昔日深邃灵秀的双眼，而今变得幽暗无光，嘴唇抖动着，两颗污垢的黄门牙，发出腥臭味。单薄的毛衣紧贴在身上，也不知这个寒冬瑾儿是怎样熬过来的。毕竟瑾儿在城里混过，自我展示一番，便拿出几件花花绿绿的时髦服装，送给雪儿和杰儿。瑾儿与先前像变了个人，满嘴脏话，句句浪声浪调，让人听后很不自在。后来，瑾儿发誓再也不出去了，即使打死在家里，还是家好。雪儿感觉瑾儿在外并不像信中所言，过着神仙般的日子，不但没有享福，反而受罪不少。雪儿、杰儿那打算出去心中的旺盛火苗被一下子浇灭。那夜，三人抱头，痛哭流涕，说是找不到活路和出路了。第二天，天还没亮，三人早早起床了。杰儿说，雪儿脸上有两条长长的血迹，是昨晚雪儿眼里流出的。眼下，瑾儿的男人找瑾儿的风声正紧，扬言要打死瑾儿。事不宜迟，雪儿、杰儿掩护着瑾儿，把她送入那没有人烟，与鬼神做伴的青洼地。那儿是瑾儿最好的藏身之地，那儿最安全。那儿没有人去，白天瑾儿在青洼地匿身，夜晚再偷偷跑回来三人同住。

那天是小雪天，初春的杏花雪，应该预示着好兆头。轰鸣的鞭炮声，在小村炸响，说是雪儿哥有了漂亮的新嫁娘，而杰儿弟不到结婚年龄，找了个大他十岁的漂亮婆娘。人们都很纳闷，这两家喜事还是同一天举办。

好事喜事，来得这么快，让人措手不及。接亲的队伍，喜洋洋地站在雪儿家门前讨喜糖、喜钱。雪儿爹笑得嘴都合不上了，想道自己家应该有香火可续了，便拉着雪儿娘说，快去看看儿媳妇那边准备好了没有？把接亲的队伍晾在一边。雪儿娘责怪说，慌什么，老头子，不是说好咱家闺女出门，咱儿媳妇进家门？雪儿爹为儿子娶媳妇的想法，换亲之事，阴差阳错，缘于雪儿，杰儿两个同床共枕一年多的苦命女子身上。雪儿茅草屋外站满了村里看热闹的男男女女，人们都相信雪儿要出嫁的那个时刻，会大把大把的眼泪抛洒给娘家。当天空隐隐约约有零星的桃花雪在缥缈时。有人预测这是好年头的征兆，吉庆祥和的日子将到来。人们说，雪儿二十六七的大姑娘，盼男人的日子终于有了头。一挂长鞭炮喜气洋洋地随浓烟散去，鞭炮声给雪天站立的人们一个不小的惊悸。时候到，接亲的人流推开雪儿的房间，人们顿时傻了眼，屋内没有雪儿。杰儿家同时也传出凉凉的消息，杰儿也失踪了。好好的一桩喜事，霎时，让有闲情逸致的人儿动了肝火。娘的，让这么多人在这里呆待着，雪儿爹和杰儿爹这两个老东西捣什么鬼，撒的什么迷魂药？看到一场喜事不复存在了，人们扫兴而去。穿上新衣服的新郎官儿，雪儿的憨哥，杰儿的傻弟，相互凝视着，又高兴地拣拾雪地上没有爆响的鞭炮，抢夺着，推骂着，煞是热闹。雪儿娘，杰儿娘两行沉重的老泪，滚滚涌出。不约而同地问，闺女哪去了？酒席一切都备好了，千万别有个闪失，老天爷！

青洼地面临的京杭大运河畔，禾木已发芽，花儿在纷纷扬扬的雪日，绽开得那么红艳、鲜亮，美得分外妖艳。满枝满节的花儿，像年轻不施脂粉的农家妙龄少女、细皮嫩肉的肌肤，又似纯正无邪的女子无忧无虑的灵灵笑靥，摸一把就会有临门福气降至身旁，掐一下就会有一滴滴清澈无瑕的鲜活汁水渗出，真是香气沁人心脾。加之小雪的缭绕映衬，大自然好像把最美最妙的景观，此刻，毫不吝啬地抛给了青洼地。被千古吟诵的大运河，往来无人，谁会欣赏此时的良辰美景呢？青洼地在春日的雪地里繁出嫩嫩的青绿，向人预示，青洼地的生命之绿又开始复燃。令人不愿回首的日子，或许，在此时季节里被人们忘得一干二净。人们还会记住它那装神弄鬼的模样？哦，有激情，有生命力的青洼地，往昔，女人浪荡的笑声，男人们的偷情的粗野的爱抚，还会重现吗？你笼罩上一层古老神秘的恐怖，那般沉重锁捆着人们的手脚和生命，以至置人死地般恐怖阴森。20世纪70年代的今天，你为何还在不断葬送着命运悲苦、口吐怨言的农家弱女子。你若有灵，你动动情，雪儿，杰儿，瑾儿这样的女孩子是你的臣民吗？她们为什么会寻到这么一个好去处，要不为啥一去不回头呢！青洼地，你这劣迹斑斑的魔鬼，吃人的恶狼，你最终要肆虐到何年何月呢？哦！青洼地，人们终于看清了你的嘴脸，你旁边小河流出的污迹，是你罪恶之地？你这杀人不见血的魔窟。

雪儿死了。

杰儿死了。

瑾儿死了。

她们是一起死去的。她们死在雪花飘飘、草木泛青、桃花缤纷的青洼地。多么令人悲苦的向往，她们的死在剜割着男人向往的心。她们大口大口地喝着勾兑有毒药的香槟酒，大把大把地往嘴里捂着残尸葬身的香豆，三人饮毒谈笑风生，平静而柔和地走入那条磕磕绊绊的人生不归路。她们不希望在另一个世界过同样的生活。她们为寻找美好的生活和爱情而去的，她们还怕什么呢？在无路可走，饮毒发作，腹疼难忍时，杰儿第一个把手紧紧抓住雪儿，杰儿发出愉快而又痛苦的轻笑，雪姐，我的好弟媳。雪儿吃力地喊着杰儿的名字，我的好兄嫂，我心里痛呀！转而，杰儿颤颤地说，雪姐，噢，你不是我的弟媳，我也不是你的兄嫂。我们今生今世永远是好姐妹。嗯，是永远的……好姐妹。来，瑾儿，快爬过来，我们姐妹仨一块走，别走散了，再被人欺负。瑾儿竭尽全力地说，雪儿，杰儿你们俩这辈子走得早了点儿，世间美好的东西，你们还没有享受到，哎哟，瑾儿捂住腹部，我是没人要的破鞋，知足了，瑾儿嘴角露出一丝笑意，但眼泪顺着眼角不断涌出。瑾儿扑了过去，三个拥抱在一起……

在青洼地的一角，人们突地发觉又增添了三个坟头。最左边的是瑾儿，中间是雪儿，右边是杰儿，三人的坟头呈“一”字形排开。青洼地很平静，与往常不一样处是雪儿，杰儿、瑾儿坟头上垒了新鲜的泥土，白净嫩绿的苇根，草梗，晒在了阳光下，已干枯死去，而别处的草儿已返青挺拔了……青洼地更充满了丰富的神秘。于是，便有人传说，漆黑阴沉的午夜，能听到青洼地喊屈叫冤的狂嚎，或相互厮打骂声，并伴有明灭的鬼火。村里老年人猜测，她们在阳间有委屈，到阴间会犯上作乱的，会给我们的小村带来灾难。一时间，人们的精神绷得紧紧的，夜里不敢出门，生怕有女鬼扑身之祸。

小村的人们终于弄明白了三女孩的死因。杰儿弟原来是个两性人。雪儿爹、杰儿爹到一块商议，用杰儿、雪儿来换亲。杰儿、雪儿宁死不同意。至于瑾儿，卖油条男人没有认领尸体，也没有要回财礼钱，不了了之。

抬眼是天，俯首是地。青洼地，这片清冷的青洼地，风凄神迷，其气凛冽，其景萧然。风吹来的时候，只有尘沙；落雨后便是沼泽。偶尔一条草蛇从草丛中爬出，依然还是蛮吓人的。

前些年，青洼地已被回村求发展的大学毕业生租借搞了生猪饲养基地，生意兴隆。大约是三年前，当地县政府挖沟筑堤，扩容增色上千亩，栽种桃树、杏树、莲藕，养殖上花鸟鱼虫，改造成湖畔湿地，一年四季，都鸟语花香，空气清新，成为当地有名的湿地氧吧，真可谓，“金山银山，不如青山绿山”，被人们称之为世外桃源。关于其他的事，被人们一干二净地忘在了脑后，没人再提及。现在，生活富足的人们想到的只有挣钱，过上好日子。

02

中篇小说

远山的呼唤

农历正月初九的夜，凄凄的冷雨从天破一角飘来，雨乱如泥。雨很猛、很急，像落地的石头，撞击着沉睡的中原大野，夜幕似被浓浓的墨染得漆黑一团。寒风呜着长长的哨响，铺天盖地，山村农家的茅屋，雨丝从门隙向里涌灌着，门板吱吱呀呀地惨叫着。夜半，一个黑影在小土屋前的囚棺前，是一个老女人。她手托摇曳的油灯，站在灵棺前，头发蓬乱，满脸坚毅，目不斜视，铮铮的老脸上，泪痕狼藉。“苍天啊，你睁眼看看我们这弱女寡母，你睁眼看看我们有冤屈呀！”老女人双膝跪倒在地上盯着囚棺。女人自言自语：“女儿，我死也要去北京为你申冤，那地方不是官大官多有清官？我的女儿啊！你是娘身上掉下的肉，你死得惨，娘要为你讨个理，娘知道你是清白的……”

一

在豫苏两省相接地方，这里是中原大地一片湛蓝的天空，远处的东方是一连绵的群山，苍松攀岩，鸟语畜鸣从萦绕的山峦间传来，苍翠的山脚下，是碧波荡漾的落马湖。湖中水草充塞、鱼虾丰足，夏日万亩湖塘里的荷花争奇斗艳，满眼满怀醉人的绿丛中，八百里的湖泊，八百里的苇草，八百里的无限风光，着实让人流连忘返。美景如画，风吹草野牛羊显。雁群落虹、旭日沐湖、湖川风雪图、运河春晓图，林林总总的美景，不胜枚举，令人一览山川、河湖的壮美。古运河的船鸣，大运河似镶珠光宝气的玉带，浪里耀银，流泻南北。大运河的西边是古中原颇为开阔的苍野沃土，这里一马平川，春夏秋冬，绿野遍地，四季葱茏。极目眺望，条条块块的大平原被禾木切割得井然有序，田原环抱了零零星星小村，中原大野满眼风光无限。冬天地皮上生着苍郁的小麦，夏季田原上的棉花如漫卷的白云，豆类瓜果，是一野的硕实，秋日里，黄黄的稻浪似中原大地铺了一层黄金，万木结籽，田原开始收获。明媚的春光一泻万里，中原大地披红挂绿，人们的希望和梦想开始起步了，但这里依然贫穷如初，交通不便利，外界新鲜的风刮不到这里，无论是风雪击打，淫雨浸漫，坚强勤劳的人们，没有因为依山傍水和灵性繁生的田野过上有滋有味富裕的日子。大多数土生土长的农民以田地作为刨食的生活把式，一年到两头，依偎着这薄薄的几亩田地度日，风调雨顺的年月，可以吃到个纯粮年，赶上寒年灾月，农人们便借湖草为食。在清令县柴北乡柳子湾村，人们生活更是艰难，这个县，这个乡被连绵的山丘所围绕，柳子湾村在山凹的半腰，村里的人家几乎穷得一贫如洗，与之相邻50里的山外湖区，平原地带农家的生活却大相径庭。这峦峦群山，地下的煤含量大，为此，驴子崖的闫白山就发了横财，做起了煤炭生意，他开这个煤矿就是以县里的名义，自个发财。为此，闫白山聘来了廉价的人丁，做起老板，柳子湾的姚玉花、兰妹子等同村几个年青的姐妹，就是来此出卖苦力，想换回几个营生的小钱。一场悲剧正由此引来。

二

农历八月秋收忙完农活，驴子崖的闫白山来柳子湾招工，被挑中的是福气，个个喜出望外，倍感幸运，因为他们也要挣钱了，尽管苦累，总比在家闲着好。年轻貌美的柳子湾姚玉花、兰妹子也在其中。姚玉花上气不接下气地叫着喊着，跑进家门。姚玉花之母姚氏赶忙从厨屋出来，两手带面，望着玉花，骂：“死妮子，有啥事，高兴成那个样，把我的魂都吓跑了。”“娘，俺被闫老板选中当工人了……”姚玉花满面春风。“闺女，那活你可干不了。”“娘，咋的？人家说了，都是机器，不出力，还能挣大钱，一天三块呢。”姚玉花争辩又说：“咱家没有持家的男劳力，我们母女这么多年，过的啥日子，好不容易有个钱挣，娘，你不乐意，我也得去，我已经报上名了，咱村的兰妹子还有几个哥哥，人家都让去，为啥我不能去。”姚氏看看眼前亭亭玉立的女儿，再看看两间破烂的草屋，姚氏想起那个饥荒年月，丈夫挖煤远离她母女俩。那时姚氏中年得女，女儿姚玉花刚满月，丈夫那一走再没回来，从此杳无音信，后来听说是被压死在了矿洞里，连个尸首都没拉回来，年轻倔强的姚氏便从此挑起了家庭重担，好好的一个人，说没就没了，她不相信，她要等着丈夫回来，再没嫁人，到现在丈夫还没回来，有人提到挖煤，她的头脑就发胀，这是姚氏最为悲伤的事。如今眼前这个俊秀的出落成一个大姑娘的玉花，姚氏确实不忍心，不舍得。姚玉花自小聪明懂事，为邻里所称赞，被村里人称为最漂亮的女孩。姚氏气愤地说：“娘上午给你贴锅饼，过来烧锅。”“哟，娘，你同意了。”姚玉花嘻嘻地笑着吻了娘一下。“死妮子，没正经，火着出来了。”“娘，闫老板说了，明天他把车开到山下来接人。”姚玉花正说着，兰妹子哼着小曲跑来报喜：“玉花，玉花，俺娘同意了，俺爹也同意了，你呢?”说着走进小屋，兰妹子被柴烟呛出两眼泪。姚玉花向兰妹子使个眼色，又看看姚氏，便低下头。兰妹子对姚氏说：“我的大娘哟，风不掴脸，雨不打头，玉花姐能干了这样的活，听说那里的吃住比咱家享福多了。再说玉花这么个大姑娘家了，提亲礼道的，也该准备点儿嫁妆了。”“烟呛死我了，你是不是故意，死妮子。”姚氏似乎没理会兰妹子的话，姚氏对着姚玉花又说：“她死活我不管，兰妹子，你也别劝我，我不管你们的事。”姚氏长叹了一口气，嘭嘭盖上了锅盖。下午，姚氏借来一块新布料，连夜为玉花做了件新衣服，并叮嘱姚玉花：“闺女啊！你也不小了，也得往后打算了，你若干不了，赶忙回家，娘盼你呢。”“娘，你放心，你闺女不是三岁小孩，啥心眼没长，再说，离咱家也不远，四十来里地，一天能打个来回。”玉花又劝娘说：“娘，你怕个啥，人家矿上有电灯，有钢丝床，有清水，还有煤，若你到了那里，怕你享不了那个福。”玉花直说得姚氏破涕为笑了。第二天，真有小手扶拖拉机来接姚氏的心尖儿玉花她们了。姚氏慌忙给女儿包袱里塞了两块玉花平日爱吃的锅饼，送着女儿下山并叮嘱：“儿呀，干不了那活，可赶快回来，多注意你的身子骨，别忘了常回家来看看娘。”姚玉花笑着：“娘，你回家吧，别忘了把我放在鸡窝上的布鞋拿到屋里。”姚氏目送好远，兰妹子娘推了一把姚氏：“老姐姐，哭个啥劲子，孩子们外去当工人，挣俩钱，高兴的事呢。”

一月余，姚氏坐卧不宁，十几次去找兰妹子的娘：“大妹子，两个闺女走了一个多月了，连个信也不捎，是不是在外作难了？”“你说说这两个疯妮子在外面就是挣钱再多，也得给家里回个平安话。”兰妹子娘拍拍姚氏的手又说：“大姐，别担心，孩子们都大了，没啥难作，我想就会快回来了。”姚氏便说：“也该回来了，这么长时间，要不咱俩抄近路去看看？”“别憨了，大姐，哪里去找，孩子就快来了，再等等。”姚氏听后便慢慢往家里走，心里爱惜地骂着玉花：“死妮子，回来看看，也省得让我牵心不。”

第二天后半晌，姚氏割了草正要喂猪，兰妹子哭着跑进姚氏家里：“大娘，玉花她，她在外面出事了，被乡派出所抓走了。”姚氏像似当头一棒，手中的料盆不由自主掉落在地，“孩子，你说啥？你说清亮点，你咋回来了？”兰妹子急急地讲：“那天，你家玉花和我们六个姐妹吃罢晚饭，被闫白山叫去，说是去他那儿看电视，演的香港武打片。我们到他家一看，是闫白山的几个谈生意的人，闫白山硬要我们陪酒，说是有钱给我们，我们几个姐妹坚决不做，我们想离开，闫白山不让走，便劝我们在他里屋看看电视，”兰妹子语无伦次，“大娘，我们在那儿干活真是受罪了，哪里有闫白山说得天花乱坠，每天白开水，馒头和腌菜，可干的活把我们都累死了，一天十八九个小时，没白没黑地干，可闫白山不给我们分文钱，也不让我们回家，他总说快发工资了，可我们始终拿不到工钱。”“兰妹子你别说别的，你玉花姐到底怎么了？”姚氏急切地问兰妹子。兰妹子讲："那晚酒气熏熏的闫白山等几个谈生意的人走后，闫白山很恼怒，他突然说，'那袋三万元钱不见了。'于是，他气势汹汹。闫白山人面兽心，挨个审问我们，胡乱抓摸，搜我们的身。"兰妹子说此呜呜哭起来。"孩子，别哭，也别怕，你快说我家玉花到底是咋回事?"姚氏面带凄色。兰妹子止住哭："玉花姐很害怕，怕闫白山想坏点子，缩在桌子的一角，默不出声。闫白山翻着白眼认定就是玉花偷了他的三万元钱，闫白山这个丧尽天良的恶鬼看玉花姐脸蛋好看，便把我们几个人哄出去，单个审问玉花姐，把玉花姐全身摸了个遍，我们在窗外偷偷地看到的。玉花姐咬牙忍了。可这个该死的闫白山突地抱起玉花就往桌子上按，撕脱玉花的衣服……我们听到厮打声，闫白山这个该千刀剜的野兽，奸污了玉花，可我们几个身单力薄的女孩子，被闫白山牢牢关在门外，我们害怕极了，都缩成一团。后来我们村及邻近村的工友来了，说要打死那个人面兽心的闫白山，门被人撞开，玉花头发蓬乱，衣着不整，踉踉跄跄跑出房门伏在我们身上大哭。闫白山见势，他打了报警电话，声称他派出所的表弟柳子舟马上就会把暴乱的工友抓去坐牢，工友只是把闫白山围在房内，骂着，但没有人敢上前动闫白山一根指头。约半夜，乡派出所的柳子舟来了，把玉花姐连推带拽拉上警车，闫白山也跟着上了警车，矿上的保安便把人群驱散了，我们几个姐妹趁夜各自逃回家来。"兰妹子说得满嘴白沫，停止了哭泣。姚氏含着泪冷静地听完哭诉，厉声问："玉花她偷钱没有？你给我说实话。"兰妹子一脸严肃："我们几个一直在一起，根本就没见到三万块钱。玉花她绝没有拿他闫白山的一分钱，我们也没有见他的钱。"姚氏听罢，顾不上把房门上锁，说："我去乡派出所，看个清楚。"姚氏还没走出院门，闫白山气势汹汹带着几个人涌进姚氏家门，见到姚氏，便破口大骂："好一个养女不教的寡婆子，你那手贱的女儿姚玉花，偷走了我的三万元钱，我是找你要账的。不给就给我点了她的房子。"闫白山怒气未消，示威说。"闫老板，你说你少了钱，有何见证?"姚氏问。"见证？人们都看见了，我这样身份的人难道能冤屈你女儿。"后面跟着的几个陌生人也随声附和，我们亲眼看到的，是姚玉花偷的！姚氏看似没有发怒，但嘴唇铁青，从没见到过这种场面的她有些胆怯。姚氏用颤抖的声音问：

"我玉花现在在哪里?"闫白山冷笑了几声，说："在哪儿，她偷了三万元钱，怕是坐牢，今早有人见她在矿上畏罪自杀了。"姚氏脑子嗡地一声，昏倒在地上，围观的村人连忙扶起姚氏，前胸后背地拍打，姚氏嘴里喘着粗气，呜咽着自语。闺女，我的儿，玉花啊，你在哪儿?闫白山见势骂说："你这个疯婆子，别装疯卖傻了，你就是连家底翻几个也赔不起我的钱。你闺女不是畏罪自杀了吗?不还钱，我是不会与你罢休的。"闫白山又放慢话语低声说，"你年纪也不小了，有什么要求，你就说，要么，你去告，我奉陪。"闫白山尽管声音很低，但语气很硬、很重。他对身后的人说："走!"闫白山坐上小轿车一溜烟地跑走了。闫白山的话让姚氏很回味，尽管姚氏有失女之痛。

姚氏看着眼前的女儿。姚玉花身披那件临走时自己缝制的红花褂，不禁凄然泪下。"玉花儿啊，娘看你来了，娘来了，你咋不作声呢?儿呀，娘就你这么一个亲人，你叫娘咋过呀……"姚氏双膝跪地，手抖着，掀开红红的花褂。姚氏惊了，姚氏掀开了一桩冤案。姚玉花青春俊秀的脸上留有道道手指印，眼角挂着丝丝泪痕，嘴角有零星的血迹。顿时姚氏抱住玉花的头失声痛哭。奇怪的是，姚玉花瞪着的大眼此时闭上了，并淌下两行泪滴，姚氏惊奇了，她没再把哭声弥散开，她强忍着悲痛，撬开玉花的嘴，一股刺鼻的剧毒农药味传来，她把女儿的头扭向一边，随即，伴有农药的水滴滴流出来。姚氏扯下女儿的衣衫，肩、背、胸等地，一块紫，一块青，身上留下的伤痕清晰可见。随来的几个村人小声嘀咕着，服毒自杀是谎言，是假象，服毒是不会有毒汁从嘴角大片流出来的，天这么凉，又是昨天的事，尸体也没烂，玉花是冤死的。姚氏抹掉腮边的泪水，叮嘱，把玉花的尸体运回柳子湾。

原来，乡派出所的柳子舟和其表哥闫白山把姚玉花押进警车带到派出所，连夜审问。山里的女孩姚玉花怕羞，山里的妹子姚玉花倔强。柳子舟恼羞成怒，几个巴掌打在姚玉花脸上，姚玉花眼冒金花，鼻口出血。柳子舟用手铐牢牢铐住姚玉花，锁在凳子腿上，使姚玉花半蹲半跪。闫白山一口咬定，那袋钱就是姚玉花所偷，他亲眼目睹。可怜的姚玉花有冤没地申，可姚玉花一直怒视着闫白山："我从不会偷别人家的东西，闫白山的钱我更不会拿。我是冤枉的。”“你说什么，婊子养的。我的三万元钱飞了？有人证明钱是你偷去的，还给我嘴硬。”噼里啪啦，不等姚玉花开口，一阵拳脚。姚玉花用死灰色的眼，看着派出所人员柳子舟说：“我真的没有偷闫老板的三万元钱，我是清白的。”闫白山在一旁冷冷笑道：“还装模作样，越显出你那偷东西的狗尾巴。”柳子舟从椅子上立马站起，扔掉手中的香烟，紧走几步，抓起姚玉花的头发，连人带桌一块掀起来。姚玉花两个拇指的血顺手铐流下来。柳子舟看看闫白山，但没有作声。姚玉花止住哭泣，破口而出：“派出所难道不是说理的地方吗？你们不能屈打成招，你们咋不审问闫白山犯下的滔天大罪呢？”姚玉花顺口吐出一块血痰。“嗬，你她娘的还蛮有理，今天打的就是偷钱的你。”柳子舟紧接着又踹了一脚姚玉花的身子。两个小时的审问没有结果，闫白山看看眼前瘫在地上不能站起的姚玉花，对柳子舟说：“子舟，那三万元是她偷的没跑，三万块钱，就是打死她，也没有大事出。她家里就是一个孤老婆子，穷得叮当响，她能不见钱眼开吗？常言说，‘人怕打，树怕刮’，看她还嘴硬。”柳子舟凶光毕露。闫白山见势，恶狠狠地抓起姚玉花的两条乌黑长辫子，把头按在桌子上。姚玉花顶不住柳子舟、闫白山的淫威……

柳子舟是个好大喜功的家伙。他认为，派出所所长出差没回家，趁此何不给县公安局值夜班的张副局长打电话。“报告张副局长，我是柴北乡的副所长柳子舟，我们柴北乡破获一起近年来罕见的盗窃钱的大要案，价值近四、五万元，抓捕重犯主犯姚玉花一名，同案犯在逃，破获藏金地点，犯罪人姚玉花已押在柴北乡派出所。请首长指示。”柳子舟通电话间，闫白山几次欲夺下柳子舟手中的电话，想阻止他，不让柳子舟多讲。但柳子舟连眼皮都不眨一下、看一眼闫白山。柳子舟洗耳恭听了一会，连声说：“是、是、是，我在此等候，我在此等候。”柳子舟满意地放下电话，才瞅一眼闫白山。闫白山在屋内来回走动了两趟。柳子舟问闫白山：“有心事？担心你丢失的三万元？表哥……？”闫白山跺了两下脚，没有作声。柳子舟问：“你的钱到底少了没少？”闫白山眼皮一翻：“乡里乡亲的，要过来就算了，不如把她放了吧？我怕把事情弄大了，对我的矿有影响。”此时，天已放亮。柳子舟有些倦意，看看地上成堆的红塔山烟头，连连伸了几个懒腰。闫白山拍拍柳子舟："表弟，我请客，我们好好吃一顿，肚里有些饿了。""今天怕是不行，县公安局来了个张局长，马上就可能赶到，要不后天再说吧，闫白山听说县公安张局长要来，马上说，我矿上还有事，我先回去了。柳子舟把闫白山送到派出所大门时，把二百元钱塞进柳子舟的口袋内说："亲戚归亲戚，我也知道你的生活不怎么样。这两个小钱，你买包烟抽。""哥，你这是干啥?"柳子舟说。

清令县公安局的张副局长赶到柴北乡派出所时，随身还跟有一名女干警。柳子舟早在派出所大门口迎候多时了，见到张局长，忙上前打招呼，并准备伸出手。张副局长躲过柳子舟伸来的手，和女民警直接走进关押姚玉花的房子。柳子舟随即搬来一把椅子，然后掏出一包烟，从烟盒另一头(没烟把的一端）扯破烟盒，双手送呈给张局长，点燃了，才从口袋里小心拿出姚玉花的供词。张副局长瞟了几眼，微微闭起双眼，抽起香烟。女干警认真地审视着供词。柳子舟站在一边毕恭毕敬地问："张局长，下步怎么办?""你说怎么办？做民警这么多年了。我们去取赃物。"姚玉花在模糊中听到有人叫张局长，她猛地抬起头，大喊："我冤枉啊！我从没有偷过闫白山的钱，您给我做主啊!"女民警抖动着供词，说："姚玉花，党的政策是抗拒从严、坦白从宽。"柳子舟似乎有些急，上前猛推了一把姚玉花："你放屁，你还不认罪了。"姚玉花微弱地伏在地上，嘴中喃喃道："我冤啊，我没有偷别人的钱……"张副局长双眉紧锁，怔了一下，说："押上姚玉花，现场取赃款。"柳子舟拖着姚玉花放进警车，刚走到派出所门口，就见闫白山连连摆手。张副局长走下车问柳子舟，摆手的是谁？柳子舟连忙说，就是失主闫白山矿长。张副局长看着闫白山问："你就是闫白山?"闫白山点头称正是，"来，你坐我的车吧。"随后转身对女民警说："你去再提审犯人姚玉花。"车走在崎岖的山路上，张副局长从腰包里掏出香烟递给闫白山一支："你就是咱们全县有名的那个开矿专业户，挺有能耐的。党的好政策使你们这些穷乡僻壤的农民大发了一笔。"闫白山不耐烦地点点头，笑笑说："还多需你们这样的人民公安保护平安，社会才有安定的生活环境。使我们安心祖国的经济建设。这次破了案，我定送您一面大大的锦旗。"张副局长微微笑了一下，又问："闫矿长，县上的李副书记跟你有什么关系?”闫白山紧张的大脑才慢慢放松下来，才哈哈大笑，连声说：“不值得提，有点儿关系，有点儿关系。”

两辆警车嘎地一声停在闫白山的煤矿区，好多人围过来。张局长跟柳子舟耳语几句，柳子舟又转回警车再没出来，张副局长和随来的女民警按姚玉花的供词来到闫白的住处开始收找偷走的部分钱款。女民警在屋内拍照，查找可疑的蛛丝马迹，尔后，她直接来到里屋的电视机前，猛然间在电视机后背的桌上发现用纸包捆的赃款。女民警惊喜地叫喊着：“找到了，找到了赃物。”女民警打开递给张副局长。张副局喜上眉梢：“再搜索。”来人大喜过望，以后再没有在什么地方找到赃款。女民警再按供词上第三个墙缝隙去寻找。可钢筋水泥混合体建造的房子里，哪有空隙。张副局叫人把里间墙体上的涂料寻了一遍，也没发现藏匿的余款，女民警又在朝内房门那块大地板砖下搜索，结果一无所获。供词上的那块地板砖在对照现场实物中是不存在的，屋内地板是用水泥打成的一大块水泥地。女民警在闫白山的房内搜了个天翻地覆，也没有搜出另外的部分钱款。张副局长急中生智，说：“走，去姚玉花的住处。”在姚玉花她们的低矮昏暗的潮湿的住处，人已逃散，人们很容易在第三个墙墩间看到墙上的一条空隙。女民警又啪地一声拍了照，几道电光闪过后，只听女民警啊地一声惊叫，女民警从墙缝里抓出一窝小老鼠，惊慌失措地扔在地上。民警们在姚玉花住处没有搜到他们所要的东西。张副局长沉思良久，立马说：“到警车上继续审问姚玉花。”女民警打开车门，拉扯锁在车门上的姚玉花时，姚玉花低着头，一动不动，也不说话，快从实招来，你这是在戏弄司法，你知道吗?”女民警为姚玉花打开锁在车上的手铐，瞬时，姚玉花卧在后座上。“不好了，姚玉花她死了。”女民警吓得连忙跳下车，失声大喊。只见姚玉花在口吐白沫，双眼圆睁，样子骇人。张副局长用手指挡住姚玉花的鼻孔，好大会儿，赶忙把手缩回。柳子舟用脚踢一下姚玉花，他试着去摸姚玉花的心跳及脉动，柳子舟顿时脸色蜡黄，对张副局长说：“姚玉花真的死了。”张副局长好似没有听到，在车外踱着步子，紧紧地抽着烟，烟雾从他嘴里一口接一口向外冒出，满怀心思的他一眼不眨地思考着。女民警、柳子舟紧张地看着张副局长。一支烟的功夫，张副局长愤愤地盯住柳子舟重重地抛出一句：“失职!”便走向自己的车，女民警紧随其后。柳子舟尾随跑向张副局长：“张局长，案子到了这种地步，你看怎么办?”张副局长看着柳子舟说：“你干的好事，自己解决。”咣一声关上车门，小车一溜烟地跑了。县公安局的人走了，柳子舟心绪如乱麻。

三

姚氏把姚玉花的尸体拉到村头，早有村里耄耋之年的老人们迎在村口，阻拦了。泪眼兮兮地望着姚氏说：“玉花她娘，听村里传言，闺女死得屈，是闫白山这个吃人饭拉鬼屎的恶魔给害了。按咱当地的习俗，村里年轻娃无论怎么个死掉法，是不允许拉进村，放进屋的。她会给咱们村带来灾难，使咱这穷山村，穷上加穷啊！你可要为咱村百十户村民着想呀，玉花娘，三思后行啊。”姚氏满脸泪水，双膝跪倒在村里头人面前：“我姚氏老婆子今年 55 岁，就这一个闺女，人头老爹，我的玉花死得屈呀，是被人冤死的呀，你老要为我寡母弱女做主啊!”姚氏哭得泪水满面，跪着不起。人头验罢姚玉花的伤迹，再看看姚氏，涕落眼涩。颤抖着说：“女娃死得屈，是咱村的大灾啊……”人头抹着眼泪，蹒跚着离开了。姚氏连连磕响头：“老爹你要为娃主持公道啊，我们姚家谢你了。”

姚氏是个有主意有见解的老婆子，她不想因自家闺女的死，给全村带来灾难。姚氏跪在车上抱住死去的女儿，伤心地哭泣着。村民们站成一排人墙，看着可怜之极的姚氏母女，无不为之泪落。姚氏一个劲给村民们磕头，高喊着：“村里的老少爷们，我玉花死得冤呀！我寡母弱女就指望老少爷们成全了……”站成一排的村民没有一个出来再阻拦。这里古老的风俗是，决不能让死去的年轻娃，死后的尸体抬进村或埋在村里的坟地里。若不，那将给村里人带来灭顶之灾。在村头，姚氏哭泣着让人们把姚玉花的尸体放在村旁的小路边。姚氏脱掉对襟袄外衣，盖在姚玉花的头上，挡着太阳的照射。姚氏蹒跚着走进家门。村主任随着也来了，村里管红白喜事的大总管来了，村里的头人拄着拐杖相继而来。姚氏坐在门庭中间的地上默默地流着泪，听着村里的管事人的议论，她只是小声地念叨着：“儿啊，玉花，你死得冤啊，你叫娘咋过呀……”村里的大总管说：“我看到了，孩子不是服毒自杀的，是有人谋害的，很显然玉花死后，又有人向她嘴里灌了毒药，这事咋办?”村主任说：“玉花死得不明不白，要弄清楚再想对策，再说，闫白山何许人，身缠万贯，县里市里都能呼风唤雨，眼下这世道，打官司也得要钱，要不少数目哩，咱这穷村，事又出在姚氏她家，一个妇道人家哪能经得住。还有，闫白山的小舅子不是在省里一个要害机关当差吗？现时今，关系网、权势可得多注意。”村主任叹了口气，双手摇摆着，在门槛上蹲下来，补充一句“我怕官司打不赢，又遭大难。”人头付老爹怒不可遏，气得拐杖直击打地面，反击村主任：“古训云，王子犯法，与庶民同罪。国有国法，家有家规，闫白山是个什么东西，依你说，娃这条人命算了。人穷骨气在，你说这话，咱村里的人哪还有一个有骨气的。”“付老爹，不是我也议论玉花的事吗?”大总管说：“村主任，现在是说正事，你别与付老爹抬扛中不中?”付老爹又说：“这条人命不能白白送给他闫白山。看来，单个依靠娃她娘，一个妇道人家，难上加难，唉，柳家湾有灾降落到头上了。”跟着来的村民们说。“玉花她娘，孩子已是这份上了，死不复生，就别难过了，要给死去的娃出气，讨个理，死不能白死，要他一命还一命。”有在外打工回来的人风言风语地讲，如今这个风气，有的人花钱买官买权，有的人明明是个死囚犯、可有钱、有势，几番鼓捣，就能再生。村会计说：“闫白山是个有钱的主，关系网很大，上面有能人撑腰，不说别的，乡派出所的柳子舟是他表弟，说整谁还不是一句话，别再说其他的再从中作梗了，告闫白山比登天还难。你们看不如这样，找几个村里当家的，让闫白山赔偿个三万五万的，反正玉花闺女也死了，并且是冤死的，他闫白山心里得有个数。他也要想一想，多一事不如少一事。那天他来玉花家，其实正说明他心里虚，心里有鬼。要几个钱以后姚大姐晚年也就有了靠头了……”村会计这话有人反对，有人赞同。村民们议论纷纷，村主任、大总管、村里几个村干部都认为是个好办法，但付老爹和大多数村民坚决反对，说要为死去的姚玉花争口气。兰妹子在一边哭着吵嚷：“人活着就是挣的一口气！你们懂什么，那天是我亲眼看到的。玉花被乡派出所的人带走只过了一夜，第二天就服毒自杀了，有这样的荒诞事吗?”“死妮子，就你多嘴，去，一边去。”兰妹子娘骂了兰妹子后，又抓着姚氏的手说：“小孩子一派胡言，姚姐，村会计说得在理，经大事的人，想得周全，他们都懂这行，咱们妇道人家，头发长见识短。姚姐，人死不能复生，你就当成没生养过她。”兰妹子娘看着姚氏，她自己哭出声。姚氏尽可能地把人们的想法听进脑子里。姚氏还是轻声地哭泣着说：“我的儿啊，娘就你这一个女儿，你是娘身上掉下来的肉，娘能要你的卖身钱吗？孩子，你若有灵，你给娘出个法子，我的儿呀!”大总管擦了两把眼泪，说：“玉花娘，我们说的你只做参考，拿大主意的人还是你，你有啥想法，我们都赞同。”村人渐渐散去。

姚氏转身下床，跑进黑黑的夜色里。天上飘起凉凉的小雨，冷风慢慢地吹着。姚氏拢了拢几根缭眼的乱发，深一脚、浅一脚向村东走去。姚氏的哭泣着，甚至没有声响，在离女儿姚玉花尸体十几步远，突见几个黑影慌忙逃遁。姚氏大吼一声：“干什么的？快来人呀。”那几个黑影沿着羊肠山道跑得更快了，顿时消失在黑夜里，姚氏跑过去，看到女儿玉花尸体还在。老人坐在女儿身旁，大哭出声：“儿呀，娘怕你孤单，娘来陪你。儿呀，你给娘说话吧。儿啊，你死得冤啊，娘要为你讨个公道，娘认了，你可要在天之灵助娘一臂之力啊。”在这星雨绵绵的午夜，人们听着姚氏这老女人的失女之痛。听者伤心落泪。人说，姚氏女人命苦，命中注定。村里传来几声狗的狂叫，姚氏猜测，刚才那几个黑影可能是抢女儿尸体的坏人。她心一横说：“女儿啊，娘的心死了，拼出我这条老命，也要为你申冤。”姚氏背起女儿玉花的尸体向村里走，不知姚氏哪来的劲，竟硬硬地背起了玉花的死尸。姚氏在小雨中大声哭喊着：“村里的父老兄妹，我要为我的女儿申冤报屈，我要把女儿背进家门，怕女儿被野狼野狗吃掉，更怕被天打五雷轰的恶魔鬼抛尸荒野，落得死无完肤。老少爷们，你们若不让我女儿进村，你们就点燃屋里的灯火，我姚氏老婆子就搬出小村，到村外和女儿一同居住。”小村的夜很静，没有一家房屋里有灯光闪亮。偶尔，从漆黑的门缝里有女人的呜咽声，夹杂着男人们的叹息声。

在家门口，姚氏丝毫没有犹豫，毅然把女儿背进屋里，放在堂屋的当门。姚氏紧锁屋门，把油灯放在桌上，用热水冲了一盆水，解开女儿的衣服，从头到脚为女儿洗着。老女人似乎眼里哭干了眼泪，老嘴张合着，那苦，那难，在老女人的脸上显得格外清晰，让人心惊肉跳。姚氏洗掉姚玉花额上的污泥，眼角的泪迹，但她没有洗擦女儿嘴角的药汁。姚氏轻轻脱掉女儿玉花紧身碎花小白褂，那原本洁白有光泽的肌肤，似乎掺了假，黑一块、紫一块，有的血肉模糊。姚氏老婆子看此，心头像被刀割一样。我的儿，我的儿呀，你受罪了，受大罪了。一股怒火像被点燃的剧烈火药在她胸腔内轰轰燃烧、翻滚。儿啊，你不能就这么死了，老娘我，就是倾家荡产，拼了这身老骨头，也要打这场官司！

四

天麻麻亮，姚氏把女儿玉花的尸体拖上地排车，拉出门去，她要上县城为女儿申冤。山路颠簸，泥泞。姚氏老婆子把那条细长的山路踩得摇摇晃晃。晨曦初露，山路上连个人影都不曾看到，凛冽的小北风迎面吹来，姚氏一点儿不觉冷，她内心像一团燃旺的火球，时时从胸中窜出。姚氏回头看看，小村已渐渐远去，近前薄雾笼罩在沟坝上，稀疏的树枝哗哗地被风吹着。反卷的尘土在山路上打着旋，雨已停歇，田原里一团死寂。姚氏老婆子是走惯山路的，但去县城还是有生以来第一次，自从她嫁到柴北乡柳子湾，一蹲便是三十余年，整日围着村头、田间、灶台转，最远也就是到镇上采购站买点日用品及化肥、农药等，至今若问县城在哪，是个啥样，路有多远，怎么个走法，老婆子一概不知。她横下一条心，今个就是死也要死到清令县县城。姚氏走走停停，回头看看地排车上似乎熟睡的女儿，怕女儿受冷，停下来给玉花掖掖被角："儿啊，你冷吗，你给娘指点着，娘不认得路，你指点着。"想起女儿惨遭残害的那场面，姚氏边走边哭。三十多里的山路，不知姚氏老婆子如何走过的。前面出现一条东西方向的笔直柏油马路，姚氏松了口气，把地排车放到路边上，询问来往的行人。姚氏看着来去奔驰鸣叫着的小轿车，她想，那小车里坐的都是大官？个个都能为女儿申冤吗?！她猜测，每个小轿车里坐的县长、书记都能看到她拉的地排车上不是病人，而是自己冤死的女儿，他们会管一管、问一问吗？老婆子把目光集中到来去的小轿车上，瞪起眼盯着。会不会有威震四方，清正廉明的“包青天”。但飞奔的小轿车似乎不屑一顾，姚氏扭头再看看女儿玉花，姚玉花很安详，无动无声。姚氏老婆子推起地排车向前走着，姚氏拉着女儿不知走了多长的路。忽地，密林深处，姚氏的前方展现了一个巨大的村庄，人多了起来，车也多了起来，有耸立的高楼，有轰鸣的工厂，也有脸蛋俊秀如玉花般的年轻女子。人们的衣着打扮艳丽，女人们身段丰韵。老婆子像刘姥姥进了大观园，满眼的新奇。从没见过这样花花绿绿、阔气辉煌的人流，姚氏从懂事起，便只认识乡村邻里，庄稼和土地令她生厌，那奇花异草没见过。只熟悉爹娘姓氏名谁，至于怎个写法，老婆不去思想。今个却犯难了，看着这新鲜的街景，姚氏老婆子认为在这个大庄上的人都过着神仙般的生活，就连街头卖红薯的小贩，都比村长，付老爹穿得好得多。街上挂的那大字标语，商店大门上的黑漆上的白字，老婆子也叫不出个子丑寅卯来。老婆子没念过一天书，她认为上学认字不中吃不中喝，没用。一毛二毛的角票，拾元佰元的大钞，老婆子认得一点不含糊，凭上面的图案，张口就来。看看眼前，仰头望望天，老婆子只感觉，这个大庄和她那柳子湾不一样，根本不是一个天地。县政府在哪儿，老婆子心里像揣了个兔子，心七上八下地乱跳。她径直穿过一条街道，打算去问别人。抬眼被一立在交叉路口的砖台子挡住了，看到一个军人模样的人在指手画脚。“你没看见红绿灯吗？往哪走？”老婆一愣神，细看时，原来那人正在教训自己。那人走下台子向姚氏走来，“啥叫红绿灯，孩子，麻烦问你一下，这个庄是不是县城，县政府在哪？我是来找县长的。”那警察哭笑不得，没有说话，顺手一指，向右拐，那个有铁门的大院就是。姚氏老婆子拉起地排车朝所指方向走去。街口的车流、人流注目着威严的警察和迷乱方向的老婆子，不知发生了什么事。此时，姚氏老婆子心急如焚，看看太阳被楼群挡住，影影绰绰撒下点点金黄。老婆子猜想天快黑了，再次问路时，姚氏老婆子来到一所大院的铁门前，看到大门紧闭，认为那大门是专门拦阻自己去路的。她气愤地用拳头重重敲击那门。一个戴眼镜的老头儿探头问："你找谁，下班了。""老大哥，我要找县长，书记。"姚氏回答说。老头儿又问："哪个县长、书记?"姚氏哭泣道："只要能为我玉花儿申冤、评理，哪个县长、书记都中，我这孤老婆子也就心满意足了。"说着老婆子又泪如雨下："老哥，行个方便，让俺进去，俺从大早上一直走到现在，俺那个山村离这远。"接着姚氏又述说了自己女儿的不幸遭遇。老头同情地点点头。"这苦妹子，你来迟了，所有的县长、书记都下班回家了，不如明早晨你再来，在门口堵着。"戴眼镜的老者看看孤独无助的姚氏和那地排车上的玉花。压低嗓门说："老妹子，这是人命关天的大案，要找县里一把手王县长和洪书记，正好明天在县委开会，到时，洪书记，王县长都到，你去喊冤。"姚氏老婆子离开政府大院时，天已大黑，但城里夜晚与白天差不多，街灯高悬，霓虹灯闪烁，人流如潮水，时而有青年恋人温情拥抱，时而刺耳的喊杀打叫声，从明亮亮的楼房传来，老婆子不知那是在放录像和电影。姚氏无意去感受这样的世外桃源。冷不丁，她想起来刚进县城时，偶尔也有像她这样的拉地排车的人，从那个大门里进进出出。在乡医院里也见过这样的现象，姚氏猜测，这儿是一个医院。她拉着女儿的尸体奔向那地方。进门时，没有人阻拦，出出进进的人已很少了。姚氏问清这儿就是县人民医院，姚氏放下心来，把车推进大楼门厅的一角，瞅瞅四周，见没人过问。掀开被角，看着玉花的脸，呜呜哭起来，行人看时，老婆子赶紧止住哭声，擦擦眼泪，用被角捂住脸，伏在玉花身上。

在县委大院外，姚氏把地排车放在大门边，跪在地排车旁。她拦阻每一个从小轿车走出的人，猛喊冤枉。"老百姓的父母官们呀，我女儿姚玉花死得冤，是被公安局的人活活打死的，歹人奸污了我的女儿，父母官们呀！你们能为我申冤报仇吗?你们看呀，你们看看呐，"姚氏边说边掀开姚玉花的衣服，女儿身上的斑斑血迹。街上的人们围拢过来，看后、听后，个个掩脸落泪。从轿车上走下的一系列人物竟没有看一眼，径直走进大楼。姚氏见此，大声喊着冤屈："我的女儿死得冤呀……我要洪书记、王县长为我女儿评评理，讨个公道……"围观的行人越聚越多。王县长、洪书记走过来，驱散行人，看着姚玉花的伤痕，听着姚老婆子的哭诉，瞧瞧姚氏布满皱纹的老脸，再看看静静躺在地排车上的姚玉花。王县长，洪书记也被感动了。姚氏跪在地上朝书记、县长不停地磕头：“我的父母官，你们一定要为我女儿申冤。我女儿是被公安局活活打死的，父母官，你们能为我的女儿伸张正义吗?”洪书记一把扶起姚氏，眼里溢出泪，说：“大姐你放心，谁都有父母儿女，我们做人民父母官的更理解你，你起来，有冤你就说，有屈你就报，我们给你伸张正义。”王县长把姚玉花的尸体用被子盖上讲：“老大姐，我们一定要为你做主，依法严惩凶手。”姚氏这个大字不识的乡下老婆子，看此站起来，抹抹眼泪，清清嗓子说：“我有三个要求。

一、我要求严惩驴子崖闫白山这个吃人不眨眼的恶狼，他强奸我的女儿，反说我的女儿偷了他三万元钱。我女儿是清白的，我们人穷志不短哪，我女儿不会干那蠢事的，有柳子湾的兰妹子给她作证。

二、告乡派出所柳子舟用刑毒打我女儿，屈打成招。

三、告县公安局的张副局长和那个随他一同下来的女民警，知法犯法，致我女儿姚玉花丧命。”

清令县洪书记听后沉默了片刻，表示：“老大姐，我们了解了你的案情，马上派人查处，你先回去等着。”王县长补充说：“老大姐，你先回去，听候处理，我们懂得失女之痛，这个案件我们问定了，若不查个水落石出，你来找我王县长。”姚氏老婆子听着父母官的誓言，心中升起一线希望：“那就多谢父母官为我弱女寡母，为黎民百姓主持公道、讨个说法了。”王县长，洪书记连声说：“一定，一定会的，你先回家，静心等待。”姚氏拉着女儿一步一回头地望着，答应为百姓申冤的父母官，不知如何感激为好。眼泪扑簌簌地又落下来一步一回首地离开了清令县城。

姚氏老婆子这个身单力薄的妇道人家，是铁了心要为女儿告状申冤。她要亲眼看到为女儿申冤的日子快到来了。刚一到家，村主任、付老爹，村里大总管一并来到姚氏家。询问上县城告状的结果，听后都连连称赞。村主任说：“清令县的县长、书记过问此事，事情就有眉目了，闫白山这个可恶的家伙是要受到法律制裁了。”付老爹听此也说：“娃她娘，事情既然到了这一地步，我看就把孩子的尸首想法安顿一下吧，咱们等着县里的好消息。孩子年轻，不能归咱村里的祖坟，找个野沟烂坡，可千万别埋浅了，村外的野狗多。”大总管附和着说，“挖坟这件事我来办吧。”说着走出门外。姚氏猛地叫住大总管说：“大总管，先别着急，我心里不踏实，咱上县告状，是平民告官，告当政机关的头面人物。再说，闫白山他家底丰厚，乡里县里认识人不少。尽管书记县长口头答应了，但事情会到哪一步田地，还不知道，我看这事并没有了结。我要清清白白地告诉女儿，让她在阴间安心。付老爹，你是咱村的人头，村主任、大总管也在此，既然我昨天已把咱村的规矩破了，背女儿回家，卧入堂屋，我早就横下一条心了，生死也就我一个老婆子顶着。昨夜，可能是闫白山派来的人想偷走我女儿的尸首，被我发觉。现到了这份上，孩子的尸骨未殓，我不能随便处理了事。”姚氏一把鼻涕一把泪地说着。在场的人们静静站立，不再说话。一时间，整个柳子湾，人们奔走相告，寡妇姚氏见到清令县县长、书记、公安局长了，官司打赢了。看他闫白山还能蹦踏几天。

消息一下子传遍大街小巷，人们的欣喜之情溢于言表。第二天傍黑，闫白山带领着驴子崖的头人、村主任等人来到柳子湾姚氏家，与柳子湾的村主任、头人等商议姚玉花之事。闫白山满脸堆笑地说：“姚大姐，事已至此，看你这一大把年纪，已到安享晚年的时候了，姚玉花她命不好，可您老姐还得活下去，是不是？这几年，我攒下几个钱，十万八万的我拿得出。”姚氏怒目瞪着这个杀死女儿的仇人，破口大骂：“你个天打五雷轰的恶鬼，你那两个臭钱能挽回我女儿的性命，你认为钱能通神？你也有儿有女，你就不寒心，你会遭报应的。”闫白山悻悻地从姚氏堂屋出来，面露狰狞。驴子崖村主任、人头来的目的就是想把玉花之死按住，不再张扬，多赔她几个钱了事。可姚老婆子脾气倔强，认定了的理，十头牛也拉不回来。柳子湾的付老爹、村主任、大总管谁也不敢担当这件事，为这事自作主张，这是天大的人命案。两村里的头人商讨到深夜，但姚氏死活不答应。在姚玉花之死这个事上，谁都难以预料会发生什么。因此村里管事的人一概拒绝了驴子崖来人的游说。闫白山发怒了，撕掉假笑的面具，露出阴险恐吓的脸：“你个姚老寡妇，别敬酒不吃，吃罚酒。你有能耐，咱们走着瞧。”姚氏愤怒至极，手指闫白山，拿起一根粗棍：“你这披着人皮的狼，我跟你拼了。”举起木棍就朝闫白山身上抡，被村主任、村民们拦住。付老爹说：“玉花娘，只要有柳子湾的爷们在，咱就要争这口气，俗话说，君子报仇，十年不晚，你先消消气，这事天理不容，会给我们个说法的。”闫白山冷笑着，看看阵势，悻悻地带着驴子崖的人大模大样地走了。

当夜，村人们预料事态发展的严峻性。姚氏想，虽然县长，书记答应过问姚玉花的事，并且说会依法办事，但姚氏仍然恐惧，闫白山这不是敲山震虎吗？恐怕县里执法机关的某些人向闫白山走漏了风声。她一个乡村老婆子，没财，没权，可女儿怎能白死，如果真不行，我就上中央，我就不信天理能容。思前想后，在犹豫煎熬中地等待着。她想玉花的尸体不能这样放着，以防不测，备建一个囚棺的念头在她脑中油然而生。姚氏扒掉猪圈垒集的石块和泥沙，把两年前为自己准备的棺材放进女儿的尸体。深夜，姚氏手抓沙灰揉搓着，在院内选了一块平地，用沙泥粘在石块上，一块一块垒砌着，她看着棺材里的女儿，已没有了眼泪。“儿啊，娘就你这个盼头，到头来，你剜了娘的心啊，我的儿。”娘主意已定……姚氏一边自言自语一边向棺材上垒着沙石，一个宽两米、长三米的囚棺把姚氏母女隔成阴阳两界。姚氏摆上玉花平时爱吃的食物：“孩子，娘专门给你做的，到了那边别饿着……”姚氏封了囚棺，随地而坐，倚在囚棺边，失声哭泣。第三天，听村里人讲，驴子崖闫白山被公安局抓起来了。看似奄奄一息的姚氏才有些安心，苍苍的老脸，干裂的嘴唇，黑脏的老手。几天工夫，女儿的死已把姚氏煎熬成另一个人。

转眼一个半月过去了，闫白山在县里音讯全无。人们说闫白山被关了起来，姚玉花的冤是申的时候了。一闪已是深冬，雪花飘飘落满了囚棺，落满了姚家的庭院，整个山村笼罩在白色的世界里。这么长时间来姚氏从没有出过一次门，但姚氏并没有终止打探外面关于闫白山、柳子舟等人的消息，一旦听说闫白山被抓，心里顿觉高兴，也能咽下两口饭。然再看到院中的囚棺，又想起女儿，天冷了，我的玉花儿一定也冷了。姚氏将在雪天黑夜特意为女儿赶制的棉袄、棉裤，挂在囚棺上。姚氏日日念，夜夜想，盼着闫白山挨枪子儿的时日。又想起女儿一个活蹦乱跳的鲜活生命，说不行就不行了。这么大一个公安机关咋能随便处死一个无辜的人呢。有时候想女儿想到极点，就好像又听到女儿与自己在对话的事。女儿说：她要养娘一辈子，让娘过上好日子。姚氏指着女儿的鼻子骂，死丫头，你想嫁就快点嫁，娘好享你几天清福。姚玉花说，娘我明天就嫁了。娘叮嘱，玉花呀，过门后可要好好地过活，嫁个好人家，小伙子能吃苦耐劳，你们和和美美过日子，娘就心满意足。玉花打趣说，我要学《墙头记》里的大贯，把你推到墙头上去，不给饭吃。娘不是哈哈大笑吗？姚氏长长叹了口气，玉花儿呀，你走得太匆忙了。

这天，姚氏正坐在屋里思想心事，兰妹子跑来送信说，驴子崖的闫白山被公安局放回来了，说是无罪。姚氏一听如遭雷击，差点昏过去。她立刻窜到村口，听会计讲，闫白山这个王八蛋，在乡政府饭店大摆宴席，席上大放粗词狂语，本人清白，就是省公安厅的人也奈何不得。姚氏一声不响地回到家，看看囚棺内的玉花。“玉花呀，难道这是命中注定的，我们的官司败了不成？县长书记不是下决心严查吗？闫白山那恶鬼难道神通广大，我就没办法了吗？不行，我要找县长去，王县长答应过的，此冤案子不申，找他。”姚氏立刻马不停蹄地奔向县里，王县长看到这个已憔悴不堪的农家苦老婆子，先是一惊，既而有点不自然地说：“洪书记去外地开会了，关于你的案子吗？我们还缺乏足够的证据，这件案子不是仨俩月就能了结的，你先回去吧，老大姐，再耐心等一段时间，我们还要调查取证。”姚氏老婆子顿时泪如雨下：“王县长呀，你曾亲口答允老婆子我要解决此案，可我已等了几个月了，还要等到猴年马月啊，我女儿可是尸骨未殓，等着结案的那一天哪。我告的是害死我女儿的公安机关，欺侮民女的恶棍闫白山，这案子不复杂呀。那闫白山到底根有多粗，权有多大？”王县长听后，没有再说一句话，皱了皱眉头，就走出办公室。姚氏叹息着。姚氏再去找洪书记，洪书记不在。

五

姚氏回到村里，村民们愤愤不平，肯定是官官相护，去市里，去市里告。谁阻拦就告谁，看有没有惩治他们的机关，国家权力部门不是虚设的，是给老百姓办实事的。付老爹说："娃她娘，事情到了这般田地，没有回头路了，不能让咱这个穷山旮旯里的冤魂忍气吞声。'自古妻儿子女不让人，土地宅基不让人'。闫白山敢到这个份上，咱们一定要告赢，咱这里不是山高皇帝远吗？咱们就去挨近皇上的地方告他。有啥想法，玉花娘，你说吧。"村主任见势，说："付老爹，不能那样讲，那都陈谷子烂芝麻的事了，孩子是死得冤，眼下闫白山这个混账东西，正铆足劲，有县公安局的人给他撑腰，就说句不好听的话，他闫白山赔咱一分钱，官司也算咱打赢了，玉花娘，还是以和为贵呀，看咱这阵势，能胜他闫白山和公安的人，比登天还难。"几个月的熬煎，姚氏已无眼泪，呆愣着愁容倦怠的老脸，发一声声长长的叹息，沉沉地将头低下去，村里大总管劝说："'树挪死，人挪活'。玉花人已经死了，不能重生，村主任说得在理，咱村去几个人到驴子崖讨几个钱了事。"这时，村会计忽然匆匆跑来，把手中的一卷带字的白纸放在桌上，喘口气说："姚大嫂子，我是玉花爹的生前好友，玉花这孩子死得屈，咱这个冤屈不能不申，咱要跟他闫白山拼个鱼死网破。顶多人家说咱没能耐。清令县太爷问不成这个案子，咱去北京，看他闫白山还能有几个七姑八姨的来作梗。这不，这几天我详细地把事情的前前后后记录下来，你带上这卷白纸黑字去市检察院、法院去告。"姚氏揉揉红肿的双眼，用沙哑的声音说："你死去的老哥在九泉之下也会安慰的，我们全家都会感激你的。"村民们散尽，姚氏夜不能寐，在囚棺边抱着那卷白纸低吟："玉花呀，他闫白山有权有势，一手遮天，我们的冤屈能不能伸张，还远未知，儿呀，你叫娘有个啥法子来。谁叫你投在无用的娘胎里，落在这个穷家，娘是睁眼瞎（没有文化），邻里亲情都是脸朝黄土背朝天的庄稼人，儿呀，娘是满心为你打官司呀……"

姚氏把村会计写给她的状纸卷好，叠成方块，放入内衣口袋里。姚氏来到市里，这里比清令县城大多了。姚氏来到市法院，法院负责同志接过状纸看了一下："岂有此理，诉状情况属实吗?"姚氏铿锵回答："句句属实，没半句假话。"好大一会儿，法院负责人皱皱眉头说："此案非同小可，你先去市公安局立案调查。我们立即通知清令县有关部门。"姚氏走近市公安局，看到威严的国徽挂在市公安局大门口上方，姚氏放心地走进市公安局。心想，这一次该有办法治那帮人了，为我儿鸣冤评理了。

姚氏回到家第三天，就听村民传言，驴子崖的闫白山又被抓进县里，这一次，派出所那个柳子舟也被带去了。十几天过后，再过八天就是腊月三十了，该过新年了。姚氏迟迟没有听到处理闫白山那帮人的音讯。姚氏心急火燎，坐立不安，有人告诉姚氏，这样的案子十天半月不能出结果，市里得摸清来龙去脉，才好定罪量刑，及宣判结果，耐心等着吧。腊月27日上午，兰妹子匆匆走进姚氏家："大娘，不好了，闫白山又被县里的人放回来了，现在正在咱村西头放鞭炮庆祝呢，说是提前过新年，你快去看看吧。"

姚氏听此，最怕听的结果还是听到了，她觉得自己的心碎了，像万剑穿心的绞痛。短短几个月来，她的头发全白了，这几个月像是过了几十年一样漫长，她的精神几乎崩溃。她要看个究竟，便踉踉跄跄跑出墙院，迎头看见闫白山站在后车厢里，手举一长棍，挑着一长挂鞭炮，正满面红光地鸣放着。姚氏见此，手抖缩着，扶住墙，眼前慢慢模糊，她信以为是老泪又封住了眼睛，挡住了视线。用手摸去，感觉黏黏糊糊，再睁眼看时，只能看到一丝白光，把手伸向两眼间，瞅见片片血红。有人大叫："玉花娘眼里流血了。"村人们放出家狗，在噼啪震耳的鞭炮声中夹杂着狂吠、嘶咬声，闫白山狼狈地开车跑出了柳子湾。当天下午，给姚氏写状纸的村会计被乡派出所的柳子舟用警车带走了，并送至县里，说是村会计蔑视党政机关，侮辱诽谤他人。

姚氏老婆子愤怒了。

村民们愤怒了。

整个柳子湾愤怒了。

被激怒的贫穷山村沸腾了。排成长队的村民来到姚家自发捐款，发誓要状告那些吃人肉不吐骨头的恶狼闫白山们。

村民们看到闫白山疯狗似的狂妄劲，那鞭炮在柳子湾上空爆响，那分明是在向柳子湾示威、宣战。闫白山是清令县的土皇上吗？村民们七嘴八舌地议论着，难道没有王法了吗！柳子湾的人头、付老爹上气不接下气，胡子气得直哆嗦，拐棍捣地“咚咚”响，这是侮辱我们柳子湾没一个能挺直腰杆走路的人，这是在向我们的列祖列宗脸上扇耳光。我们柳子湾人就是死光，也要给他拼上一把。姚老婆子说：“他闫白山不是鸣炮庆祝，他不是扬言说让我到北京去告，我虽不知北京在哪，但条条大路通罗马，我一定能摸到北京城，告倒他。”这个平时寡言少语的山里老婆子，几个月来，见识增加不少。村主任也说，咱们现在只有一条路，到北京评理去。回头看看眼将失明，让人不忍直视的姚氏，玉花娘，家庭经济困难呀。的确，姚氏卖掉全年的口粮，在这短短几个月里，已没有钱粮接济了。

贫穷的山里人，心抱成一团，劲拧成一股绳，自发地排起长队为姚氏捐钱去北京告状，为惨死的玉花去喊冤。贫穷的山里人用一元、两元解囊相助，年幼懂事的山里娃娃们也把五分、一角的零花钱纷纷拿出。那场面，跟当年革命老区的群众自发地拿锄头、爪钩踊跃报名上前线打日本鬼子的壮烈场面差不多。不论你根多粗，权多大，穷困的山民们在历史上从来没怕过谁。

姚氏摸看村主任塞给她村民们捐的那袋钱，眼泪激动地流出来，这是感激的血泪呀！这是无数簇火苗捆成一大捆柴燃旺的火炬群，远不是一桶两桶水就能浇灭的熊熊烈火。九泉下的玉花呀，你要感谢咱们有骨气贫穷的山民们呀，你要刻骨铭记山民们的恩泽，你让为娘想个啥法回报柳子湾的父老乡亲呀。村民们给咱捐钱不会图回报的，可这是村民们海深的恩情呀，这是从牙缝里抠出的深情厚谊。娘不掂量掂量吗？去北京若再不成功，无辜的村民不知将会有什么样的灾难降临？我是你娘，死我认了，可别因为你连累村民惨遭不幸，你一人冤枉，是我们全家的冤屈，可我们一家的冤屈竟会酿出全村的大难？你叫娘作难呀！姚老婆子虽是个只字不识的山村妇女，可她是有周全的主意和想法的。

新年来了，辞旧迎新而沉重的新年，柳子湾的村民们说，也不能让他闫白山过上舒坦年，让他也要在新年里坐卧不宁。便传过话说，姚氏老太婆去北京状告闫白山了。大年初一，柳子湾新年的鞭炮声比往年稀少了许多。柳子湾似在沉思什么，在孕育什么。姚氏根本就没有过新年的打算，院里院外依旧。村民们七拼八凑给姚氏送来了水饺，肉菜，新年的馒头。凌晨，姚氏把村民们送来的食物摆在堂屋桌头，香烛点燃，颤颤的火苗，像眼里掉落的泪滴。明灭的香火，袅袅的香烟徐徐升起，姚氏敞开大门，跪在桌前说："玉花我儿，今个是大年初一，我不拜天，不祭地，不祭列祖列宗。因为老天爷没有看清咱姚家海深的大冤，天地神灵，列祖列宗都没有帮助咱逃脱闫白山一伙人的魔爪，没有给咱洗清冤屈，我不再祭他们。玉花儿，你看到没有，老娘我给你跪下了，今个儿我专门祭你，我的儿呀！"姚氏的眼泪又来了，"儿啊，你看娘眼里流的不是泪水，而是真真切切的血滴，你看到了吗？我的儿。为了柳子湾的乡亲，为了咱家的冤屈，娘祭你，要你在大年初一去掐死那个作恶多端的闫白山。儿呀，娘的话你听明白了吗？娘给你磕头了。"姚氏在地上磕了几个响头，"玉花呀，你若有灵，今个叫娘瞧瞧。"大年初九，听村民们讲，驴子崖闫白山完好如初，说要阻拦她进京上告。姚氏彻底明白了，神灵并不能给她姚氏消灾灭难，也不能给她带来幸福和安乐，要申冤，只有靠她自己。

六

几个月来的身心摧残，姚氏已形容枯槁，乍一看去，很难认出是昔日的姚氏。长时间的睡眠不足使姚氏昏倒在家门口，村人们把姚氏扶进屋内，人说，姚氏营养不良，身子弱，吃饱饭才有力气为女喊冤。姚氏看着村民，说，为了女儿，为了乡亲们的深情，她拼了老本，要进北京城上告。人们劝说等身子骨硬朗些再说吧，姚氏说，一天也不能再拖了，明早，大年初十就去京城喊冤。

当晚午夜，姚氏听到院内有动静，姚氏端起油灯就往外跑，心里猜测，是否闫白山的人，来偷女儿尸体了。门外有风有雨，没出屋，灯火就明明灭灭地闪动。忽然一卷白纸扔进庭院中，加着细微的声音："这是状纸和路线图，去时带上证据。"姚氏定睛看时，灯火被风雨打灭了。姚氏跑出屋外，摸到院中的那卷白纸。姚氏紧紧把它抱在怀里。又来到囚棺前摸着看着，见囚棺完好无损，才放心地回到屋里。姚氏在灯下翻开那卷白纸，白纸分为两块，一块长而大的写满黑色字迹，另一块上面有房屋图。姚氏虽不认字，但能猜得出是一张进京上告的状纸，姚氏小心地包好藏起。姚氏细细回味刚才那人说话声，猛地想起，姚氏仔细分辨刚才的声音，就是村里大总管，大总管也不识字，哪来的状纸？但她不再去刨根问底，她想是这个送状纸，投路线图的人怕引来杀身之祸。姚氏信了，如今，案子范围变大、复杂了。好像有一无形的大手插了进去，她懂得这绝不是闫白山一个人。姚老婆子忽地想起，让带上证据，什么证据呢？姚氏紧紧把玉花死前的血衣抱在怀里……只身登上为女儿姚玉花申冤报屈的漫漫申诉路。

姚氏没有直接在清令县城乘直达的汽车，而是绕道去了市火车站。她提着一个鼓鼓囊囊的破皮包，随乘车的人流登上开往北京的列车，车厢里人满为患，正是返城的高峰期，探亲过年回去的，外出打工的挤满一节节车厢。别说找个座位，就是找个插脚的空儿也不容易。姚氏看看手中的皮包，紧紧抱在怀里，恐怕被人挤掉，火车鸣起"呜呜"的长笛，将要开动之时，她猛地看见一张令她切齿痛恨的丑恶嘴脸，正从窗外瞅着，并匆匆登上这节车厢，姚氏看看手中皮包，她有点绝望了，柳子舟一伙恶狼尾随她而来，正在车厢里四处搜寻着。柳子舟身后几个人指手画脚，小声议论着。姚氏看看拥挤的车厢，苍天啊，这真是叫天天不应，入地地无门，难道我就要半途而废吗？她紧紧抱着那皮包，慢慢蹲下。猛然她看见旁边座位底下的空隙，她不顾一切，像被恶狼追赶的野兔，见缝而入。她把皮包放在座底下，自己全身压上去，不敢出声。座位上的乘客信以为是想乘车逃票的乞丐，躲避开乘警的检查，并不在意。顿时，姚氏老婆子被拥挤的人腿遮盖，像身处不见一丝阳光的黑屋。不一会听见柳子舟和几个同伙的对话声，这个老婆应该乘这个钟点的火车，怎么找不到呢？你们反正都认得她，仔细地给我搜。于是车厢里的人流像涨潮的水流发出一阵阵冲撞，有略带训斥的叫骂声，有人脚互踩的怨恨声。姚氏看看包内的东西，她想自己随时随地都有可能发生意外，但她早已把生死置之身外，现在她已处变不惊，泰然自若，心不慌，神不跳。随时准备与闫白山这伙恶鬼拼命。火车“轰轰”地开动了，车厢内渐渐归于平静，真是天无绝人之路，姚氏老婆子喘口气庆幸自己大难不死。她心里顿时平静多了，她在走进车厢时，就把路线叨唠着问清楚了。她趴在底下一直不敢出来，心想就这样安全到北京吧。姚氏由于连日的奔波劳累，劳心伤神，随着列车的缓缓前进，她竟睡着了。突然，一股热热的水流滴在她脸上，她一下子惊醒了，抬眼看时，一个小男孩，正靠窗撒尿。姚氏用袄袖子抹一把脸，忍着没有出声。然而意外并不是停止，反而连接不断，橘子皮、香蕉皮、矿泉水瓶等不断地扔在她身上。她仍然一动不动，大气不敢出，默默地忍受着，为了女儿，为把恶贯满盈的闫白山告倒，她不敢爬出来。后半夜，车厢内已没有了人们的喧闹和骂声，只有车厢和铁轨发出的轻微撞击声。她这才把头从人的两腿间伸出，车厢内坐着的人们头靠椅背，或趴在桌上睡着了。没有座位的或蹲或坐在地上，或靠在别的座位边上打着盹，或发出微微的鼾声。她又把头缩了回去，但这时已困意全无。每到一站，她都仔细听着上下车的人声，和列车播音员清晰的报站声。时时警惕着有没有闫白山这个人间恶魔。

姚氏来到了北京，来到了祖国的心脏，来到了令多少冤屈大白于天下的古都北京。首都北京像一位慈善的老母，她会把从四面八方涌来的她的儿女们紧紧抱入怀，儿女们会声泪俱下地把她（他）们生活的艰辛和磨难，向慈母娓娓倾诉。阳光明媚，普照着金碧辉煌的首都北京。人世间不公正的冤屈，渴望在这儿得到公正的评判。春意盎然，流光溢彩，繁花簇拥的首都，迎送着来来往往的人流。姚氏生命的蓝天，将会在这儿出现吗？她的血海深冤会在这儿得到伸张吗？这个大字不识的山村乡下老婆子，她将在这个大都市里，到哪里去寻找上告的部门呢?！她在马路上不停地张望，环顾左右。恐怕再有闫白山那伙人，看着行人车流，她站住了。抬眼看看，公共汽车站牌，她寻思，能找到通向光明上告的那段路吗？她犹豫着，恨山里的穷娃们上不起学，飞不到这天外有天的大都市。

她小心翼翼地问过好多人，可七拐八弯的路她记不住、想不明白。她不敢坐公共汽车，怕迷了方向，转悠了大半天，还能看到火车站附近的站牌。一辆游动的出租车驶过来，停在她身旁，车上走下来一位年轻的女孩，微笑着迎上来，甜甜地说："大妈，你是第一次来北京吧，来探亲迷了路?"姚氏看看，没有作声。姑娘看出老婆子的犹豫，"大妈，你不用怕，相信我，上车吧，我可以帮您。在北京市，您说到哪儿，我就能拉您到哪儿。"姚氏看着这个花一样年龄的女孩子，和自己的玉花年纪差不多，油然生出一股亲切感。姚氏想，走出火车站这么长时间，没有寻到所要去的地方，这女孩熟悉这么大的城市，不像是坏人。女孩又说："大妈，我家就住在西直门那块，我刚从驾校毕业，我喜欢车，今天替我表哥开一天车。"姚氏钻进了出租车："闺女，拉我去国家信访局，我要为死去的女儿告状。"女孩半信半疑发动着汽车。出租车在宽阔的马路上穿梭，女孩问："大妈是从乡下来的吧?""从柳子湾来的。"姚氏看看皮包回答。女孩说："大妈，北京城可大呢，东边有亚运村，还有刚刚筹建好的飞机场。"姚氏说没有心情去看风景。小车穿过高耸林立的大楼，越过道道街市。这就是北京的天安门广场，那里边是古代皇帝住的皇宫，女孩细心地介绍着。姚氏听后转眼看看，好一个宽广的天安门广场，人流如潮，一面五星红旗迎风飘扬。那高大的天安门上方，国徽闪闪，气势磅礴的雕龙古建筑群映入眼帘，姚氏不觉泪下，早已泪水涟涟了，哭出声："苍天啊!乡亲们，我终于来到北京了。我要为我的女儿玉花申冤报仇了。"姚氏把女儿的遭遇及柳子湾父老兄妹捐款的事说后，年轻的北京女孩气愤至极："天下还有这等事。大妈，您坐好，咱快点开到国务院信访局。"小车被加大油门，飞奔着。北京的干净，高楼大厦，繁华热闹，姚氏全然不觉，她思想着怎么才能让人听清楚女儿的冤情。出租车嘎地一声停在一座不算太高的楼前，女司机说："大妈，国家信访局到了。"姚氏老太太拍拍身上的尘土，走下小车。把事先商定好的事让女司机去办，姚氏是相信女司机的。姚氏把包递给女司机，女孩一点没犹豫，直接走到信访局传达室一边，女司机打开破旧没有拉链的包，包内只有两块玉米面窝头，一包用塑料包捆的紧紧的东西。窝头已干得掉渣。姚氏怕状没告成，落得个连女儿的尸首不全，为此，姚氏最重要的东西状纸还是带在自己身边。姚氏老婆子听了女司机的话，排队走进信访局接待室窗口，毕恭毕敬地把状纸递进去。中央办公厅、国务院办公厅信访局的有关人员看完诉状，大吃一惊，打量着眼前这个风烛残年的乡下老太婆。姚氏怕再被人推出，不过问此事，声音沙哑地大声说："有我女儿姚玉花的血衣作证。"几个工作人员听后，都停下手中的工作，仔细看桌子上的状纸，再盯住窗外的姚氏。姚氏老太太从提包中慢慢取出一只塑料袋包裹物，把外面包裹着的火纸层层取下。信访室里的空气凝固了。工作人员可怜地看着包里的东西，又盯盯眼前这个乡下老太婆。姚氏老太婆手有些抖，她取下最后一层被血染得黑红的火纸，姚氏字清语明沉重地哭泣说："这是姚玉花我女儿的血衣，我女儿是被人害死的，血衣作证。你们看呀！"姚氏双手托住血淋淋的血衣，把身体转了个圈，两滴黑色的血迹滴落在地。"我女儿死得屈，你们要为我母女鸣冤啊！"信访局的工作人员眼盯着，有的手中的笔不由滑落在地上。好大一会儿，办公室里一阵骚动，有哭声，是一位中年女工作人员呜呜哭出声："好可怜，好痛心呀。"姚氏又说，"谁能为我鸣冤啊！我可就这一个女儿啊，我守了半辈子的寡，就这一个女儿还被人活活害死了。"一位年轻的工作人员说："凶手也太残忍了，目无国法。"姚氏愤恨地说："我一个乡村老婆子身单力薄，无钱无权，我告的是有一定权力的执法人员和欺行霸市有后台的闫白山。"信访局的工作人员感到案情的严重性，相互对视一番。姚氏老太婆凄凄地流下热泪。"我姚婆子从千里迢迢的山村来北京为我女儿喊冤，我女儿的冤能申不?"姚氏老太婆抱住女儿的血衣哭诉着。信访局的工作人员含着泪，看着这个一身破旧棉袄的乡下女人，有的把自己的茶杯倒满水递过去，有的拉椅子给姚氏坐。"您坐下，喝口水。"那位中年男子过来说："你不用怕，你找对路了，上访到这里来，这里就是专管这些棘手案件的。你要相信党，相信政府，你先把人手放入塑料袋里。"姚氏看着那位工作人员，说："我告的执法机关，有权力的执法人员，你们能办吗？能依法办事吗?""不论是谁，只要违犯国法，定要依法办事。"几个工作人员纷纷说。信访办工作人员感到案情重大，一边把姚氏的诉状立马派人送到领导手中，一边安排姚氏老太婆食宿在信访局招待所。人们理解眼前这个乡村妇女朴实的话语。姚氏老太婆一遍遍不厌其烦地哭诉女儿姚玉花的不幸遭遇，工作人耐心地听着，点着头。

太阳落在首都的宽阔大道上，年轻的女司机还在等着姚氏这个孤单的乡下老女人。姚氏激动得不知所措，这个乡村女人再三把钱推给女司机，女司机最终还是没有留姚氏一分钱。最终女司机把她爸爸的一张名片给了姚氏，女司机说："这是我家的电话，我可随叫随到，我爸爸是法学教授，如果可以，你可请我爸给你打官司。"女司机开车离去了，姚氏感到了首都人民的温暖和关怀。当晚有关领导来到信访局招待所看望了这个不屈的乡下老婆子。第三天，姚氏所在的省、市、县政府部门人员一并来到国家信访局，他们保证，依法办事，对犯罪人决不手软。姚氏老太婆是坐政法部门的车，带着女儿的断手回到清令县柳子湾的。村民告诉姚氏，村会计被无罪放回来了。姚玉花的尸体被有关执法部门拍了照，做了解剖和化验。

一晃，半个月过去了。姚氏老太婆心焦起来，没有听到关于她女儿案件中的人伏法的消息。更没有听到驴子崖的闫白山被怎么样。姚氏老太婆去了市里打听，工作人员说是，像这样的案件，没准要三五个月，让姚氏回家等吧。听人风言风语地说，闫白山近来成叠成叠的钞票向外扔，一会儿这里，一会儿那城。也听人说，县公安局的人连日来天天往省市跑。姚氏老太婆心凉了半截，她暗自流泪，她想，莫不是，我玉花的冤情没地方申了。姚氏老太婆眼前金光闪闪，倏地，她眼中的天空一片黑，姚氏按住眼眶，她自言自语，我的眼，我的眼怎么了？姚氏的眼已哭瞎了。姚氏太婆像一盏油灯、因了女儿的冤情，几近油尽灯灭。姚氏老太婆被震怒了。朴实善良的村民被震怒了，柳子湾被震怒了。村民第二次发起捐款，支持姚氏为女儿玉花喊冤。柳子湾的村民发誓，谁阻挡姚玉花的案子，一块儿告谁！衣衫褴褛，满脸灰污、头发蓬乱的姚氏老太婆又手托写好的状纸，状纸上写得清清楚楚地女儿玉花无辜的冤死和中央有关部门专批督办的文件复印件。游走在省政法机关门口，日夜守候，或蹲或坐，直说得满口白沫，声音嘶哑得叫不出声，行人见此，皆愤愤不止。省政法部门一名干部劝阻说，姚老婆子，你的事中央专门下发了文件，你回家等吧，一定有一个令你满意的结果。但姚氏不见闫白山和有关乡、县公安局派出所的人伏法，她是不信的。姚氏老太婆又从省城辗转来到市里，在市检察院、市公安局门前左手拿一破废的铁盆，右手拿一木棒，脖子上挂有诉状，走一步用木棒击一下盆，连声叫冤。人们说，这个乡下瞎眼的老太婆疯了，是因为为她女儿玉花喊冤累疯了，眼哭瞎了。其实哭瞎了眼的姚氏老太婆这次上省市有关部门门前静坐叫冤是由柳子湾的村民专门送去的，村民们想让有关部门尽快按中央的批示追查凶手。其实，姚氏老太婆这次前往北京告状，已奠定了此案的胜数。

七

这是一个春末绚丽多彩的日子，山坡上的花儿姹紫嫣红，芳香四溢。远处连绵的山头已被苍茫茫的浓绿包围，山里传来老翁打柴吆喝的山歌。近处墨绿的山芋秧牵伴着野禾的根茎横过羊肠山道，伸进崖头。朝阳从湖泊里欢腾着慢慢升起，一层层薄雾飘渺着，逐渐散去，一碧清亮的湖水已风平浪静。湖西的中原大地被一望无垠浓绿繁茂的冬小麦覆盖得茫茫苍苍，天空与大地连在了一处，静卧着，从冬的沉睡中醒来，一派生机盎然。

二个月后，在柳湾村头东坡山腰，这里花繁叶茂，这里是柳子湾祖祖辈辈、列祖列宗的风水坟地。其间，有两座一大一小的新坟头在众多的坟中更显得引人注目。大坟头旁树有一碑，碑曰：

柳子湾姚氏之墓

碑后写有几行小楷字：

柳子湾姚氏千辛万苦，万里奔波上告，凄苦多难，心碎而卒，但为柳子湾争得了名气。乃女中英杰，众人敬瞻。村民为纪念之，破寡母弱女死后不能入土祖坟之族规；念姚氏精神之畏然，洗清沉冤，降伏恶魔；念姚氏怜女，特，柳子湾破千古家规，葬姚氏寡母弱女于此。

公元一九九四年冬

偶尔，有风吹来，风击黄土，顿时，天昏地暗，整个天空弥漫着黄土。时而，风过处，天高地阔，一片晴朗天日。这便是中原大地上这个季节的天气。

似水年华

青春易失，韶华难返，拼搏奋发，惶惶如昨。将近高考的那段日子，像一枚青果，亦苦亦涩，让人难忘。它似一本翻开的书，虽然它不厚重，但是它决不庸俗，耐人赏读，在人生驿站的征途上，它是纽带，是桥梁，连接着你我的质朴与真诚，那真情及友好，历历在目。那易逝的青春年华呀！诉说不尽。

一

在高三·一文科班教室里，班主任石老师正发着第一次数学摸底考试的试卷。“张平安 82 分。”石老师读着。一位中等身材，默默含笑，头发蓬松，略有些驼背的男生走过来，他的腰身摆动着，好似一个见到陌生人的妙龄少女，忸忸怩怩，一步并作两步，在小步慢跑，引得同学们哄堂大笑。“郑小画 102 分。”大家的目光突然集中到一个扶单拐瘦弱的男孩脸上，黑黑的脸膛，充满阳刚之气，戴着副近视镜，给人勤奋好学之感，特受同学们的青睐。他画得一手好画，偶尔在一些中学生报刊上发表，是一个有才华的高中生。听到班主任读到他的名字，我立刻起身，代郑小画拿回试卷。“杜晓文 53 分。”这是位风度翩翩的男生，西装革履，漆黑光亮的皮鞋和他的头发一样黑而透亮，他不屑一顾挺胸踱着四方步爽快地接过试卷，回走的间隙，瞬时把卷子揉进手心。等试卷全部发下来，每个人的脸色便发生异样的变化，或喜或涩。王双喜，这位学习不要命的男生，外号“死拼”，从不讲究吃穿，一心用在学习上，对他来说，学习最重要。现在他脸色苍白，低着头，沉默不语。周立外号“小黑子”，皮肤黑里透红，上身穿件浅红色夹克衫，更增几分朝气，尤其两只小眼，镶在眼眶里，叽里咕噜乱转，像儿童玩具皮眼猫的眼睛，他总是幽默开朗，无拘无束。我这次考得不错，总分第一，每次考试总在班里前三名，是班主任老师的重点保护对象。

摸底试卷的下发，使同学们心态发生不小的变化，有的同学呆呆地看着试卷发愣，用手捂着打分处，也有的低头耳语，今年是完了，再等来年吧！放学铃响后，同学们无精打采地走出教室，每次考试，大多同学思想沉重，像陌生的路人，各走各的路，在我们210室也是如此。王双喜在这次没有考出好成绩，晚饭也省下了吃。当我扶郑小画进入210室看到如此情景，（由于郑小画拄拐，走路不便，特令我照顾，我们210室其他同学帮我们打饭）。王双喜低头坐在床沿边。洪运站在墙角，不时地两手揉着。人送称号“三妹”的张平安看我们进来，把头扭向一边，脸看着墙，小黑子周立小鼠眼不停瞅这个，瞟那个，再看看小筐里的馒头，欲拿又止。只有杜晓文，不停地在一边吃着。210室共七人，六人的菜汤冷清地放着。“你们是怎么啦，为什么不吃饭？”我问。没有人回答。郑小画问双喜：“你为啥不吃？”王双喜轻轻地说：“不想吃，也吃不下。”“洪运你怎么也没吃？”我又问。“考了这么点分，怎能吃得下，再说考大学能有望。”郑小画放下拐，坐在床边说：“难道我们为这次考试而从此一蹶不振？”“我们离高考还有一段日子里，还有进取的机会，大家吃。”我说。“就是吗？还有十多个星期的时间，日子还早呢，我看他们不吃，我也不敢拿馒头。”小黑子周立笑着看我说。我拿起馒头说：“这次由于各种因素的影响，考砸了，又不是高考，可它不能决定我们今后的命运啊，来，双喜，吃。”气氛稍有些缓和，只有杜晓文文雅地吃着，他的父母都是国家干部，每顿饭都加营养，对我们这几个农村学生，似乎不屑一顾。每次吃饭，他并不和我们在一块围坐吃饭，总一人静静地吃着，好像我们说笑他一概不知。这边周立不时用飞眼瞅一下杜晓文，一边似笑非笑说：“杜晓文，今天你怎么也不高兴，像你这样的人，考不考大学有什么关系，有个高中文凭还不满足？以后有条件进个工厂啥的，我们将来如果——。”小黑子周立看了看我们这边又说，“还不是回家种地？”杜晓文闪动了一下眼皮：“哥们，咱何时伤心过，整天无忧无虑，哪能像个可怜虫，不是吗？刘守民这次又考了第一。”话语里透着酸酸的味儿。我看着他，笑着说：“真是巧了。”“不要谦虚，同学，未来的文科大学生，未来的作家。”杜晓文也不看我一眼地说着。“杜晓文，你又拿我开玩笑了，别讽刺我了。”我苦笑了一下回答。“双喜，来，接着馍。”我说。便把馒头扔给他。洪运、张平安也都吃起来。王双喜掰开馒头，自言自语道：“父亲一心要我考大学，他说只有考大学我们农村学生才有出路。前些日子回家，奶奶病在床上，见到我高兴地哭了，一个劲鼓励说，孩子，我要亲眼看你考状元，我死后也去给咱们祖辈报声喜。我现在不能死，我要亲眼看你考上大学。现在成绩平平，怎么考大学，对得起家人？”郑小画劝说：“双喜，不要灰心，我们的未来、理想，在我们不断努力下，会实现的，一定会的！现在我失去一条腿，可对未来仍抱很大的信心——成功的信心！”“三妹”张平安抢先一步，把手向上一扬说：“坚韧不拔的毅力可以逾越世界上任何一座高峰。”“对，我们只有从困难中走出来，奋力完成我们现在要做的事，不是更能接近我们的理想目标吗？”我说，周立站起身道，只有我们吃饱了，才有精力学习。他一本正经挺立着又说：“同学们，身体是革命胜利的本钱嘛。不吃怎成？”他咬了一口边说边吃，走到杜晓文面前说：“晓文同志，世界上最酸的馍产生在哪儿，知道不？”便看着杜晓文碗里的菜。周立又转脸问：“大伙知道不？”洪运说：“你就给我们说说，这个世界之最？”“三妹”张平安说：“好，行，世界上最酸的馍，不就是咱学校那几个火棍头子做的馍吗？”他握在手中把馍向空中抛了个，而后接住示意，周立边说边挨近杜晓文的菜碗，猛夹一筷子，用嘴堵着放在馒头上，便又说：“减减馒头的酸味，增加点儿营养。”大家看着杜晓文，又看看周立狼吞虎咽的吃样和那张“骗子”嘴，大笑起来，都吃起晚饭。

二

这时，门被推开，一个大约四十多岁的中年男人一脚门里一脚门外地站着，很显眼的一双白布鞋穿在他的脚上（穿白布鞋代表最亲的人死后不久，对亲人哀悼，这是鲁西南农村的风俗）。他的衣服像很是长时间没有洗过，满是污泥，凌乱的头发被风吹得梳在脑门，样子憔悴。他向我们扫视着，嘴里说："狗子在这儿吗?"杜晓文哧地一声笑了。男人不好意思地解释，听楼下的学生说他在这儿的，中年男人望着杜晓文说。"你找谁?"周立装模作样地问。"我的儿子，狗子。"我们奇怪地相互看着，再看看中年男人，他手里提着一个用布裹着的东西。双喜不大自然地慢慢站起，"爹，你怎么来了。"说着王双喜引父亲进来。我们慌忙让双喜父亲坐。郑小画移了移身说："大叔，你还没有吃东西吧？正好赶上我们的晚饭，一块吃点吧。""不啦，孩子，我不饿。"张平安忙去倒水，被双喜父亲拉住，"孩子，你们都快吃饭吧。"接下，王双喜的父亲便是沉默。王双喜说："爹，你来这儿有事?""哦，对了，你不说，我是给忘了，这不，我给你送点菜，我知道你们上学苦，学习也紧，正要考大学，得需要营养，硬挺下考大学这一关，咱们庄稼户人家，没有那么多零花钱，让你们吃好，有点钱用在你们学习上，就不易了。"他便从口袋里取出一个菜盒，打开，放在饭桌上，满满一盒我们渴望吃到的鱼肉、鸡蛋。"孩子，快点吃吧！你们都来吃。"王双喜也高兴地让我们一块吃。我随手抓起一双筷子给小画。洪运、周立、张平安也围上来，只有杜晓文没动。"孩子，你怎么不吃?"他指着杜晓文。"我？哦！我吃过了。"晓文用手帕抹着嘴说。双喜挟了一筷子正要向嘴里送，他突然明白似的问："爹，你从哪儿弄这么多好吃的?"大叔被问得慢慢低下头，不敢看双喜。好大会儿，才低声说："孩子，菜是你姑家给的，爹娘不舍得吃，给你送来。"王双喜的爸爸像似发觉了什么，两只穿鞋的脚紧紧并着，缩向床底，又死死盯住桌上的饭菜。双喜这才看到父亲的白布鞋，急切地说："莫非奶奶她？爹，奶奶她怎么啦？"双喜父亲看了看双喜，好大会儿，默默地说："狗子，你奶奶去世了，去世五六天了，这是办丧事剩下来的一点好菜。""什么，奶奶去世了？"双喜的筷子连同鱼肉落在地上，郑小画，周立愕然，我和张平安夹的菜几乎同时跌落在地，惊异地望着父子俩。又是很大一会儿，室内空气似要凝固了。王双喜抬起头，看着父亲，"奶奶去世，你们怎么没有告诉我?！爹你为什么没有给我说一声？"王双喜沉痛地问。双喜父亲也落下泪来："孩子，我和你姑姑、你妈商量，怕你受刺激太大，影响学习，又要误几天课，又是在考大学这个节骨眼上。我们商定，瞒着你，考后再给你讲，谁知忘了换鞋。孩子呀，你可要想开。埋你奶奶骨灰时，正巧下了一场小雨。人们都说，'雨淋坟，出官人'，这也是你奶奶在九泉之下显灵保佑你了。"双喜父亲掉下泪。王双喜抱住头，眼泪夺眶而出，凄苦叫一声"奶奶，我的好奶奶"，我们望着王双喜都默默掉下泪。筷子和刚开头的馍菜放在桌上，大叔默默地说；"孩子们好好学习，你们生在农村，两腿插在秧沟里，你们的父亲都在希望你们成人，走出去。"王双喜悲泪如潮，痛哭失声，反抗父亲说："难道为了考大学，就连奶奶的去世也不能看一眼，见最后一面！我们这些学生就没有一点儿人情了吗？爹，你怎么这么糊涂啊！奶奶从小看我长大，关心我，爱我，现在……"说到伤心处，周立同情地说："对呀，难道我们这些学生没感情，家里人也真是。"郑小画碰了一下黑子周立说："双喜，不要哭了，虽然，此事使你伤心，反过来理解大叔的一片良苦用心，毕竟是残酷的现实。我们更要加劲学习。大叔来的时间不短了，天马上要黑下来，大叔又不能住下，你就让大叔安心地走吧。"王双喜父亲说："我该走了，狗子，你哭会再去念书，啊。"王双喜的父亲站起身。我对王双喜的父亲说："大叔，别难过，丧事已过，老人家年岁大了，早晚都要从这条路上走。"我哽咽了。杜晓文说："双喜，你别难过了，送送大叔吧。"双喜止住哭泣，望了父亲一眼："父亲，天不早了，路程还那么远，你走吧，明天，我去为奶奶上坟。"大叔答应着，提着布袋，被我们拥着，送下楼。郑小画送出走廊，叮嘱洪运，周立骑自行车送送大叔。大叔说什么也不肯，他说：“孩子们，你们要好好学习，我就是摸会儿黑也不耽误你们学习，大叔希望你们有出息啊！”大叔眼角挂满泪水，我们含泪送走大叔，内心五味杂陈。

大叔忐忑不安地离去了。我们也回到这个更冷清的210室，桌上碗筷零散地放着，刚刚吃开头的菜谁也不愿再动一筷子。王双喜把头插在被子里，呜呜咽咽哭个不停，那生离死别的悲伤深深刺痛了我们210室每个成员。大家劝双喜要坚强，平时不多话的洪运，推了一把双喜说：“‘死拼’（王双喜）把悲痛埋在心底，要认真，再认真地学习，今年要不负奶奶的重望呀。”我们劝慰着……

夜色降下来，教室内灯火通明。预备铃响过，双喜一直嘤嘤哭着。我站起来说：“由我陪王双喜，你们都上自习去。”郑小画也硬要留下，我也不便多说。张平安、周立、杜晓文、洪运安慰一番，出去了。210室内，我劝慰双喜，郑小画看着我也没有说什么。于是，我慢慢谈起自己的身世，希望双喜听到。如果我的父亲像王双喜父亲那样，支持儿子去干一番事业多好。唉，我的父亲对我上学从来没有这样关心过，上与不上都可以，自从近半年进入高三以来，父亲经人给我介绍了对象，为此，父亲很是怨我再上学，花费钱财。父亲对我上学的态度越来越冷淡，即使一个月不回家一次，如果回家，每次父亲也得教训我，唠叨个没完没了，要我早早结婚，为他抱孙子，为家干农活。还是在上高一时，我以优异的成绩考入这所市重点中学，当时，我家中的确没钱，干农家活也离不开我（我是老大），在新学生入学报到前几天，我自个到处借钱，父亲以拿不出许多学费为由，不想让我继续读书。我跑到百里以外的表哥家，他是工人，我自信能借些，但是，或许人家看我年少，或是怕还不起。我说了我上学的急切心情，最终，也没有拿到一分钱，我知道他有钱，但是不借给我。在回家的路上正赶上小雨，在离家很远的小镇，我徘徊在雨中、站立桥头。望着远处荒凉的田野，迎着冷飕飕的野风，看着小船从脚下穿过。当时想，只要为了上学，我什么都可以干，夜深了，我也看到镇上的银行营业所里明亮的灯光和那牢固的铁门，也看到放钱的铁箱子，恨不得马上去抢、去偷，然后去上学。当时，我的确很伤心。我恨一切，认为这世界对我太不公平，我为什么不能继续读书。当然也想到过跳河自杀，以示呐喊。然而，我蹲在黑夜小雨里，面对着激流的河水，猛抽完一包劣质的烟，还是湿淋淋地慢慢着回到家。郑小画没有作声，双喜仍无反应地哭。郑小画问我后来呢？后来，新生们都上课去了，而我自个儿没借到钱，也是一个下雨的夜，我又失望回到家，那时父亲不管，反正他不会向别人借钱。那一夜我躺在床上想了好多，后来我决定上初三，来年考中专，我带着一线希望去原先的学校说明情况，老师摆出大堆难处，后来，又要我拿伍拾元补习费。当时，别说伍拾元，就是拾元钱也难拿出，我哭着跑出那所中学。再后来，我想到在镇上当镇长的本家长辈，让他说句话，当我从他家回来后，我又一次掉泪了。镇长要我拿一千元钱再去说情。希望又一次破灭，我痛苦，但更坚定了我的求知心。白天在外找门路，晚上空着肚子卧在床上默默掉泪，想办法，可一个如此般的青年，有啥办法可想呢！

两个星期后，我们村新生带来消息，催促我去上学。当时，我是以求学若渴的心情向那所重点中学的校长写了一封长长的信，我没有一分钱，立即带着试试的想法去了。班主任老师看给校长的信后，被感动了，他收下了我这名学生。后来家里收了粮，娘偷偷地和我趁黑夜躲过父亲跑到镇上卖掉，交还了学费。我记得很清楚，父亲唯一的一次和我一齐去镇上粮所给我兑换粮票，他看着一大袋子小麦换了一小沓粮票，便对我说，费这么多钱，到头来也是白扔。于是我又一次伤心掉泪。我知道父亲是山里人，不会理解我想走出大山的心愿。我们那里真是太穷了，譬如，我们村和我一起考上高中的那名学生李姗，就上了三个星期，认为上学太浪费钱粮，她父亲强行让她下学了。我开始厌恶父亲，我便暗暗发狠，非考上大学不可。

随着年龄的增长，父亲便为我今后打算起来，开始为我东奔西跑，求人说媒，为我找对象。我竭力反对，向父亲解释，更令我伤心的是，父亲常指着我的脸骂我，你也不搬块坯照照，你是考上大学的那块料？人家比你模样好的有的是，你不是埋在土里的夜明珠！老老实实干点活，别再想魔门啦！不久，父亲为我选了一个姑娘，每次回家，父亲总让我去她家，姑娘离我们村不远，绕过村边小山就是。有时，几个月不回家，父亲便要姑娘来学校找我。我乞求她，我们是不可能结合的。姑娘常面带着笑，而后，喃喃地说，老人家的规矩，两家大人们都协定好了的事；花了钱，买了定亲的东西，反正我是……

不知道双喜何时止住了哭，和郑小画听起我的故事。我接着说，近日来，我还没有回家，不知家中又有何变故？我一直恐慌，预感一种不祥，上次父亲说，若姑娘家愿意结婚，就让我退学。我是知道父亲的坏脾气，说不上几句，父亲便随口就骂，动手就打，我也不善多辩，只是听着，好孬顶过这段高考，多么希望高考明天就开始呀。我低下头。小画风趣地说："原来我们的大作家内心这么丰富，真是妙不可言。"王双喜也抬起头对我说："守民哥，车到山前必有路，我们兄弟几个替你说服大伯，我相信你今年一定能考上大学的。"郑小画又说："民哥，现在你在我们班是尖子生，散文、小说曾在《语文报》《春笋报》等杂志报纸上发过，又获过奖，再说，体育上你的球技让人敬佩，上次学校象棋大赛又拿了第三名，许多老师都看重你，说你是块材料。我也相信，你一定会成功的。"我苦笑着打断小画的话："小画，咱兄弟别再开我的玩笑了，能有什么用；唉，还不是雪上加霜，愁更愁。"的确，我发狂似的苦学，发自内心地去写文章呐喊，就是想告诫年轻的中学生朋友少走弯路，努力学习，报效祖国，同时呼吁人们爱护、支持那些贫穷及生活多难的中学生。我转脸对郑小画说："近来你家经济条件好些吧？"郑小画家乡遇到了大旱，今年粮食减收，一家四口人，二弟也在读初中，只有爹娘劳动。"也难为了两位老人。"小画说，"我是老大，弟弟小我四岁，而我这残腿，是用大把钱捡回来的，爹娘爱我，为了我这腿，他们几乎倾家荡产。我这样的人走入社会，假如考不上学，到社会上真是一个'白吃'，更要劳累父母，如果我没有出息，我宁愿死掉。我是一个农民的儿子，苦难对我只不过是一盘小菜。我要搏一下，让社会承认我，承认残疾人。"他又说："父母为我操碎心，我爱我的父母，是他们教我坚强地活下来，要我坚强、坚强，更坚强。我更爱我的爹娘是朴素的农民，他们的艰辛和俭朴增强了我拼搏到底的决心。我要对社会大喊，我不是废人，是有用之人，看张海迪大姐，身残志坚，勇攀人生高峰。"我和双喜被深深感动了。心想，好样的，小画。“对了，今天上午，我们班团委书记说收到你两封信。你看到没有?”我问。“收到了，一封是邀我参加文学创作班。”郑小画看着我说。我又问。“另一封呢?”“另外一封是我的作品《中学生阅读》给发了一幅山水画。”王双喜颇有感慨地说：“在不久将来，我们210室在全省，及至全国将要被同龄人所注目。”他又低下头，低沉地说：“我要好好学习，学习你们在困难面前迎难而上那种精神。”门开了，班主任石老师和210室成员聚首在210室。我们三人站起，请石老师坐下。石老师走到王双喜跟前说：“双喜同学，你的事，我已知道，听说后很是同情你的处境，你可以明天不参加校篮球赛，回家看看，快去快回，别误了学习。”石老师摸了摸王双喜的头，对我们说：“人的一生要经历许多磨难、波折，走坎坷不平的路，人生要经得住摔打，你们要有心理准备，走什么样的路，怎样才能成为社会有用之人。”石老师谈他的青年路，我们拍手称好。石老师讲：“在我上高中时，也是这个时候，我唯一的亲人——我的母亲得病去世了，我感到世界上只有我最痛苦无助，没有了依靠。对我这个孤儿来说，长这么大没干过农活，我是靠吃百家饭长大而后上大学的。好心的婆娘们（我们村的）为我送饭送钱，送鞋送衣，甚至他们不让自己的孩子上学，也及时筹足我的生活费。我失去了妈妈，可更多妈妈关心我，爱护我，站到我身边来。我在众乡邻的支持下又开始上学了。”我们惊奇地相互看着（哦，石老师是个农村孤儿）。石老师长出了一口气说：“人生不易，做一个有助于人的人，首先是无私奉献，他并不是索取多少，大凡伟人都是在平凡中走向不平凡的。现在离高考越来越近，同学们要树立正确的人生观，无论在什么地方，将来走入社会，都要为我们的社会大家庭多做贡献。”最后石老师布置说：“明天篮球赛我们对比一下实力，即使王双喜不上场，守民、晓文一些同学，拿个第二名不成问题，原先我们打算打败三·五班校体育队，看来现在保住第二名是我们的目标。”我们把眼光都集中在王双喜身上，双喜带球技术过人，又打得灵活，是投篮高手。这时，王双喜突地站起身，对石老师说：“明天我不回家了，为我们班，为我们210室，我决定暂时推迟一天回家。”我们高兴得欢呼起来。石老师站起，拍了拍双喜的肩膀：“好样的，小青年，我代表全班同学谢谢你。”等石老师走后，我们决心把这两节晚自习补上，王双喜（“死拼”）默默地做着数学，小画在灯下看世界历史。我坐在床沿写着英语单词。杜晓文，张平安，黑子周立谈论着明天的赛事。洪远听着，杜晓文提议：“明天也要咱们班女生穿得好点，上场助威。”张平安说：“特别是我们班团委书记熊燕活泼又大方，还漂亮得让人心跳，她得参加啦啦队。”周立不赞成：“去、去、去，看她那小样，像个大男人，嘴噘得割下来能炒一碟子菜。”“‘三妹’平安，你想是看到她那高挺美丽的胸了吧。”我们哄地大笑。杜晓文说：“周立，你别龙虾跳舞——瞎能了。”我们又是笑，便你一接一句，我抢半句应着热闹，一个不安静的夜就这样安静地度过了。

三

第二天一大早，酣梦中，突听到早操铃声，大家相互叫醒，开始起床。只有小黑子（周立）似一头死猪一动不动，不论你怎么叫喊，雷打不动，他是出了名的长睡大将军，需有人揪着耳朵拉起来，或在他屁股上打上几巴掌才可。我们胡乱穿一通，“三妹”张平安一手摸着腰带，一手拿着褂子急急叫着：“看操场上点名了!”慌张跑出去；王双喜叫醒杜小文，不顾及洗脸便跑了，杜晓文懒洋洋地起来，顺手用脸盆的剩水洗了一把脸，郑小画见状，依着墙大叫：“杜晓文，那是昨晚周立的洗脚水。”“什么，洗脚水?”杜晓文呀呀地叫着，没有清水冲脸，也没有办法，胡乱用毛巾抹着脸，叫着苦，害怕迟到，便也不顾一切地跑出来。等我们做完早操回来，郑小画已准备好下了床，张平安埋怨着：“今天真是的，怎么没听到预备铃，昨晚睡得太迟了。真倒霉，我急急穿衣，慌得把里边的秋衣给落下了，在跑步时，我感到后背直向里窜冷风，伸手一摸，秋衣在屁股上像个尾巴随着我摇摆，我身后的高三、二班的小女生们，笑得前倾后斜，那，我还没发觉呢，出尽了洋相。真是没面子。”正说着，洪运跑进来，一边说一边笑：“当时不知哪来的急劲，忙得鞋也穿错了，运动鞋子又大又肥。”他抬脚示意给我们看。“在操场上，我做操，一不小心鞋被我踢出老远，咱们在一块倒没什么，可是硬是让别的同学给看了大笑话，还是那个叫张红小妮子捂着鼻子踢给我的，班主任石老师当着那么多人的面夸我，我成了一名‘英雄’，真可笑。他笑着摇头。杜晓文也一拐一拐地进来：“唉哟、唉哟地叫个不停，这是谁的小鞋，把我害惨了，我的脚也打了泡，更苦的是，不知哪个混蛋昨晚的洗脚水没倒掉，我抹了半年的高级美容霜，细嫩的皮肤一去不复返了！”我们笑了，笑得是那样开心。郑小画笑着说：“刚才，我叫了几次周立，这家伙一喊直哼哼，到现在还没起床呢。”我拍了拍黑子的屁股，急切地说：“小黑子，石老师来了，快起。”“你吓谁？”黑子慌忙爬起来迷迷糊糊地乱摸着衣服，一边说：“石老师在哪儿？”他看看，于是又躺下。杜晓文一把抓起小黑子周立：“黑子，滚起来，你把我害苦了，你得偿还我的青春损失费。”王双喜说：“黑子，由于你经常不上操，损坏了210室的名誉，现在罚他，要他为我们提两桶洗脸水，成不成？”“行、行。”我们异口同声回答。黑子在众目睽睽之下，只好硬着头皮去了。现在我们破个惯例，先梳头，后洗脸，于是王双喜拿起梳子为郑小画梳头；我拿梳子为双喜梳着；由于杜晓文的脚被小鞋磨起了泡，不敢走动，与“三妹”张平安商定，若“三妹”为杜晓文梳头，那么就让“三妹”涂他的珍珠霜。张平安甜甜答应了：“好吧，我的公子哥。”张平安女孩般摆出的一种翩跹姿态说：“阿杜啊，舒服吗？味道怎么样？”杜晓文竖起大拇指：“味道好极了，真来劲。”引得大家又是一场好笑。黑子提水来了，洪运建议，今天是校篮球赛，我们都要打扮得漂漂亮亮，210室的全体成员也要排出最强的观赏阵容。郑小画说：“好，说得对。”同伴们便翻箱倒柜，拿出平时最好最喜欢穿的衣服。我说：“为了我们210室整体美，今天我们就来替杜晓文享用这瓶珍珠霜吧？”周立嘿嘿一笑，便摆出孙悟空偷仙桃之势，杜晓文一把捂住这瓶珍珠霜，说：“好几元钱呢？”“三妹”笑着说：“一个大局长的儿子，真小气，连这点破东西都不舍得为人民服务？”周立趁杜晓文说话之机，反手夺过来，使劲向脸上抠着，小黑脸抹得面白肉黑，难看之极。大家说笑着、说着、评论着，享受着这瓶美容霜，快乐的气氛洋溢在210室内。

当太阳从东方地平线升起又沉入西方山脚。通过一天激烈拼杀，在王双喜精神鼓舞下，再加上郑小画的加油呐喊，队员们似拼了老命，使出吃奶的劲。郑小画在球场外看台上为我们队员们鼓掌时，不小心摔下看台，身子重重压在拐杖上，手和脸向外流血。老师和同学们要他去医院，他硬是不去，咬着牙，坚持为我们队员鼓掌。我们三一班的队员，在通力配合下，以57：56的成绩战胜强手，荣获全校第一名。球赛结束后，郑小画在张平安，周立护送下去医院。不大功夫，张平安上气不接下气地跑来说："医生证实郑小画左腿骨折，须马上治疗，需要些钱。"郑小画是没那么多钱的，大家都知道，我们面面相觑，张平安急切地说："医生还等着哩。"时间一秒一秒地过去，在210室内只有杜晓文"财大气粗"，而我们这些农家孩子很少有几个零花钱。"怎么办?"王双喜说。我环视了一下周围说："我捐9元5角。"我把口袋里仅有的一点儿钱全部放在桌上，王双喜6元，洪运8元，张平安10元3角，我们以无记名方式把钱放在桌上。只有杜晓文低着头，我走到他身前，急切地说："晓文同学，你捐吗?"王双喜道："这不是犹豫的时候。"我说："那好，就当我们借你一些，等有了钱，我们还你好吗?"大家都在看着杜晓文："说什么借呢？我拿30元。"他慢慢地从一叠钞票中抽出三张放到桌上，恰好另外几名篮球队员邀我们去吃庆功酒，我们说明了情况后，他们一致同意，把石老师给的20元庆功钱也拿出作医药费。双喜、平安、洪运和我拿了钱急忙向医院跑去，直到夜幕笼罩了大地，我们找了一辆板车接回郑小画。此后，郑小画更加难照顾了，他下半身不能移动，只有手和头自由摇摆，到厕所需要两个人架着。白天自个温习老师讲过的功课，晚上我和双喜轮流帮他学习新课。他情绪有些低落，常常不想吃饭，我们就排值日照顾他和他谈心。石老师也买来人参蜂王浆，安慰他。经过两个星期，郑小画身心渐渐好起来，其间杜晓文在我们团结友爱的感召下，一些活抢着干，平日的习惯（看不起农村学生）改了。有时，硬是自个背小画去厕所，带郑小画打针。经过两个月的共患难，我们210室友情更亲密了。从我们所遭遇的每件事上看，都有一个共同的想法，那就是为他人多做多想。小画在治疗期间心情也舒畅多了，病也好得很快。郑小画能拄拐走路了，我们

210 室又开始了正常学习，生活，每个深夜，熄灯铃响过，我们燃起蜡烛，安排好自己的学习计划、暗暗加油，你赶我超，偶尔，我在紧张的学习中写篇小小说或是散文。杜晓文、黑子周立、“三妹”张平安也在学习中暗自较着劲，看谁起得早睡得晚，我们每个人都在为未来设计着自己的人生之路。活泼、紧张的活动与学习丰富了我们的生活。

四

一天上午，一封信传到我手里，打开一看，果然是父亲请人代写催我回家的信，有急事告诉我，但没说什么事。我似乎明白了信的内涵。想到这一天终于来了。我将离开这紧张的高中生活，离开我们的 210 室，回家去结婚，为父母生孩子，想到此，便满腹怨言，恨父亲没有文化，恨自己是偏远的山里人，更怨父亲只想眼前，苦苦哀求，并不能明白他的儿子，我的一颗拼搏向上的心。我伤心，愁闷，心里骂着那个愚昧的山村伤害了一代又一代青年人。若是不走，时间长了，父亲会找上门来，准会硬把我捆走不可，那时……唉！回去吧，我幻想着，劝劝父母，或许还能上学，便宽慰自己，内心已呜咽不止了。自从接到这封信，一个上午，心里像揣了一只兔子，忐忑不安，思前想后，好容易等到放学铃响，我和从前一样，照常扶着郑小画走出教室，看着拥挤下楼的那些朴素可亲的学生，想，会有和我同命运的同学吗？

我们 210 室也和往常一样，欢闹着，只有我不言语。杜晓文谈到怎样吸引女生目光的秘诀，黑子周立，“三妹”张平安拉长脖子，忙问结果，大家暗暗地笑着。黑子说：“晓文呀，怎个吸引法，也向我传播传播，投投毒。”杜晓文刚说半句，把话锋一转：“急死你个黑子，我就是不说了。”大家又是好笑。黑子灵机一动反问：“晓文，咱们班冯倩风度怎么样，一流吧？”黑子把声音拉得好长，话音怪怪的。“她呀，每当我从她座位旁走过，你猜怎么样，她还暗送秋波，瞅咱呢。”黑子自豪地说着：“你知道其中的奥妙？”黑子摆了摆身子说。三妹张平安接过说：“黑子老兄，别臭美了，那是人家把你当成笑料看，还不知道我们女孩家的心事，看上你，等到海枯石烂吧。”三妹张平安给黑子作了个揖在桌前又转了个圈，眼半眯着，脉脉含情地说：“这眼神才叫秋波暗送呢?”王双喜笑的从嘴里喷出饭。“不好，不好，如果说冯倩脱去那狗皮外衣，‘小青年’还顶呱呱的，就是那么一身贵妇人外衣，把青春活力的美给吞没了。”杜晓文回答。洪运吃着说：“还是叫我们的画家评评吧?”郑小画若有所思地笑着没有说，并向我指了几下，大家把目光集中到我身上，这才发觉自己静坐着，还没有说一句话。王双喜说：“看我们的作家又装疯卖傻。”张平安推着我说：“民哥呀，给我们也讲讲你的罗曼蒂克。”周立笑着说：“民哥，讲讲，不要保密，又不像考大学，万人挤过独木桥，爱情，不是，是友爱，友爱是萝卜白菜各有所爱，而为什么偏偏你一进教室都那么多女孩的目光集中到你脸上，特别是那个李梅大小姐，须将你目送到座位上，才转目光。”“胡说什么，心里乱死了，现在最烦的就是女人!”大家愣住了。“三妹”平安轻声轻气地说：“你烦女孩，就是说我了。”210 室的同学们又是大笑一番。小“黑子”周立抓住“三妹”的手，尽情地揉摸着，样子激切，说：“还是‘三妹’能来一手，他不喜欢你，我喜欢。”我笑了，顿时，平日忧愁苦闷，现在忘得一干二净。郑小画说：“民哥请说说你吸引女孩的秘诀?今天上午，有好几个女同胞们眼神老是瞅你，像是为你担负一些责任似的。”我莞尔一笑：“大家又向我发难了，对我来讲，暂时透露一点，等咱们走进大学，我们再来实践那种滋味。”我一本正经讲：“第一被女生眼光吸引的最佳办法，要学会做真正的男子汉，认真学习，保持正当的同学关系，富有爱心，正直、善良；第二始终有一个冷静的头脑，永远进取不止，有理想、考北大!”我禁不住情感的涨潮，眼中含泪。“同学们，你们要好好学习啊！机会难得。”我的眼泪落下来。大家看出我的心事，再没有人说及女同学的事。杜晓文问：“守民，出了什么事?”大家看着我。“没什么，家中来了信，要我回去……”我苦笑了一下，摇摇头，意味深长地说：“是啊！我们是要将走入社会的时候了!”大家听了我的故事，很是惊愕。杜晓文自言自语说：“都到这个节骨眼上，你老爸真这么不明白，来年，有一个大学生儿子，不高兴？要是有你这块料，我要天上的星星我爸也会尽力去做的。”郑小画说：“我们向伯父讲明白道理，即使家里生活紧张点，农村家庭，哪一家不是这样拮据。”“不行啊！你们还不知道我爸的脾气。”我回答。王双喜说：“你得想个法呀？”“唉，先回家看看，或许不是这事呢？”我低头说。“三妹”张平安又说：“若是经济上困难，我们几个捐钱供你上学，怎么样也得熬过这十几个星期，反正离高考时间不太长了。”大家都表示赞成，为我愤愤不平。真的很感激，心里想，我懂得你们的心情，可我爹愿意吗？我们这群十六七岁的男孩，一人有难六人帮，我长这么大，真的还没有为家里出点力，也该替父母想想。我看着同学们说：“还在哪儿呢？说不定我回家，是父亲商讨退亲的事呢？”我劝慰他们，也宽慰自己。等着我吧！210 室的同学，亲如兄弟的朋友们。

跟石老师请了两天假，当我走出校门，210 室的全体同学送我一程又一程。我劝说：“小画，你腿不便，别送了；你们都回去吧，越送越远。”我站住看着他们：“我走后，小画的生活，谁来负责？”周立、张平安自告奋勇：“我来照顾。”“是我照顾。”王双喜说：“你们别争了，还是我来吧。”杜晓文说：“守民兄，这两年多我们朝夕相处的日子，使我懂得了同学之间的友爱，我是个独生子，从你们身上我看到人间的真情，以后我也加入你们的饭食小组，我暂时顶替你，照顾小画吧。”我拍拍杜晓文的肩，点点头，“三妹”、黑子、“死拼”看着杜晓文笑了。大家心情和我一样，谁也不愿说一句分手的话，我们不约而同地把七双手紧紧握在一起。这不起眼的七人走在往来的人群间，行人哪知道这是在送别，分离呢！外人看着我们，也可能说，这伙小青年，不务正业，上课时间还压马路。他们怎知道这份心连心的真挚友情呢。我们分手了，他们几乎异口同声祝愿，渴望我尽快返回学校，回 210 室。我回头走着：“你们回去吧！”看着他们在路边拧成一团向我招手。我小声说：“再见吧，我的同伴们，再见吧！我的 210 室……”我一步三回头地看着校园，泪水再一次夺眶而出。

果不出我所料。父亲真的为我忙起婚事。我竭力劝阻，反抗，但招来的是谩骂，是拳打脚踢，甚至双手被捆了，吊在堂屋的梁头上让我反思屈从。我为有一个这样愚昧的家而悲哭，整天卧在床上装睡，也想到自杀。父亲不管，只要身在家，心想什么他不管。一个星期后的一天上午，娘拉起我来说："小民，你老师，同学来看你了。"我急忙爬起，惊喜若狂地奔出屋门。"石老师，杜晓文、死拼，还有黑子。"我像见了久别的亲人，不争气的眼泪像在诉苦，不由自主掉下来。我扑到石老师怀里，石老师抚摸着我的头，眼睛红了："好美好大的山啊！苍松翠柏，萦绕着连绵的群山，坚强些，守民，我是来督促你上学的。"我真的呜呜地哭出声来，同学代表也围上来。母亲忙提醒我让客人进屋坐下，招呼着倒水，让座，我几乎是话不成句。"今天——老——师，还有——你们，来，这么早。"王双喜说："石老师等你一个星期，就邀我们来了。"石老师转脸对母亲说："大叔呢？"母亲回答："去外边忙小民的喜事了，大老远的，还来看小民，你们喝茶。"母亲笑着说："我们这里，出门是山，进门是石头，别说小民在哪上学，就是县城我从来没去过一次。"母亲拿出了我结婚用的喜糖，花生说："你们吃小民的喜糖。""忙您的吧，大妈，我们自己来。"石老师说。母亲出去，我站也不是，坐也不是。更不知说啥好，只感到有些话难以开口。石老师问："守民同学，这些天复习功课了吗？""没有。"心想，挨骂挨打还应付不过呢。"这是为你办的喜事？"石老师指指一些简单的家具，"你不到结婚的年龄啊！"我点点头，没有作声。双喜说："守民，你不上学啦？"我又点点头，把头低下，"没办法，事到如今！"我默默地说（其实，哪能不愿上学呢）。石老师又问："你拿定主意了？"我又点了头："没法，若去学校上课，父亲那脾气，必弄个天翻地覆，到头来，还是得顺从他。"我说。不多时，父亲回来了，经我介绍，父亲一边忙让石老师坐下，一边对我说："小民，东屋的牛叫了，你没听见，去给牛添筐草。"我答应着去了。老牛吃着草，我躲在门旁听着，石老师说："守民这孩子有理想，学习成绩在班里是尖子，是块料，大叔你要培养他呀。"父亲笑笑说："我们庄户人家的孩子，哪有啥出息，种田，上山是我们的本分，只要能为我卖点力，比啥都强。"父亲像似把烟袋磕在鞋跟上的声音，"叭叭"作响。"大叔，您花了这么多年的心血供他上学，刚说要有出息……"父亲打住石老师的话："你不知道，前些年让他上学，是图个好找对象，现在的姑娘攀高，彩礼要的也多，我们未过门的儿媳，通情达理，彩礼要的不多，又勤快，上山砍柴能和汉子们比能耐，一担柴两大捆，看小民，累死他也挑不下山，可姑娘儿像走平地。女孩脸蛋也耐看，百里挑一，我乐意，让她做我们家的媳妇。”说话间，从门缝里我看到父亲半个背靠在门旁，坐在门槛上。又听父亲说：“小民这孩子，每每劝我，说人家某某考上学了，他总明里暗里劝我，我心里也热乎乎的，反过来想，唉，祖辈就认了大山为爹，田地为娘；脚踏黄土，背朝天，农家的汉子，哪有那福分，再说，家里这几年让他上的还落个啥？谁人不想好，咱没那个命。还是有个媳妇，踏实些，我也完了心事，他一说我不愿意人家那姑娘，我就气炸了肺。”石老师说：“上学是不能结婚的，再说守民年龄也不到结婚的年龄，镇政府是不许的，回过头来想想，离考大学时间就那么几十天了。”父亲像没听到老师说的话。吸了口旱烟说：“四邻都夸我有个好媳妇，咱庄户人家的孩子，图个啥，考大学能怎么着，人一辈子还不是图个后（有子孙）。”接下去便吸烟，咳嗽，我走出小屋门对父亲说：“我就是不同意这门亲事，你自个同意，你去讨。”“你这个混账东西，没大没小，我非揍死你不可。”父亲站起身，石老师赶忙按住父亲，我吓得跑进牛屋。过了一会儿，听到杜晓文说：“大伯，您让他上学吧！守民一定能当一名作家，你看，这是他近期发表的作品，这是……”便听到摊报纸声。我顿时泪如泉涌。用手拧着一把牛草。听父亲说：“要这东西有什么用，打一个草包，还2角钱，上地里拔根草，庄稼就多抽个穗。”是王双喜在反驳父亲：“大伯，我们上学到这种时候，就是像农民用心血在收割成熟的庄稼一样，这些东西是天智，是勤劳，是心血的结晶啊！”我呜咽着，是啊！十七八岁，是奋发进取的妙龄季节，是追求未来的黄金时季，而我，而父亲……

石老师和同学们苦口婆心地解说。最终，父亲头撞南墙，一锤定夺。听父亲说：“现在到了这个地步，我也把请柬散出，结婚的钱也买了准备的东西，（父亲的态度强硬起来）从他出生起，也从没想让他成大器，只盼能有个家（对象），安分地过日子。”父亲和同学们几乎嚷起来。又是沉默，只听到老牛吃草声，也看到烟雾从房中窜出，我似当头一棒，踉踉跄跄地走到牛槽边，拍着老牛的头无声地哭泣，老牛抬起头来舔着我的手……

午饭后，由于路程还很远，石老师和同学们还要返校（父亲只顾忙他的事了，饭也没顾上吃）。我送走了我的老师，我的同学。临行前，石老师摇着头安慰我："三百六十行，你也不要放弃你的学习，即便在家务农，有文化将来定会有前途。"王双喜从腰里掏出一封信说："民哥，这是临来时小画要我给你的。"我接过来。把老师、同学们的祝愿全接过来，牢牢放在心底。石老师、210室的代表骑车的身影远去了，我还是目送着，目送着，迷蒙的泪水浸润了眼眸。我的泪来了。那心酸的泪哟，是我的心在颤抖，是殷红的鲜血在渗出，那不是眼睛里滴下的几千个日夜的心血；那不是成千不认识的字到认识在眼中滑落？那不是内心蓄积十多年的锐气在不久就要报考理想大学前的放弃！泪啊！你渗入我的耳鼓，是热的，我并没有感到你的悲凉，泪啊！你最终成了一摊弱水，苦涩难咽，泪啊！你流吧！有什么痛处，你尽情地向黑夜，向白天，向山野诉说呀！

上学这条路难道我真的走错了吗？好长的夜啊！我不能睡下，抬起脚，在村头走动，皎洁的月光，四野的空旷，独自站在静夜里，心地突地生出可怕的冷，望望远处黑黝黝的苍山，把僻静的山村围成一个C形，村头一间草房里还亮着灯。我知道这间草房是村里年轻人常来的地方，大凡来这儿的是没有讨上老婆或失恋伤心的青年男人。这里是他们哭诉命运的地方，他们咒骂苍天不公的所在。我便慢慢走过去，草房里的灯是从破旧的窗子孔里射出的，里面两个人影在晃动，隔几步远，便听到哀叹声："唉，如果能有她现在就好了，我们是一对被打散的鸳鸯，不知道她现在在何方。"那人唠叨着，是土龙的声音（前几天，父亲找他劝劝我，让他筹办我的婚礼）。另一个立直了头，像反训他："整天光知道老婆、老婆，你还是个男人吗？有能耐，干一番大事业去。"听说话内容，显然土龙是陷入了爱河，心地浸透着苦恼。说话的是红光，红光是个初中生，由于家贫寒，初中没毕业，便辍学了。土龙反驳："我没有上过学，就想这个，你红光有文化，命又好，又讨到老婆，还有啥狗屁心事。"是土龙要为被污的爱争辩，在发泄心中的不快和愤懑。我推开门走进来。他们见有人进来，停止说话看着，看定是我，连连让座，好像是盼星星、盼月亮似的。土龙拉着我坐下，“小弟，今天为你的大喜事喝了点酒，旧情又来了，你有文化，见识广，你说说，我现在应该怎么办?”“怎么啦?”我问。红光笑着说：“土龙在思念往昔所爱，前些日子，他爱上一位女孩，女孩家不同意，他和姑娘私奔了，哪知刚好和姑娘亲热了一夜，原认为一跑了之，生米做成熟饭，家里也奈何不得，可是第二天，女方家里人竟在几十里外的山洞里找到他们，当时他俩正拧成一股绳似的酣睡。土龙被打昏，姑娘被家人捆走；因此青年人都戏称他是一夜丈夫。”红光嘻嘻地笑。土龙叫道：“这个世界为何对我这么不公，让我痛苦。”他抱着头，我听了很同情地说：“土龙，不要怨天尤人，今后有什么打算?”土龙两眼明亮有神，眼皮煽动着，灵气闪现，确切地说土龙有一幅十足的标致样。土龙看我一下。理直气壮地说：“让那个姑娘嫁给我，经过我们勤劳努力，盖一个三间瓦房，然后买台黑白电视机，一家人和和欢欢过日子。”（他确是说出了心里话）我只能回答他：“土龙，你会实现的，你准行，好好干，凭你讨个对象不在话下。”我安慰他。“实现个鸟，就他这熊样，没有一点儿男子汉的骨气!”红光说。土龙用不满地眼光瞪着红光，并没有说什么。红光又说：“民哥，我荒了学业，心里挺难受，眼下，我想学医，做个乡村赤脚医生，为咱这穷乡僻壤做点力所能及的事，自己生活的路子也宽了不是？也是以后我有了用武之地。”“对，想得好，将来也是一条生活的出路。”我说。“可是家里死活不让去，妈妈常为此生气，他们说等我分了家，爱干啥，干啥，百年后在棺材里也能合上了眼，告慰祖宗了。唉，我也想过偷跑，离开家去学医，若是结了婚我还能外出学医吗?”红光的上进热心烧痛了我。我说：“红光，学医是个好行当，咱们离城镇远，保管实用。只是逃跑?”红光说：“卖苦力挣钱，那时家里对我也无可奈何?”我沉默，没有再说一句话。

那夜，我想了好多。想到土龙为讨心爱的姑娘，盖新房，买电视大干一场。而红光想当一名赤脚医生，愁得没门子。他们理想不同，追求不同，但却是上进的。而我，我的目标，我的理想——考入大学、发奋当作家吗？不正如土龙、红光一样。土龙不知怎么办才好，红光想逃跑，还要我拿主意。可我怎么办？上学？结婚？我该怎么办？我深深陷入痛苦中。难道我一生的价值就在于与一个姑娘结婚，生儿育女吗？命运原来对我如此凄凉，我的路在何方？生活的路哟，你允许我选择吗？让我痛心沿着世俗的网因循。难道从遥远乡村走出的孩子的道路这般多难。他们不是乞求，是一种呐喊，请给他们平铺一条智慧之路吧，让他们没有埋怨，收获理想的新生。不要让他们的凌云壮志顺河谷、沟坎的一浊流水，付之东去，和祖辈们一样任凭冬春秋夏转换而沉沦，默默地周而复始地荒寂下去，哪是个出头之日呢？心中不能复加的壮志烈火，熊熊燃在心底。对，像红光所说，出逃。突地，这个出逃的想法溢满脑子，离开这个家一段日子，也自我解脱，闯一闯生活。我心已决，意已定。夜里，我写了一封别离的信，压在枕下。

五

天一微明，我假说要去镇上买些生活用品及结婚用品，父亲高兴地答应了，给了我一些钱，我望一眼躺在床上的母亲，心说，娘我走了。随着轰鸣的列车，我远离了我的家，我的亲人，老师，同学，去一个遥远不知道什么地方的地方，越远越好。在列车上我给我的同学老师写了信。

亲爱的210室的成员：

你们好！

现在我是一个拒婚的逃犯，正被列车押送‘解放区’，但不知前往何方。在新生活到来之前，我高兴，我也悲伤。虽然，我们的距离越来越远，可是，我们的心越近了。我要用新生活改造那不尽人意的现实。我拼搏，我向上。

祝

进步！

同学：守民

整一天，火车在一个小城停下，这是西北方的原野，我随人流走进异乡的土地，徐徐的夜风，空气显得凉些，吹得我直发颤，加之一天一夜没吃东西，又冷又饿。在哪儿过夜呢？这才感到身已离乡千里。昏花的街灯，蠕动的人影，陌生的面孔，愁伤的心更加孤单。没出门时，感到世界好大，而现在世界小得连我都不能容下。是触景生情吧，尝到出门难的味儿。哪儿是我落脚之地，我后悔不该出来。我鼓足勇气跑了几家旅馆，钱都太多，加之没有身份证，服务员是不收留的（国营旅馆）。我在大街上来回转着，渴望能找到栖身之地，终于一家私人旅店欢迎了我。当我问价时，老板伸手就要七元，并不管有没有身份证。我再三请求老板收下我，说出我的困难，最后老板收了我六元伍角，这下我太感激了。虽说睡过的地方还不如透风的山洞，但它能使我安心过夜了。第二天，我便忙于找活干（我身上几乎没钱了），这里外地人多。大多来自四川、河南、安徽等地，也是出来打工的。我初来，没有一个熟人，做工须通过熟人介绍，还得私下送点礼，而我这个处世不深的学生，即使好容易找到代工老板，也会因我瘦弱无力而告吹。

天又黑下来，旅店是去不成了，我将流落街头，当讨饭男孩了，回家是回不去了，去别的地方更没门路。真的，如果有口饭吃，我可以任主人使用，从来没想到当讨饭男孩，也从来没想过流乞街头。一天夜里，我正缩在墙角睡觉，一个人拍醒我："孩子，怎么在这儿睡，危险，快回家。"是一位老人。我哭了，诉说了我的难处，"我是外地人，钱花光了……"热心的老人被感动，拉我去了他家。老人是铁路工人，老人叫醒老伴，为我煮了饭。又是一个第二天，老工人出去了，老大娘和蔼可亲和我交谈，中午时候，老工人回来了，他为我找了一份工作。好心的老人说："刚来找活是很难的，现找到一家私人矿井，工作很苦很累，以后再想办法。"大娘说："我们是普通工人家庭，钱也不多，也不多给你，孩子，拿着这拾元钱，买点可行的生活用品，以后有事再来找我们，怪可惜的。"老人又语重心长地说："孩子，等挣够了车费钱，就快回家，别让你父母挂心。"我幸福地哭了，我给大娘磕了头。我进了一家私人煤窑，我的地址安定了，便写信给 210 室。

新爱的 210 室伙伴们：

近好！

经过近些天的苦度，我也尝到一点人间酸甜，我看到黑了心的小贩，赚钱心狂的老板，也尝到在街头沦落的凄苦，世间还是好人多。我将成为讨饭男儿时，一位老工人帮助我，给我找了工作。现在有了着落，生活也算安定。近来你们学习紧张吧？不要为我担心，一位未来作家，不体验生活怎能写出压卷大作，困难是难不倒我的，因为我这边有好多好心人。

杜晓文学习有长进吗？得吃苦，下劲，不能浮。黑子周立还是睡懒觉，这怎行？得好好劝他。“死拼”（王双喜）你这个学习狂，得准时休息，注意学习技巧，不能老是一心考大学，也要有个来回之策。“三妹”（张平安）半夜还说梦话吗？小画、洪运也好吧？

我的伙伴们，上学是一种快乐幸福的事，虽说它也苦，你们要好好珍惜，的确，它来之不易。家中父母没有去学校吧？暂时不要让他们知道我的地址，好好劝劝他们。不要让老人挂记，给石老师说，我很好。

祝学习进步！

学友：守民

六

我和工友们一样，天不亮就开始干活，从昏暗的煤窑下向上托煤。这是一个老式煤窑，听说从前是队里的，现在承包给私人照管，开采用镐打，几十个人在满是煤粉的昏暗手灯下干活，也是几十个工人需用小筐，木箱装，然后向出口运。这里煤洞又窄又矮，需弯腰半爬着走，当然是很安全的。这里煤埋藏浅，煤井深入地下不深。我和一个年龄相差不多的人轮换挖运。只知他叫卜代。他很能干，常常汗滴满面。他有一样毛病，话语总是很少，他莫名的怪异。留着短短平头，小小的眼，瘦瘦的一灰色制服拢住他不匀称的腰身，手大得出奇，干活很快捷，是一把好活计。他极少和人言语，每次从井上下来，他总是忙着装煤。工友们也很少说话，只是默默干活，或许恐怕老板骂，即便是老板骂人，工友们仍还老板一张坚强的笑脸。

尽管如此，有时说笑声也是有的，在昏暗灯光下，我突然发现一个戴眼镜的年轻人，大约二十四五岁的光景，我好奇地问卜代："那一位（戴眼镜的）是干什么的?"卜代比我来得早些，他也熟悉这里的情况。卜代露出一口白牙，喷了几口粗气回答："他是一名大学毕业生。"便又装煤。我急忙问："卜代，他来这儿干什么?"卜代看我一眼："写长篇报告文学的。"卜代又是沉默干活。在歇息时，卜代依我坐下。这下我们谈起来。我问卜代是什么地方的人，他说是山东菏泽人。我是济宁人！我自报家门。他惊愣一下，几乎异口同声说，我们是山东老乡。这次我们亲热，熟识了。他向我表白了他的来由，上高三了，神经衰弱很厉害，求医看病，总也轻轻重重没法学习，医生劝他体力劳动一年时间，等身体恢复后，来年再准备考大学。他又讲，今年干活挣点钱，他决心把这该死的魔病治好，下年再考，他不信，大学会有多难考。好一位雄心壮志的同龄人，我顿起敬意。我鼓励卜代："坚忍不拔的毅力可以逾越世界上任何一座高峰。"我和卜代的手不由自主地紧紧握在一起。原来卜代并不是不爱说话，他的话好多，是一个善解人意者，心细嘴甜之人，不久我们成了好伙伴。

一个夜晚，大家坐在几十个人的大通铺上聊天，不知谁说了句，让那位戴眼镜的大学生讲讲他大学时的生活，大家拍手欢迎。大学生倒也不拘束，站起身。大学生面容白皙，说话轻声慢语："我是黑龙江大学中文系毕业不久的学生，喜爱文学，想写一篇关于咱们煤矿工人方面的报告文学，请大家以后多关照。"又一次掌声后，便再听他向下说："大学生生活充实，学习紧张后，可以去校园散心，每周还要举行周末舞会、晚会、英语角等各种活动，还有比如篮球、打拳击等；你若喜欢静，去下棋，弹琴，去阅览室看报读书。"谁插了一句："大学生也谈恋爱吗?""当然没有规定，可以交朋友，交志同道合的朋友，你想找一个异性朋友，好的异性朋友将来会成为恋爱对象。"卜代发问："交朋友你们大学生有什么要求?"大学生笑笑说："大多大学生是要求异性朋友具有上进心的，有事业心，有远大理想，如你爱文学，她也爱文学，不一定同班级的学生，只要谈得来，便交了朋友……”我们认真听着，便向往起美好的大学生活是个什么样子。大学生、卜代和我可以说在这个矿井里是知识分子。三人经常一块谈人生，谈理想，我写点东西，便拿去让大学生指导，听听卜代的意见，在学习上有什么困难便去问大学生。

一个蒙蒙细雨的日子，210 室的同学来信了。

民哥：

你好！

210 室的伙伴已收到你的来信，民哥，你不要放弃学习，石老师已给校方讲了你的事，若没有困难，希望你返校参加高考。

上次寄来的钱，大伯说什么也不收，他说没你这个儿子，（大伯的气话不要见外），后来还是收下了。民哥，你是好样的，我们 210 室的兄弟想念你，下边是每个人向你祝福。

我的好同学，你鼓励了我，帮我上进，是你的拼搏精神改变我看不起农村学生的观念，大哥，这次我考得很理想。

我衷心祝你生活愉快，活得潇洒，快回到 210 室来！

——杜晓文

民哥，我的好兄长，我不多说，是你时时提醒我，让我奋起，感谢你！

——周立

民哥，梦中常遇到你，见你在走一条向上的路，近来的梦大家都让我多做，我这个“女孩”真的想念你，你是我心中的偶像。

——平安

守民哥，向往是一种美好，但拓荒者的路很苦、很涩，未来属于你，美好的前途就在眼前，奋发吧！

——洪运

民哥，天行健，君子以自强不息。考大学是一种进取，掌握真实的本领，才是真心的进取！

——双喜

民哥，关于小画，唉，还是向你实说了吧！前几天郑小画的母亲得病，不幸去世。他妈妈的去世太突然，对他父亲造成致命的打击，他父亲精神失常，小画为安慰父亲，让父亲有新的精神依托，硬是回家了。我们去看过他，他不让我们给你说，作为同学，朋友，我们不能不告诉你。

郑小画的家现状，真也要有个人来照顾的（我的心凉凉的，恨不得马上见到小画，鼓励安慰他）。民哥，不要担心，小画现在还好，他专心搞创作，是一个小有名气的习画者。他说困难击不倒他，他要战胜困难。民哥，放心吧，这边的事有我们呢！

由于时间关系，我们就到此吧，民哥。

我们祝你工作顺利！

210 室的伙伴

看完信，我激动得流下泪。是呀！我们生活在安定的环境里，可是，我们并不能避免各种不幸。在困难中迎难而上，我们这帮处世不深的年轻人啊，真了不起。我迈步在雨中，看着远处模糊的雨夜，时而走动的路人，还有明灭的灯火，映在视线里，我深深吸了口凉气，吐入异乡淡淡的夜色里。

这个月的工钱，我照例给父亲寄去一部分，把余下 30 元寄给了郑小画，让他补贴生活，向他介绍了煤窑里那位大学生和卜代的故事，鼓励他继续奋斗。

在大学生的指导下，我一边劳动，一边学习，最终一篇名为《煤窑里的笑声》的小说发表了。可是同伴出走校园的一封来信，引起了我深深思考，唉！我们将要怎样走出校园，设计我们今后的路？信上说“死拼”自从我走后意志消沉，而父母对他如此器重，可是他的学习成绩在直线下降，高考后怎么向父母交代，他不信前途只限于考大学，他要用自己的实干为自己开拓出一条路。他的眼里常常是泪，想去一个能解脱的地方。近来常报怨父母为什么让他考大学。一天深夜，他哭了，呜咽声惊醒我们，我们坐起劝他。既然下定决心走一条自己的路，我们也不去阻拦。王双喜哭声伴着死黑的夜，是那样让人难受。王双喜自言自语，前途茫茫，哪儿才是自己的归宿，是决定的时候了，到多难的世上磨炼一下。我们问他去哪儿，他说要去新疆石河子一亲戚家先落脚。我们连夜筹划乘火车路线图，提醒他路上特别小心，身边没有熟人，全靠自个混。要入乡随俗，找工作要嘴甜些，干活快手快脚。他点头听，我们看着他也很伤心，十多年的学生生活早已荒废了田地里各种活计，到头来进不了高等学府深造，回家干活也当不上合格的农民。处境毕竟相同，那伤神的选择涉及我们每一个农村高三学生。后来我们几个抱在一块失声哭起来。

当夜，我们为他筹了些钱。第二天天刚亮，他与我们210室几个同伴惜别。他脚穿一双破旧的网球鞋，一件半旧的军裤，上身一件肩头开缝的中山装上衣，一张难舍难分的脸。肩背一尺旧布包和我们一一握手。忽地，他写下一首小诗，贴在门上。

无名小草

我是一棵无名小草

不论我生长在河谷堤坝

大地母亲总给我生长的需要

我不与大树比美

我不与高楼争辉

我——就是我

一棵平地生长的无名小草

——王双喜别友而作

5月27日

王双喜，这个外号“死拼”的同室好友顺着长长走廊踏着忧郁的步子，去了。似一只第一次试飞巢穴的彷徨小鸟，煽动着幼稚的翅膀跌跌撞撞地飞向大自然。

我们210室又留下了道阴影。又一个男子汉出远门了。

其实更令人震动的是洪运在前几天被医院确诊为白血病晚期，医生告诫，离生命终点还有半年的时间，他不让我们告诉你，但我们210室几位同学议论，最终举手表示否决，双喜也投了同意给你说的票。洪运很顽强，一分一秒也不放弃学习，争取考出好成绩，他说他要亲眼看大学通知书到底是什么样的，尽管生命将已极限，但他没有丝毫的畏惧。病痛的摧毁使他常常昏倒在书桌，虚汗如豆，但拒绝同学及家庭的劝降，他咬牙说，他要考大学，更想当一名大学生。

我目睹着，久久凝望着……

这是一个令莘莘学子惊颤的七月。空气似炉中凝聚的炭火，散布四野，尽管阴云密布，小雨淋漓，但是它的暑气和闷热让人浮躁。我没有任何的征兆，七月七日这天突然粒米不进，我感到肉体似一墩泥塑，灵魂突地被人砍去了头颅，无法控制自己的情绪，全身僵持，我偷偷抹泪。卜代领我去看病。我知道自己没病，一种苦楚的难言，似幽灵在嬉戏作怪，穿越长长的街市，我的脚步突然停在高考点的校外，似乎身体的疾病不能让我移动半步，我紧紧抓住铁栅栏，深情地凝望这所中学的校院，用泪眼迷茫地盯住那些与我同龄的城里孩子，他们被父母手牵着，或走下小轿车，或出租车，父亲的另一只手提的满是大包小包的营养品，脑白金、脑心舒、人参蜂王浆，等等，爱怜地看着他们的孩子走进校园。他们跷脚，摇手，目不斜视。远远地望着他们走进考场，才打起雨伞，三、五一簇，议论高考孩子吃啥最好，用啥最佳，这个时季考生的家长们千儿八百买补品已不在话下。孩子们上考场，而家长跑商店，跑医院抢购买补品。我看不到考场上的情景，校园里严肃静寂，校园外陪考者严阵以待，静处站立，审视着。如果说考生的七月是一场痛苦的折磨，那么不知道这些城里孩子们的家长为他们的孩子抛洒过多少心血，城里的孩子是幸福的，然而我那遥远闭塞的小镇，农家的孩儿们挣扎在这天堂与地狱的七月。他们不少人由于长期营养不良，昏倒在考场上，有的把父母给的那点钱咬牙买了劣质补品，或多吃点带肉的汤菜，引出疾病，他们哭着不得不离开考场，造成考场上力不从心，错失良机。在农村中学，几乎农家的女孩儿上到高中没有几个，考上大学的更少。卜代说，多装几担煤，赚点钱，下年努力学习，大干一场，考他个清华、北大什么的。我没有移动一步，抹了一把腮边的雨水或是泪水，无力地坐在湿地上，两眼直盯盯地看没有人往来的校园，或许我精明地听到同学们做试卷的笔与纸声，我的心很凄凉、悲苦，泪不能禁，便默默低下头。难言，苦楚，一种失落突然间击碎了脆弱的我。“出水还看背竹笼。”可我拼搏三年，空有一腔宏伟的志愿，此时此刻，在人生驿站，独卧病房！

卜代揣摩到我的心事，晃着我的手，蹲下。男子汉，你落泪了。我长长叹了口气，答非所问说："有希望为什么不考呢？能考上为什么不考呢？"卜代既而笑笑，神经病，神经病。我拭了一下潮湿的双眼，抬起头说："我那 210 室的伙伴还不知啥样呢！他们的命运就拴在这个多情又残酷的七月。"卜代听我说起前途与命运，他讲了一个真实的故事。他讲，去年高考，他们村历史以来唯一一个高中女学生卜洪梅在高考落榜后，痛苦不能自已。她学习可是顶呱呱的，从小学到高中从没有留过一次级，每年都能拿到三好学生证书，去年就连老师也没有想到她会落榜，然而她在去年高考中竟名落孙山，现实把她击垮了。父母已无财力再支持她复读，她仰卧在床几天不吃不喝，她可恶的哥哥鲁莽地打了她两耳光。一个漆黑的星夜，她把自己全身用红薯秧捆扎结实，腰系一块百斤大石，跳进村前那条老运河，自杀了。老运河里的激流好似她娘悔恨的泪水，她娘泣不成声，我的女儿啊，咋那么想不开呢？我的确无力再支持你复读啊！你就那么想不开，怎么能死呢？怎么能死呢！老人疯了。卜代又说，她的死谁之过？落榜生，请正确对待你的人生，考大学不是唯一！其实，学生家长请善待您的孩子，让他（她）们度过这个黑色七月的难关，更渴望我们的社会关心、支持落榜生！卜代说得很激情，也愤懑。

第一天上午交卷铃响过之后，很多学生家长围拢在校门口，我也急忙跑过去，问一位满脸含笑的女考生，今年考题难不难？女孩回眸一笑，不算难，还行。她的妈妈瞪我一眼，便领了女孩的手走了。我又问起几个考生，回答不一。七月七、八、九这三天，我没有下井干活，我每天都来这里，或蹲或坐，眼瞅着，从考生进门到考生出门，直到高考结束，我知道自己是个失败者。我漫步在空荡荡的校园，在教室的廊道里，贴着门窗玻璃看着鲜红的考试编号和地上零碎的纸片，我用手用力捶打着墙，泪水默默流下来。哦，那遥远的 210 室，我那遥远的同伴们，将是旧貌换新颜了吧！

七

高考后的某一天早晨，我正在井下挖煤，工友传话说有人找我。上来后我就惊呆了，站在我面前的是三张熟悉而急切的面孔，我感到无比亲切和温暖。他们是210室的同学，杜晓文，黑子周立，张平安。看着他们，我心灵深处的泪已结集欲落了。望望朝阳染红的山野，看看稳稳注入湖水的小溪，感情的涨溢呀！可要禁住泪水。“你们怎么来了?”我装出不高兴地问。他们没有回答，个个低下头，我走到杜晓文身边问：“你们高考怎么样?”杜晓文急切地回答：“你爸让车给撞了。”周立抢先一句：“民哥，大伯正在医院抢救中，你姐找到我们，我们立即来了。”我抓住张平安的肩膀：“父亲现在怎么样了?”张平安说：“大伯在治疗，或许没事吧?”“民哥，大姐说：大伯要你马上回去。”三双睁大的眼睛盯住我，他们异口同声地说：“民哥，现在走吧!”我结了工钱，告别了卜代、大学生，急急往回赶。

在急救室里，我看到躺在病床上吸着氧的父亲。父亲见到我，深深的眼眶里流下了泪。我安慰：“父亲，我来了，你不要难过，都是我不好，伤了您的心。”父亲不能说话，只能用时时涌出的泪来表达着什么。姐姐从病床旁站起来，“小民，你可来了，爹在想你。”姐姐抽泣着。“姐，爹到底怎么弄成这个样子?”我问。“爹被一家拉客的汽车撞了，爹倒在公路上，那车主（私人的车）还不愿拉爹去医院，围观众人指责车主，车主说不怨他，车要溜，正巧一辆面包车停在眼前，下来一位大官，要车主送医院的。听医生讲，爹若再迟来几分钟，就没命了。那位大官也没留下姓名就走了，后来车主不愿拿住院医疗费，我们想和他打官司。听表哥说，车主后台高，关系网大，告不倒他。我一个女子全靠表哥做事（表哥是个村干部)，可是谁知道表哥被车主一场酒后，官司就私了了。车主拿出500元，以后再有什么事也不管了。唉，这次手术下来，至少也要二、三千块钱，听医生说，今后父亲失去了劳动能力。”姐嘤嘤地哭泣。周立在一旁怨起表哥。姐又说：“爹让你回来上学，将来做了官，要你治治表哥这号人，你的婚事，父亲说，可以松松，但一定还要愿意。”

当我们走出满是愁云的病房，外面的天空依旧阳光灿烂。杜晓文说："这下好了，大伯同意你上学了。"我点着头，望着那慢慢行走，正在康复的病人，心想，父亲总算是让了一步。父亲要我做官，惩罚"那样的人"。不管父亲怎么想，毕竟是父亲让出第一步，那么第二步、第三步……，但愿父亲康复起来。我们又想到郑小画，王双喜，身残志坚的洪运这些可亲可敬的同学，多么希望他们能返回学校，同住210室，参加我们聚散两依依的分别晚会呀!

在病房的拐角处，我发觉春粉（和我订婚的女孩）躲避在水池边一丛冬青间向我们这边看。清秀的脸儿，看上去好可怜，欲前又止的样子，手挽半篮子鸡蛋，瘦而小的粗布花褂，袖口透出长长一截又裂又黑的手。同学们看看我。我犹豫一下，皱皱眉头，慢慢走过去，说："谢谢你来看父亲。你永远都是我的好妹妹，父亲正在病房，你去吧!"同学们也同春粉打招呼。随后，我们高高兴兴地欢呼着，肩并肩，向那条熟悉的乡间小道，那熟悉的校园，向着那蔚蓝的天边走去，身后的喧闹声，我们似乎没有听到。

我们相约在母校，在我们的210室。王双喜远在石河子农场，没有赶回来。"三妹"张平安接到了山东师范大学外语大专班的通知书。晓文在父母的呵护下进了一所技校。郑小画被他们村吸收为一名乡村小学教师。他说，准备下半年到县文化馆举办他的个人画展。周立落榜，在微山湖畔搞起了大棚养鸭，养鸭三千只。他说要手拿大哥大，腰挎BP机，在农村大干一番。洪运考上了一所市里的师范学院，是委培生。他没有去上的打算，委培费太高，近万元。他硬是让父亲拉着排车来校约会的。洪运面黄瘦弱，说话无力，他手捏通知书，颤抖着说，即使上不了大学，我也要临死前去大学校园走一走，看一看，这个梦寐以求的圣殿，到底是个啥地方。我们含泪看着他的委培录取通知书，答应他，一定去济宁师专，济宁医学院领他看上一眼。我想回读一年，来年再战。我们相约，十年后，还在我们的母校相聚，还是在我们的210室聚会，那时，将会今非昔比。我们期待那个日子的到来。

万丈红尘

我决定离开地区报社，不为别的，为了爱我我爱的文莉。我心爱恋人在远方小县城等我，我没有理由不回去。

对于什么事业、前途我不再想，为了爱，我孤注一掷，只想及早回到文莉身边。现在最想的是和心爱的文莉见面，天长地久地生活。文莉刚给我打完电话，她今天来帮我收拾行李，一会就到。其实行李很简单，铺盖一卷，几箱书装上车就行了，没有所谓零零碎碎器物，更没有值钱的家当。我考虑已久，权衡得失，尽快办好一切调离手续，在单人卧室里整理东西。部主任来了，部主任一进门，就劝我不要鲁莽行事，好好冷静下来思想再三，青年人好冲动，不是什么长久之计。戴眼镜微胖的部主任一再挽留我，人事复杂，下边也不好混。我与文莉的事，部主任多少知道点，说，文莉的工作调动最好让她上市区来，她老爹是县长，调动她的工作怕不算困难，人际关系广，也有相当权力。似乎部主任对我有某些顾虑，我心已决，意已定。为了爱，没有什么好留的。主任帮我向箱里装书，我掏出香烟给主任燃了，递给主任，希望留个好在他心中。主任很老实的一个人，五十多岁，工作勤勤恳恳，要政绩有政绩，独立管理日报副刊，培养出不少在全省有名气的文学作者，自己笔墨老辣，在全国大报刊上都发过万字大文，是位名气不小的诗人、作家。论资历，主任完全有能力升到总编辑位置上了，可主任硬没升上去，十几年了，还是个部主任。看来部主任的位置他算是要坐到退休，正想着，主任问，下边是为你落实了个啥单位？我嗯了一声，是文莉操持着给我办的。听文莉讲，依她爸说是安排在县酒厂。部主任不住点着头，烟丝丝缕缕从嘴角冒出。主任说，和文莉认识到底到何种程度？主任的关心像在审讯。

一

其实说来话长，和文莉认识纯为偶然。一年前，我去柳县采写三秋收割新闻，柳县文县长热情地接待了我，一天连跑五个乡镇，采访了关于水稻收割进展情况。晚上我懒散地回到县机关招待所，文县长好好请了我一顿。饭毕，文县长兴致未消，邀我去他办公室坐坐。新闻稿件的第一手资料算是看在眼里，记在本子上，可关于柳县三秋农忙会议的打算，及县里头头脑的日程计划、抢收抢种要员的政绩材料还没有搞到。带着酒气，我和斜斜歪歪的文县长来到他办公室。文县长客气地倒上茶，递了烟，闲谈着，又递过会议内容，计划日程表。柳县二把手文县长很有嘴术，滔滔不绝。感觉，县长就是县长，很可爱，话意鲜明，手势得当，一字一句，恐怕我脑子不好使，直到我清楚明白他的意思为止，真不愧为一县之长。门外有敲门声，而后进来两位四十岁上下的男女，说有要事，文县长介绍说是县人大那块的。县长有要事要谈我便暂时去另外一间县长办公室，等等看。另一间办公室灯亮着，推开门，明净的日光灯下，立马映入眼帘是一位年轻美貌的女子。女人见有人进屋，便慢慢站起身，两眼打量着。女人年轻、秀气，气质优雅，脸颊升燃绯绯红云，很是腼腆，怯怯转过身，一头浓浓的秀发垂在肩，油亮可见。她有着白皙的皮肤，鹅蛋脸形，且浓眉大眼，有着略带考究的笑意，高挺的鼻翼下一张极巧致的小嘴，活像枚鲜红的印章，那一排洁整的皓齿，外加合身的打扮，使她格外迷人。锃亮的黑皮鞋，牛仔裤，紧身衫，一件鹅黄色的马夹，外加一米七的个头，使女孩很青春也赶潮，像一朵水灵灵在雨丝里旺盛艳开的映山红，娇艳欲滴，清秀典雅。日光灯似皎洁的月亮，映照着眼前的伊人。我定神一下，回转思绪，自我介绍说，是文县长的朋友，有事来找县长。“我爸在那屋，刚来。”女孩看我一眼回答。“我知道，我想在这里等等，他有事要办，我可以进来吗?”我连忙解释。那就进来吧。女孩空出她的座位，女孩坐在一张单人沙发床沿上。我燃了一支烟，随手拿起一本桌上的《山东文学》翻看。我不时用余光瞅看眼前的女孩，女孩也好奇地不时瞅视着陌生的我，我有一种自得其乐的快慰。平日我决不会反复去看女人的脸，今夜除外，一位美妙绝伦的秀女子深深吸引了我的目光。略带些酒意，或许是夜里挑灯看美人的缘故，尽管杂志在手中哗哗翻着，像剥掉的一层层树皮声，我心已不在此。女孩掰着手指，两脚在水泥地上来回揉扭着，窗外的法桐硕大肥厚的叶子摇扫着窗玻璃，窗台几盆娇娆粉红花瓣正争先怒放。有轻风，在发出电机一样嗡嗡轻微的余音。这情这景，似乎令人产生起身临竹海泉边之憧憬。

女子好奇地正视我一眼：“你也喜爱看文学刊物?”我没敢去看女孩，嗯了一声，默默点头。“纯文学的?”“对，尤其是纯文学。”我点头说道。女孩的眼眸一闪，有激动之色，长长的睫毛眨了两下，“喜爱散文? 小说? 还是诗歌?”我定睛看了一眼女孩，相信这个身边的现代派，秀外慧中的女孩是故弄玄虚了。我问答：“对小说、散文偏爱。”女孩“咯咯”地笑了。我也咧嘴作笑语。看着女孩我问：“你喜欢文学?”女孩点点头。“喜爱什么体裁的?”“那不，你手中那本杂志上的散文。”女孩伴着得意的手势。我猛地把杂志倒过来，目录上显明写着《窗之怨》作者文莉。其实，文莉这个名字很久之前我就知道，柳县有一个写散文极妙叫文莉的作者，经常在地区党报副刊上发些散文。我有些疑惑：“你叫文莉?”女孩面露笑意，点头。“不错、不错。”我自言自语。我怀疑眼前的文莉和写东西的文莉年龄层次大相径庭。我喃喃自语：“县长千金叫文莉。”“哪儿的话，县长千金就不能写东西，不能叫文莉吗?”她不依不饶，“先生贵姓，何路神仙?”似乎眼前女孩有些不高兴，把我当作了男权主义者。我笑了，感觉女孩机灵过人，伶牙俐齿，我心里暗暗叫苦。我调侃：“姓不贵，鄙人姓张。”没等我说完，文莉抢先一句：“你是地区来的张记者?”我看了一眼，像是没有听到她的问话：“难道我不是地区报社来的?”“看你年轻轻的，不像。”文莉又说。“不像吗？我可是个文学爱好者，对文学如痴如醉。”“看上去也难怪，神经兮兮的。”文莉笑着说。提到文学，文莉语气似乎亲和多了。文莉又说：“看你酒气冲天，烟不离手，因而觉得不像。来我爸这里的人大多看上去文质彬彬，其实问他们林则徐、文天祥是哪朝人？干什么的？他们有的都说不上来，还是这长那长的，只不过一个个搞政治投机。”我两颊发热，觉察眼前的文莉一针见血，不像多愁善感、文弱翩翩的那一类女孩，她有自己的独到见解，敢直露，表白自己的看法。想起平日里能舞文弄墨的文莉，疑虑渐渐消退。“搞政治投机，你看我像吗?”我不失时机，针锋相对。文莉看我一眼，笑了。“有人请酒喝，不喝白不喝……”我正说着，文县长推门进来，两腿抖着，张记者、张记者。我连忙站起身。文县长扔掉烟头：“县人大那块要我签个名，明天的会就不再参加了。”文县长倾斜着身子坐在我的身边。文莉立马站起来，笑了：“你还是地区报社来的张记者！谈了好长时间的话，还真人不露身呢。”“别瞎打岔，我和张记者有事，你来干什么?”文县长白了一眼文莉。文莉旁若无人，抱住文县长的胳膊，撒起娇：“爸，你看，我刚在《山东文学》上发了一篇散文，你看看给点鼓励。”文县长接过杂志，眼角一丝松动，有轻浅的笑：“我闺女还真行。”文县长哈哈不自然笑了两声，又递给我：“有专家在这儿，还望不吝赐教。”我笑了：“不敢、不敢，共同进步，共同进步。”文县长没再为我谈三秋收割之事，而对千金女儿的文章更有兴趣。“张记者，大人不计小人过，刚才之事望多海涵。”文莉纤细的小嘴努了几下。“没什么，文友探讨，无话不说。”我谦和着。又看了一遍那本杂志。文莉对文县长说：“爸，我妈怕你喝多了，让我来喊你回家，听妈说，今天你陪报社来的张记者下乡，张涛老师可是文学高手，我常在报刊上看到他的大作，所以这次我也拿来了两篇小稿，想让张老师指点指点。就是没想到张老师这么年轻，和我是同龄人。”文莉看我一眼，小嘴上像抹了油。“别客气，散文还是小说稿，拿来没有，指点谈不上。”我急忙说。文莉又说：“下午拿来了，现在又放回家里了，不是叫你拿去发，而是让你提出些意见，那两篇散文，我还有更大行动呢。”文莉恬静地说。文县长在一旁只是微微地看文莉笑，不再顾及其他事。看看天色已晚，我再三告辞说："文县长，今日的采访资料差不多了，明天随便回家看看，看看家里忙得怎么样，就不便打扰了。"文县长既而说："明天用我的车把你送回家。"我说："不必了，坐载客三轮就行。""哪里，哪里，用我的车，明天早饭后我叫司机去招待所接你。你家在柳县农村?""是的，我家在农村，现在家里正忙。"文县长送我出门，文县长皱了一下眉头："小张啊，文莉那两篇小豆腐块，你给改改，有机会就发它一下。""一定一定，县长留步。"我走出县政府大门。文莉送出大门口："张老师，我爸喝多了，别听他的，有时他就有点看不起农村人。"文莉摇着头，踢着路灯下的树叶。我笑着说："请问文友的工作单位是?"文莉调皮地说："本人工作单位县税务局会计科，电话2783456。""谢谢，我记下了。"听身后有人喊文莉，我说："你爸担心你，快回去吧。"我随手递给文莉一张名片，算作相识。走在林荫小道上，我猜测不透文县长。回到县招待所，文莉又从家给我挂了电话，直到电话自动掉线。

出于对文学的爱好，在以后的日子里，我和文莉成了文友，成了朋友，后来我们间的关系超越友情，升华到爱情。文莉隔三岔五就给我寄封信，一个星期至少打六次电话，三个星期必须来报社一次。我也利用工作之便，时常去柳县采访。柳县的新闻大半年来，几乎我包了。我挺愿意这样。我从床底拿出文莉给我的百十封信给部主任看，笑着说，这是我与文莉由友到爱的见证。主任笑道："乖乖，都能当长篇小说连载了，而且她这文辞挺优美的。"主任夸奖文莉，我的心也洋溢着喜悦之情。我知道文莉这个女孩在陌生人面前话语不多，有些呆板，有点守旧，除了文友与心中敬慕的人，并不会过多言语，甚至父母。我们这种微妙传情的沟通，直到一天超越朋友之情，且达到无话不说的地步。两颗年轻的心在剧烈跳跃碰撞，文莉的情爱已温暖我的周身，向我围拢而来，我感知到文莉真切地爱着我。我也全身心倾情于文莉。我爱文莉，便一次次去交流，加固爱河之堤。

二

初春的风，虽然加伴着嗖嗖的冷气，田野的冬小麦开始旺盛高挺了。破落的小县城耸立在古运河畔，白花花的冰凌被回往起运的船儿推送着，发出清脆的声响。远天，茫茫苍苍的积雪还没有融尽，四处满布冷威，显而易见，荒野上冬天的遗迹正在消失，春意已零星长出。古旧屋基下斑斑青苔已发出一种诱人的草绿，光杆枯瘦的榆树枝头挂满圆圆的颗粒小果，老茧壳在枣树枝杈上，被风吹得当当乱响。柳树也偶能冒出生命的翠绿，使这春天带给人一种愉悦的想象。虽说冬季万木枯缩，但我和文莉的友谊与日俱增，看那温室大棚里的瓜果，不就是在寒冬里孕育而就的吗。我们的爱似灶窝里的烈焰，暖暖充塞庭院，且日见有加。美好激越的爱意远比艳阳的初春来得早，到得快。这次去柳县采写县酒厂漏税的反面新闻，早先和文莉挂了电话，文莉在电话那头满心喜悦，与文莉约定，中午我们俩单独吃饭，文莉说她坐庄。中午我推脱掉有关县局方面邀请，急急赶到约好地点。美丽的文莉早在芳草屋饭店前张望我，见我徒步而来，高兴得手舞足蹈，一个劲地笑，开玩笑说我迟到半分钟。我看到文莉的脸冻得紫红，两手相互揉搓，我心疼地说，对不起，让你久等了。“没事，其实我刚到，你也不是老早地在报社门口耐心地等我吗?”文莉笑了笑。我小声打趣：“文小姐美如天仙，在等哪位意中的读书郎呢?”文莉脸颊红红，含情脉脉，笑盈盈地用一种炙热的目光看我，又低下头。我拉文莉一把，把文莉的纤细小手紧紧握住，嘴将贴在文莉白洁的脸庞：“文小姐，今天我请客。”“外面人多，不怕别人看到!”文莉挣脱我的手，东西瞅瞅：“张大人，那就请吧!”文莉的话语很轻柔。我们并肩走进芳草屋。门里一位女子在酒柜内早已上下打量我了。文莉拉我一把，介绍一下，这是我的好朋友曹玲，大学同学。柜台内那名女孩急忙从酒柜边走出来，我点点头，算作认识。“文莉，他是谁呀？是地区来的领导?”我们相视一笑。曹玲向前与我握手。看看酒店四壁雅洁，构思精巧，也算干净气派，屋内的装饰布置不少是有心人的刻意雕琢。曹玲领我们进了事先选定好的一间靠阳的包房，安排茶水。曹玲说：“我和文莉是最要好的朋友，听说文莉的公子哥们要来，昨晚文莉就来寒舍安排了。”没想到眼前这个二十三四岁的少女，已是这所酒店的大老板了，真看不出小县城也是藏龙卧虎之地。我风趣道：“哟，没看出，窈窕淑女，积财万贯。”文莉拉拉我的衣襟，意思不要把玩笑开得过大。曹玲微微一笑：“请坐，没办法，厂子不景气，挣不了几个钱，对工作也没兴趣，便东借西筹，担起这挑子事。好了，我还有事，先失陪一下。”曹玲拍拍文莉的肩。“曹玲，待会儿再过来。”文莉说。我眼睁睁盯住文莉，不想再说话，文莉也开始注目着我。我开始帮助文莉解脱头巾，不由自主把文莉小巧的手按在自己掌心里，文莉没有躲避，头偏偏地依在我的胸口，乌亮的秀发伸展在我的嘴角，我闻到一股发自少女文莉身体的清香，听到来自少女文莉话语的温馨，我感到春天般的温情，来自文莉，且激情饱满，每次来柳县我都格外渴望。

我把诗吟诵给文莉听：

春说吧

假如没有你
夏天依旧雷雨声声
却没有缤纷的记忆
假如没有你
冬天依旧白雪飘落
却没有晶莹的笑语

假如没有你
又怎会有爱恨离愁呢
假如没有你
我的叹息如泣的哀愁又会为谁流呢
我是一条激情四溢的小溪
你的一盼身影
搁浅了我自由的流向

我会把海誓山盟兑现给你

让幸福的暖流
越过山川
越过大海
指那白云
指向那蓝天

妹妹
漂亮的妹妹
就像碧水中静静的红荷花的妹妹
在我远行的每一个日子里
都会有你的清香
催我加速返航

今夜
是什么碰到了我坚硬的心弦
在一弯皎洁的月下
晾一野冷风
我是来听你倾诉的人

文莉话语不多，每个细小的动作，我都心领神会。我们没有话语，什么也不用说，就这样坐着。文莉来回用秀发抹着我的脸颊，我似乎感知到文莉的心跳，和少女依恋的渴望。不知文莉此时在想什么，但我肯定，文莉正痴情地爱我，我们的心已相印。但我还不敢去当面表白，袒露心声。饭菜上桌，我的食欲开始膨胀，我扶正文莉，夹菜给文莉，文莉同样回敬一筷子菜给我。我们相视一笑。我们不再像从前正襟危坐地谈论对文学的执着，对名家精品的独到见解，更多扯到生活琐事，大多是友情、婚恋家庭。我们互相倾诉着。文莉的生活很简单，幸福充塞她整个过去，无忧无虑。文莉有天真烂漫的童年，物质丰足的中学大学时光，直到文莉参加工作的这四年，文莉突觉时光易逝，一种孤单、寂寞常常袭扰着她的内心，无人倾诉，又自命清高，这些给日日平静的生活增添恐惧感、困惑感，她也就更显形单影只。于是惆怅的文莉便以写散文形式疏解少女独具慧眼的苦闷。文莉对我没有隐私，以前提过几个男朋友，全是些公子哥们，门庭相当，但文莉将他们一一淘汰。可父母是注重门庭相对，豪富相当，为此，文莉烦心极了。但文莉见到我，却渐渐地心生爱恋，用心地爱上我。文莉谈得很透。所以今天，我才发觉这个看似高傲的女孩内心世界的苍凉、无奈。我在二十几年的岁月里经历的远比文莉复杂：我有受饥挨饿艰难的童年，有过苦度素日、艰辛求学的小学，曾因失去母亲而自闭，也有过无人问津冷落凄凉孤独的中学时代。我的父亲是一位农民，他像成千上万的农村父母一样，没有能耐，只能地里刨食，为填饱肚皮，东跑西跑，他一生勤奋，一生劳苦。我的父亲没有多大的奢望于我，只要说有个家，呵护从娘胎里就残疾的妹妹，他就会过得安心。我是靠自己的勤奋努力，从温饱尚不能满足的生活环境里走出来的农家子弟，我几次退学谋生，也曾偷拿父亲给妹妹看病住院的钱去交学费，招致父亲严厉的拳打脚踢。我的母亲病逝，我们父子抱头痛哭。但其实比我更艰辛的是我的哥哥，他一天学没有上过，常在父亲粗野的谩骂和野蛮的拳脚中老实地去干农活，他弱小的肩膀扛起了远远超出自身负荷的重担。父亲是一个与世无争，从不与人计较事理胜负的人，老实厚道。从我懂事起，我便看到父亲把妹妹那片洗了铺、铺了洗的尿布，一百次、一千次挂在门前枣树下，早早光着膀子下地，而后晚上才回到家生火做饭，幼小的妹妹招着小手哭喊着要抱，我便被父亲用小绳捆住手脚，拴在小枣树下，以此阻止我疯玩，强迫我去照看妹妹，而我年少的哥哥含着泪滴下坡干活了。有时候，父亲和哥哥在外干活回不来家，雨水把尿布打湿，父亲便会把自己的褂子贴在妹妹身下，做一夜尿布，父亲也常一手抱住妹妹，另一手在面盆里或和面，或烧水，我很小就感知到了父亲的含辛茹苦，这使我原谅父亲的粗暴。我常常抱怨我们那心狠的娘，不应该撒手早早地离开我们，这让我的哥哥由于过度劳累，弯驼了腰身，他那时还不满十五岁呀，就要干大人的活，走大人的路，他的畸形，是受生活之累的畸形。那年，我上初二，哥哥托着病体跑到几十里外的乡中学把那块半熟不热的面团送给我，我撕给哥一块，哥哥推说，吃过了，家里有个吃，而后灰头垢面的哥哥又匆忙地离去了。当哥哥融入野地时，我多么想大喊一声哥哥。那次我的哥哥病痛饥饿倒在路边，被好心的人们救起，送回家时，我却只能在乡中学拿着哥哥送来的面食祝福哥哥平安，我怎能不好好读书，疼爱他们呢。我是一个农家的儿子，我知道农家的日子的艰难，我会真心去撞击命运的大门，我刻苦用功。直到大学毕业，我依然是全大队唯一一名大学生。我清楚记得，上大学那年，我的哥哥和父亲高兴异常，而后又几近闷闷不乐，因为那时的生活，已日亏无盈。我年幼的妹妹看着我："二哥，啥叫大学，大学怎么不抓钱呀?"我笑了，又哭了。感谢命运的安排，感谢家人对我那些日夜的陪伴，感谢我的老父，还有我朴素的哥哥，给我精神、物质上的支持。更感谢那位帮我一把的著名作家，给我指点人生的迷津。在我大四毕业前，人们四处找门路，是那位恩人（著名作家）的一封推荐信，让我找到了一份工作，我双手捧着他的推荐信，跑完各个部门，它成为我命运里的一块敲门砖，砸开了对我紧闭的一扇大门，顺利走进了地区日报社，成为一名采编一身的新闻工作者。令人欣慰的是我的哥哥在我进报社第二年，在他二十九岁之时，也娶到了我善良好心的嫂子。文莉是位很动情的女孩，她感动地哭了。曹玲进来时，文莉正拭泪，我说她很善心，听一个故事，感动了。文莉笑笑，又看看我，要曹玲也坐。曹玲讲义气，说，这桌酒菜算她招待大记者、大美人了。下午，我回报社赶稿，便急急离去。文莉送我好远、好远，而我是答应要给文莉写信、打电话的。

三

较为安适的生活，使我在世俗的网里志向逐渐沉浮。世俗关系，机妙的办事能力，上至市里的一些或大或小部门、官员，下至贫困百姓，我都有所接触，各种问题也都可以处理。我可以去各县市区某单位、某局打个电话，要辆小车，办点事儿，如鱼游水，别人不成的事，我可以和稀泥。更多的是他们愿意接触你。戴着无冕之王的光环去忽悠，其实我又何尝不愿接触那些人物，因为他们会给你带来光明和前程。在我看来，他们就是最疼爱你的爹娘。年节所送礼物，十几倍上百倍超过给父母的孝心，这是现时代一条光明之路，世俗眼光似乎与我这个平民百姓的儿子已脱钩。我在变得庸俗、享受。家乡左邻右舍的事你可以放置一边，即使去办，他们都感激得将要给你跪地。但那些在你眼里微不足道的小事，你必得尽心尽力，不得有闪失，谨小慎微，要比孝敬父母还要周到。因为你脱离不开那种精神和权力集结的地方。何必怨谁呢，其实人都有个上进心，有时我感到自己心神焦虑，魂不守舍，这让我更怀念过去我那些失落且也上进的日子，直到我遇到了生命中的文莉，我的这种紧张的情绪才终于有了归宿——我爱文莉。我把全身心的爱都注入其中，以致后来一天不与文莉打电话，精神便会枯萎一样，工作也失神，怕是爱文莉陷得太深了吧。我的心里老惦记她，总想要安安稳稳平凡地生活，哪怕和文莉一起回家种地，只要文莉爱我，无怨无悔。我的恋情，使我自己也感到惊奇，或许是我这种年轻的心太渴望爱情，这是一种变态非分之想吗？我总是狠狠掐捏自己，要清醒，可我已深陷其中。一有时间我怕文莉会弃我而去，其实这担扰是多余的。文莉爱我到永远。那天夜里，我的心更踏实了，文莉爱我始终如一，心内不会担负别的世俗和权力杂念，只有明明白白的爱。她要我这个乡下小子的真情实意，而我也爱那个城里小妮纯情和坦然。我已记不清去柳县的次数，但每次回来都有心满意足之感，那偏僻小县城有尚好新闻及文学素材，还有一位可人的美貌女孩等我念我，没有不去之理。

上午和县宣传科的几个伙计及厂里的两个领导在芳草酒家足足地吃了一顿。芳草酒家的年轻女老板是文莉的好朋友，文莉曾央求我能帮她忙，新闻吹捧，我能帮她什么，吃她一顿，别人掏钱，岂不乐事。她是文莉的朋友，当然也是我的朋友，我愿意帮她的忙。厂里两个领导初识大记者，又见小店无名气，一个劲说，慢待了，去别的高级点儿的酒楼，或红楼酒家，555 酒楼等更多更好的地方，那里有更多热情周到的服务小姐，一展翩翩舞姿和嘹亮歌喉，再三相劝，我想还不是让我为他们写出露头露脸的稿，高度吹嘘。我坚持己见，还是芳草酒家好，实惠又省钱。满满一桌鸡鸭鱼肉，没吃多少，酒倒喝去不少，全是低度古井贡。像往常半斤八两古井贡我不在话下，今天高兴，多喝了两杯，感觉头昏脑涨，酒足饭饱，我摇摇晃晃由县委宣传科的两位伙计扶着出屋门。临别，曹玲相送，吃饱喝足了吗各位领导？不当之处望多包涵。眼前的曹玲像在我脑子里跳舞，翩翩而来，我站在酒店门厅内，打着上溢的饱嗝，谢谢曹小姐，说实话，就是酒里有点不对味，怕是假酒。两个厂领导闻听此言，有些扫兴不乐意，白眼反目曹玲。曹玲满脸笑颜，张记者，门串得多了，分不清真假了吧。其中一个厂领导说是签字，以后兑款，曹玲闷闷不乐。我心里明白，连忙说，一个大厂，能欠下这几个小钱吗？厂领导两腿似抖动的树叶，勉强笑着回答，就是、就是。这时县委宣传科的两位伙计此时赶忙溜出门厅，我知道，他们可以在县委机关招待所横吹狂言，他们能在那里一分钱不花签个字作报销，而今在芳草酒家，他们怕掏自己的腰包。两位厂领导满心不愿意地从文件夹拿出一叠大钞，往柜台上一放。点点，够不够。自言自语道，酒是假酒，知道不知道，一个小店，净使花样。曹玲见钱，眉开眼笑，哪里、哪里，我们店全是正宗名酒，欢迎下次光临。我当面看着厂领导付了款，便踉跄而出。早有县委宣传科的伙计等着了。张小弟，天晚了，今天酒喝得太高兴，明天派车送你回去，今晚就回县委招待所吧。

也不知道和两位厂领导怎样告别的，昏昏睡在机关招待所的床上，酒劲冲的，我正卧倒在床上熟睡，门外有人啪啪敲门，加伴刺耳的电铃声，伸一个懒腰，看到满桌的矿泉水被拧开瓶盖放在桌上，切开的西瓜纹丝不动摆放着，得多感谢知人如意厂领导和两位伙计的关心。看看表，晚上八点了。谁呀，我趿拉着拖鞋跑去，门开了，美丽的文莉站在门前，两只美妙的大眼在含情带怨。我摸头笑笑。文莉走进屋内。“喝水了没有？看你这股难闻的酒气。”我拿块毛巾走进洗手间说：“文莉，谁给你说的今天我来了，我事先没通知你，想给你一个意外惊喜。”我看到眼前文静的文莉，更多几分迷人色彩，还能有谁，是曹玲，我关上水管，直起身：“喝多了，实在抱歉。”文莉看着我，从手提小包里拿出准备好的醒酒药，听说你醉得不成样子，我把爸的醒酒药拿来给你。“谢谢你文莉，我没事，年纪轻，不吃那玩意，现在头痛也好多了。”我递给文莉一块西瓜，文莉用嘴抿着。我向嘴里倒了一气矿泉水。这时，电话铃响了，是县委宣传科的伙计问我吃不吃晚饭。“谢谢，不用了伙计，有恩必报，我心里有数，伙计。那我们明天早上见。”说着电话那方传来笃笃的忙音。

我挂了电话，越发觉眼前的文莉，今晚是专意为我雕琢一番而来，这样风姿卓然，温文尔雅。清秀的脸儿更加甜润，颀长的身段，高挺丰满的胸，时上时下，波浪般来回晃晃不定，像被放入布袋的两只小鸽，惊恐地顶着布袋在激烈奔跑、跳跃。我的思绪似网中的鱼儿游弋于微波荡漾的湖面，定格在文莉身上，时而心潮澎湃，感觉全身的毛孔如春天破土的生命，咯咯萌发，又犹如脱缰的马儿，将四蹄狂奔，欲想不能。看得出文莉在吃西瓜时的倩影，像鲜红的抹布在猩红的细软上轻轻划动，形容动人。文莉的嘴角更加令人生情，我想说，最好富有演技的专职演员也不能模仿文莉这派自然的雅态，当然这不是文莉在表演，这是文莉真实现显。文莉给我更多想象的空间，文莉脸儿洁白如镜，除去轻浅粉黛，便就是冰雪般玉肤了。文莉美得像一块玉。文莉停止吃西瓜，把剩余大半西瓜塞在我的嘴角，眼一眨不眨看着我，我大口咬着，此时，没有异物再挡住我细微观察文莉的脸儿。

昏昏的床灯泛着微光，文莉脸上细小的毛孔我都能真实看到，两片翕动的朱唇在瓜汁湿润里，油亮跃动着。嘴角那粒并不多余的白色瓜子遗留在唇上，宛若波光粼粼湖面上一叶帆舟在游动，我用手中的温湿毛巾轻轻擦抹着文莉朱唇那片令人生情的瓜子。此时，在我看来，文莉是世上最美的女子，让人生出无限的遐想。似乎只听得到心跳和墙上的摆钟声。我知道文莉完全沉浸在一种温暖的情感里。她是个有知识，有思想的人，对不喜欢的东西反抗到底。在人们看来，文莉几乎是高贵的象征，谁对她都不敢有非分之想。但这种情况和环境，下一步我完全可想而知。不是不愿，不敢，而是怕伤害了美丽纯洁的文莉，过早为她带来精神的阵痛，击伤了我们的爱。文莉像一条自由的鱼，又似一朵开在灰暗处亮丽的花朵，我的手插入文莉的胳膊窝里抚了一下，文莉突地一呆神，笑了，文莉红润的脸颊似沉睡后觉醒，我也笑了。相对无言，文莉抓住我的手指捏着。“你怕吗？为什么不？”文莉轻轻说。我用手按了文莉的鼻子：“我什么都不怕，我可是个变态狂。”我笑着，轻轻按在文莉的手臂上扭了一下，文莉立马跳起来，笑着，捶打我：“你真坏，真坏！”

门外有人按门铃，我慌忙扯住文莉，文莉顿时一本正经。是服务员声，我问有事吗？服务员很客气，说，先生有人要找……，话音未落，一个体态丰盈高贵五十上下的女人便推门进来，似入无人之室。径直向里间屋走来。文莉，什么时候了，你还不回家，你爸气疯了。文莉一阵惊奇，妈妈，你咋来了？她是我妈妈，他是我的朋友，给你说起的那个。文莉不失时机地为我们介绍，我们相视一笑，无话。文莉，太晚了，跟你妈回去吧，我对文莉说。文莉妈有些不耐烦，什么时候了，孤男寡女的。文莉不情愿地被她妈带走了，在走廊里，文莉故意踢了我一脚，我低头回去了。

四

文莉走进报社我的房间，连门也没敲一下，令我着实一惊。给主任引见了文莉。主任说了几句安慰的话便与我们告辞。文莉伏在我肩上说，她已从厂子里借了一辆小车，帮我拉东西，车正在楼下等呢。我夸赞文莉的能力。紧接着，科室的同仁相继来与我道别，对我突然调走，进一个小城不景气的工厂，他们感到不可思议。他们并不知道我爱我的文莉。报社有优越的生活条件，不愁吃喝……而为了我的文莉，县城那家小厂不可去想，我干什么无所谓，我的心已归入平静。我不是没有绞尽脑汁地思考，鱼和熊掌不能兼得。我渴望寻觅到一个美好温暖的归宿，自打见到文莉，这种波澜起伏的心早就踏实了。这是我自己决定的人生旅程，没有人去强制我。

路上，文莉依偎在我肩膀里，问我，离开报社有什么感受？我咧嘴笑笑，摇摇头没有说，回眼望望这个不再属于自己的城市，感觉一切是满亲切的，似乎有泪水在眼角依恋。调动这事来得突然，我没有向家里说一声，若他们知道，不知会怎样？其实他们知道了又能为我出什么主意，我又能接受多少呢？文莉说，她也帮我开导父亲。但愿父亲及家人谅解我，理解我，我把文莉紧紧搂在怀里，紧紧搂着。

小车径直开到厂子，文莉把我领到酒厂厂长办公室，酒厂厂长我还算熟，虽然平日称兄道弟，时不时，还要送几瓶酒尝尝，说是新的产品，但我尝过，总觉得是换汤不换药。

在别人屋檐下，不得不低头。从此以后，我就是这位厂长老兄的职工了，我站在桌前把档案放在厂长面前，厂长拍了拍档案袋，哎呀，小老弟，在地区犯错误了？我赔笑，无语。咱们厂可比不上地区报社，你不该来，尽管我同意收你，如果不是县长千金的面子，我岂敢放你进来哟。厂长燃着烟，慢条斯理地看我说。我无话以对，感觉自己的确是个犯人，过去给其厂做过一个反面新闻，我是实事求是写的。文莉站在我身边，厂长，咱就别啰嗦了，以后是你的兵，要打要罚凭你就是了，我们大老远还没吃饭呢。文莉瞪了一眼厂长。好，好吧，按文莉的办，厂长开了一张纸条，找工会主席，文莉拿了纸条，我走出房门时，几乎想哭。文莉和我又马不停蹄找到工会主席，工会主席比厂长客气，接了条，与厂长一个思路，工会主席是个老头，语重心长，劝我不该来，厂里工资现今不能按时发放，厂里还要裁减工人呢，人往高处走，水向低处流，等等。总算我有了一个安定的家，分到了一间单人房间。工会主席安排我搞厂内宣传工作。等我们把东西搬进那间属于我的小屋，我如释重负，能大出口气了。我不愿出门，我怕厂里认识我的人认出我，文莉下午也没有上班，一直陪我。小屋的后窗不时飘来刺鼻的酒气和浓浓的酒糟味，从昏花的玻璃里看到三三两两的工人正在装酒糟上车。不时，有好奇人伸头向窗里看我和文莉。我低头，一个劲吸烟，文莉看出我心情低落，再三劝我，这工作是暂时的，等一段时间让我爸再调个单位。我低头没有说话。

工作好坏我不在乎，我有思想准备，为了文莉，为了我们的爱情，我甘愿，这样一想，内心就好受些。文莉陪我到深夜，她说，明晚去她家，见见爸妈，吃顿饭。其实见不见没啥关系，反正都看过认识了，早把初见印象，牢牢记在心里。离开时文莉恋恋不舍，我替文莉把自行车推出厂外，一再催促文莉快回家。走出好远一段路，文莉始终没上车，一直向我招手，回去吧，回去吧，直到文莉的身影融在暗淡的街灯里，我倚着一棵小柳树站在河畔上，苦苦地想，这种选择，犹如梦。好美、好静，灯火闪烁的小城，那无时不在眨眼的星空，那一抹远天的黑暗，那颗颗明亮的星。我的愁绪，像四野的灰暗，莫名地向我挤压过来。草丛中的蚊子嗡嗡地飞着，田野里的稻种正育上不长时间，惊鸟声不时从田地里传出，零星上班的人，瞬间从眼前划过，似深夜的流星。我一夜未眠，电扇在头顶轰鸣，我把门和窗贴上报纸，将自己包裹起来。

第二天，文莉早早地来了。看得出她有些不愉快，眼红肿，好像哭过，她极力掩饰着。我问文莉怎么了？哪儿不适？便用手抚摸文莉的额头。文莉说："没事，昨夜睡得不好，你睡得怎么样?"我谎称："很好。"文莉的话我信以为真。文莉打来饭菜，我们吃着。时间很快，早上七点半，文莉去洗涮碗筷，我知道县长千金平日在家是不会料理这档活计的。我为文莉拿了毛巾替她擦着手。文莉对我说："涛，我爱你，相信我，上午试着去上班吧，久了，人家会说你。"文莉很动情，我点点头。文莉出门了，我收拾一番，低头快步向工会三楼走着，我知道现在人浮于事，搞好人际关系挺重要。认识我的人都叫我张记者来了，我笑笑，点点头。工会办公室有六个科员，我全部认识，他们曾都陪过我酒。见我进来，都很客气，热情。寒暄过后，像躲避高贵瘟神一样，用特有的眼神看我。我坐在自己办公桌旁，故作镇定，吸烟看报，他们中不时有人打水，扫地，或相互交谈，进进出出。我紧缩一角，不知所措，科员们没有像厂长和工会主席那样对我刨根问底。等我从厕所回来，事实我都清楚了，我的到来成了一个爆炸性消息，有很多别的科室的人指手画脚，小声嘀咕。好多年轻的女工从工会门前走过，伸着头，眼光向屋里直窥视。当我从厕所回到科室门前，就听有人小声谈论，一个人不是由于政治问题，就是由于男女问题。另一个说，不可能由于经济问题，太年轻没权呀。又有人说，八成是男女关系，年纪轻容易走错道。我重重地踩着步子，连声咳嗽着，走进工会办公室，屋里的人顿时又平静起来。好不容易等到工厂下班，不认识我的职工从身边走过，相互议论："听说没有，有一个记者下我们厂改造来了，听说是地区犯了错误。""哟，是吗，下午去看看。"一连几个星期，喋喋不休。无聊之谈仍令人费心伤神。原来，人都有一种这样的心理，在原单位干好干坏，千万别差级别下调动，这种众口铄金，活人也会被说成了死人。心想，不能让环境适应人，得让人适应环境，我是为了爱情而来！

中午和晚上文莉都又来了，她没有提及昨夜她说好的让我去她家，拜见她父母。我猜测，是她父母不乐意的缘故。我也没提其事，好似文莉也忘了。半月后，我像久病之人恢复体力，能踩着阳光走出厂门了。文莉每天都过来，我也时常下班接她过来，一个多月，工会领导没有安排一点活，到办公室报个到就了事。其间曹玲来看过两次，风趣对我说，公子哥，咋样，你厂酒味和舍下的古井贡有什么两样？我这才恍惚悟出，曹玲的芳草酒家的古井贡是加入我们厂的杂酒而成。我无可顾及，略作一笑，现在到这一步，我想曹玲或许是没法而为之，酒店生意不好，或许她是又有办法的，酒店利用假酒挣点儿钱。我可借用文莉会计室的电话给遥远的朋友们联系一下，谈谈心，让他们开导开导。晚上文莉从我宿舍走得太晚，我总骑车送她回家，看得出，她想让我进家门坐坐，但又不忍心的样子，可能是怕伤害了我。我谦称，我还有事，以后机会成熟再来。她总搂住我的脖子小声说："别太晚回厂，路上车多，小心点，我常担心你，涛。"我骑车走出县政府大院，还看到她站在阳台上望我。

五

小城不远就是京杭大运河，大运河东便是著名的西大淡水湖，这里景色怡人，风物很能陶冶人的情操，常也望得到大运河呜呜船鸣，野牛般狂奔，两岸碧草旺盛，杨柳飘摇的河岸，蜻蜓在水中低尾点水，渔家的船儿满舱银鱼闪烁。夏天的湖泊美到极致，是极好的踏青去处。在广漠碧蓝的天空下，湖泊绿得那么耀眼，绿得那么醉人，绿得那么活灵活现。爽籁发而清风生，纤歌凝而白云遏，虹销雨霁，彩彻区明，湖水共长天一色，渔舟唱晚，雁阵声声，天鹅携子而闲渡，水鸟鸣歌而擒鱼，渔网延绵伸长，随处一网，银鱼四溅，舱满载归。荷池牧舟，红的是花，点点猩红，白的是花，团团雪球，绿的叶，绿的果，掺杂其间。鸡斗池，菱角塘，零落密布，在清澈碧水中，南阳湖散布了斑斑的珍宝，小孩子手捏钢叉，身背竹篓，竟能把老鳖鱼从湖中掀出，提进竹篓。暮色西移，水汽纵横，仍能听到人们劳作中的笑语欢歌，淡水湖一年四季都有忙不完的活，干不完的事，听不厌的笑语。在湖里更能展现人性的顽强与命运抗争的极限之美，尽管它凄怆而壮观，望着眼前这个残缺双腿的渔二哥，苍白的脸，从他脸上分不清他的年纪，只有会动的两手扶船桨。坐在特定的位置，座位扶手光洁有度，座布已破烂不堪，他的行船吃力又艰难，他的眼睛深邃而忧郁，有一种震撼人心的魔力，对他来说打鱼纯为玩命。我们让渔二哥把船挂在我们船尾，但他拒绝搭助，目不斜视，我们看此，我的眼里常常蓄满泪水。可爱的渔家孩儿，他们不能上学，孤雁般在各自渔船上坐着，清风抚摸清清湖水，他们似卧腿盘脚的信徒，被肆意的时光亵渎。孩子们的衣服都那么破烂，他们的眼睛又都那么漂亮，给人过目不忘之感。他们给我对童年的回忆空间，和对生活无限热爱之遐想。看到这些，文莉总对我感慨一番。既而沉默，无语，既而又激情涌动，我们发誓，爱到地老天荒。

又是一个难耐的夜晚，我送文莉回家，在她家门口，我刚要回身，文莉抓住我的手，非要我去她家，见见她的父母，涛，跟我来吧。我们这也不是常法，见见他们吧，算我求你了。行吗，亲爱的涛？别管屋内发生什么事，你要冷静理智，亲爱的涛，为了我们的爱，见见他们吧。文莉话语几近乞求，眼里含满了泪，我从没有见过文莉这般恳求过我。我被文莉带到门口，文莉取钥匙开门。文莉又敲了几下门，便打开门：“爸妈，你看谁来了，是张涛。”文莉把嗓门提高些说，顺势把我死拉硬拽进来。不时，卧室内走出来文莉的妈妈，看了我一眼，我满脸带笑，“您好。”文莉妈妈的脸上没有一丝笑意，阴阴地说：“有事吗？”似乎文莉妈问得太突然，一时，我无从回答。“老文正忙于公事，没时间见客。”文莉妈移动一下肥胖的身子，坐下。我不知如何是好。看样子文县长在家很威严，家里有一种咄咄逼人之气势。难道文莉这么精心的女孩没有提前通知一声。刚来第二天文莉不是就让我她到家做客吗？文莉看了她妈一眼，把我按坐在真皮沙发里。足足两分钟，只能听到客厅中央空调的呼呼响动和家用电器的响声，屋内像是一座宫殿，墙壁上有名人书画和豪华挂毯。油漆放亮的高档家具摆放在一角，偌大的鱼缸里的绿毛乌龟游动着，吐出水泡，被名贵的热带游鱼追逐着，墙壁内全是用玻璃装饰一新，客厅中间有几盒中华烟散放在茶几上。即便家中饲养的小猫，也自个在水盆里洗洗手脸，然后再跳到沙发上，闭目养神。“我去找爸。”文莉说。“不许去，你爸正练书法，没空，不能打扰他。”文莉不听妈妈这些，随手推开那间亮灯的房间：“爸，张涛看您来了。”“唉，张涛。”听到文县长低沉的冷语，我立马站起身，快步走到门前：“文县长，您好。”文莉拉我一把，我走进文县长的书房。站在文莉身边。文县长没有向这边看，更没有停下手中的毛笔，若无其事对我说：“你不在地区报社，你跑到这里干什么？”文县长的话像上了堂的子弹。文莉抢先一句：“是我让他来的，是我给他联系的单位，因为我爱……”还没等文莉说下去。“你还挺有能耐，谁给你的权力？”文莉爸便打住文莉的话。我不知所措，便说：“家离这儿近些，能帮助家做点事。”文莉紧靠在我身旁，文县长又翻去一张宣纸，才摘下眼镜，像从不认识我是谁：“听说你父母是农民，种地的？”我的心一下子便狂涨起来，我压抑着满腔的怒水，眼里流下热热的东西，我感觉，不是眼泪，是鲜红的血，殷殷的鲜血。

我没有想到，文县长，这个柳县的县长竟能说出这般话语。我知道文县长还有下半句没有说，你知道这儿是什么地方？“我还有事，你走吧！”我再没有说一句话，你，你们……感到刺骨般疼痛，脸色顿失血色，我不知道文县长是否吃过我父母乡亲的血汗粮，吃过我乡村父母的瓜果蔬菜，我更不知他今天怎么爬上县太爷之位。文莉抱住我，文莉似乎疯了。“你们这是县长官邸，县长要地，你们骑在谁的身上，生活在何等要地，你们这些达官贵人。”文莉说着哭了。文县长一摔笔，腰一卡：“反了，反了！”

我分开文莉抱紧我的两手，跑出文县长官邸。我感到嗓子和心堵得难受，我想大喊，我是平民百姓家的儿子，的确不该来这个是非之地。随后，文莉妈还在身后说：“以后别再找我们莉莉了，我们坚决不同意你们结合。”我听到椅子和桌子相撞声，窗玻璃破碎声和纸张文稿从窗中飞出，加伴文莉的哭声，和文县长一语千斤的厉声与文莉反抗声。“你们谁也管不着我爱他，我要和他结婚。”“你敢，翻你的天了。”接下，便是整座楼的灯立马听到噪声便都相继熄灭了。

我不知道怎么跑到厂宿舍，双手插上门，用被子捂住脸，呜呜哭出声。我想起我的大爷爷之死。那年我识文解字的大爷爷（我爷爷的大哥）划一只小船，偷偷送一位八路军首长穿过敌占区，到延安，在村口老运河岸被日本鬼子发现，追赶，我的大爷爷把那位首长用船运入南阳湖，藏在密密的苇子里，自己撑小船引开日本鬼子兵视线。那位八路军首长得救了，我年轻的大爷爷被鬼子用刺刀活活刺死。我年轻的大爷爷，是我们村教书先生，他瞒着我的大奶奶参加了中国共产党，十八九岁的年龄便走到生命的尽头。

我大爷爷的尸体被人发现，运回村时，我的大奶奶哭得死去活来，她哭喊苍天，一个顶家过日子的出息人，就这样眼睁睁走了。我爷爷怕再遭迫害，埋掉我的大爷爷，带上我不太懂事的父亲远迁他乡，后来，我问父亲此事时，父亲总说，那年月谁敢传说呢。父亲也已记不起大爷爷埋在何处了。从此我们的家族开始败落，我的奶奶再也没有让她的儿女们读过书、上过学。我曾恨过我的祖母，我也相信，那位被营救的首长如若活到今天，他一定不会说出此话。他应该叫我种地的祖母什么呢。我们家族的荣耀是我大爷爷留下的，如今我们是面朝黄土背朝天的庄稼人，我为我们有文化的大爷爷死得太早而伤心落泪。

半小时后，有人啪啪拍门：“张涛，开门，是我，快开门，我是文莉，快开门呀。”便传来嘤嘤哭声，我用手擦拭了泪水，心乱如麻。“文莉，你走吧，让我静静，我是一个平民百姓的儿子，你走吧。”“涛，我不管你是谁，我都爱你，甘愿嫁给你，相信我，涛，亲爱的，开门呀。”我开门看到泪流满面的文莉。“其实我不该让你来此，只因爱你，我真不该呀。”几个花脚蚊子贴在窗台，上下翻飞，总逃脱不了窗的阻隔，嗡嗡叫着，似在倾诉。感谢我的文莉，因为爱我，把我调入此地，为了爱，她瞒了家庭，还有她高贵的父母。感谢爱情的伟大，爱情不是建立在纯真情感的基础之上的吗？我的文莉因为爱我，变得如此坚强，勇敢。文莉怎么能不让我死心塌地地爱你呀。看着文莉，内心无名之火对谁发呢。文莉扑入我怀，满脸泪水，哭声更凄惨，我用额角来回抚摸文莉的脸颊，两只蚊子在文莉嘴角欲飞不能，两条尾巴像红红的灯笼，我用手轻轻抹掉两只蚊虫。“涛，我全给你吧，我不会看错人，你娶我吧，就今夜。”文莉把头埋在我胸前，坦诚地说。“傻孩子，不是时候。”我安抚文莉。文莉紧紧搂了我的腰里：“涛，今晚你就娶我，我爱你。你感觉到我真诚的心跳了吗?”我把文莉的手拿出，放在胸口：“文莉，你听，我的心在说话，我们生死不弃！坚持一段时间，你爸妈或许会同意咱们的事，因为你是他们唯一最亲的人，他们不疼爱你吗？他们也是为你好，怕你走错路，不是说，男怕选错行，女怕嫁错郎。”

门外有汽笛声，厂保卫科的两个人冲进门来，虎视眈眈。身后紧跟了文莉的妈妈。文莉紧紧抱住我，我若无其事。“你们要干什么！”文莉急忙说。文莉的妈妈说：“乖孩子，跟我回家，都是你爸不好，有事慢慢来，你也是大人了，有些事我们会参考你的意愿的，只要是好事。”从这个女人的眼神里看得出，这个女人有对我刻骨仇恨。尽管她表面说话和气多了。厂保卫科科长阴沉着脸喊：“张涛！你出来？我们有话对你说。”我挣脱文莉。“你们要干什么，涛，别去。”文莉抓住我不放。“人家有工作要谈嘛。”文莉妈妈说。“文莉，没事的，我去听听。”我对文莉小声说，并拍拍文莉的肩。文莉一头又扑到妈妈的怀里：“妈妈，你别让他们动张涛，好吗?”我跟科长走到屋门外，还未定过神，就被厂保卫科长猛推了一把，我趔趄一下，“你们要干什么?”我说。“干什么？你不叫我们安生，你还想好过，小子，你不是过去的大记者了，别神气，你是酒厂一名工人。你违章犯法了，知道不，小子。这是酒厂，不是谈情说爱的地方。快让文莉走，不然有你好看。”厂保卫科的两名人员围拢上来。文莉从屋里跑出来：“他们对你怎么样?”文莉抓住我说。我只是冷冷地说：“没什么，我又没有犯法，文莉，我该休息了，你走吧，我不想再谈别的事。”我进屋拾掇床上零落的书籍。“文莉，你在这儿，厂保卫科的同志是不会让他安静的，你明白。”她的妈妈威逼说。“文莉，快走吧，如果你，你……就别来了。”“张涛，你变心了？一点小事，一点风波你就变心了?”文莉哭了，我摇摇头：“不会的，文莉，去吧，天无绝人之路，只要心中有爱。今晚这样的事态对你我都不利。”文莉止住眼泪，文莉是一个精明的女孩，“张涛，明天我来找你。”文莉被她妈妈带走前，文莉吻了我。

小屋内独留下寂寞的我，使我有更多思绪和无奈。我该不该放弃文莉，我这种想法似长了长尾的巨蛇，越压越重。我不想让文莉伤心，我的大脑盛不下那么多思想，包括我个人的得失，我不知道前行，风雨无阻，还是苦海无涯，回头是岸。权贵在我思想中是块搬移不动的巨石，将碰压、冲撞着我，反复想，论资排辈，我这个小乡村走出的农家儿子，怎能娶千金之贵的豪门之女。我相信文莉的真爱，我信以为是众口铄金的人群或世俗在戏弄我，我曾为社会的人际关系伤心，现如今，我常想，只有爱情能结婚吗？现代人看重你是否有聚财之能，当官之计和那扇光芒耀眼祖传的“朱门”。难道命运注定，我是现代社会的一名小丑，在扮演着一个滑稽的角色。真的，我爱文莉！长夜难熬，文莉既与我一般？也不会平平安安度过这个不眠之夜。我想着，伏案想着，窗前有人影不时晃动走过，我知道是厂保卫科的人，在留意看守我。

六

我想安定一下心神，想起我的老父，想起我汗流浃背的哥哥。第二天，我去工会主席办公室请了假，匆匆离开小城。

田野里清新的空气，小麦已丰收入仓，大平原上的稻秧一派葱郁，稻苗散布原野间已返青旺长着，农人们三、二个踩着哗哗水声，一把一把地均匀撒播化肥，可亲的庄稼是他们土里刨食，赖以生存根本和祈望。姑娘们弯下细腰身，在稻田里拔草。三椿草、稻莜子、水葱花、芦苇在她们眼里不加思索地从田秧里拔出，或用脚陷入深泥。老汉们手牵牛绳，蹲在田埂上，手拿镰刀，身背粪箕随手弯腰选择鲜嫩的青草，割了放在背上的粪箕里。小孩光着屁股，在河沟里埋土垒堤，刮水摸鱼，快乐嬉戏。日已中天，村边柳荫下，人们围拢着打牌，下象棋，其乐融融。土场上的麦粒，被女人的手翻来覆去地捞炒，直到被日光晒的放在嘴里咯嘣咯嘣炸响，才装入化肥袋内，上面放片保粮药，迎候着过冬。这个日子的农活已忙完，小麦归仓，稻秧插入田地。这时的懒散汉子，整天从自家拿片苇席，在树荫下一摆，一卧便睡。直到女人们把和好的面团，用擀面杖压成锅盖大小薄薄的面皮，再用刀均匀细切，放入沸腾开水里沸煮，捞入大海碗里便成了又白又细的面条，送到男人面前，死鬼，给你，筷子一放，骂几句，算作女人的自解闷气。汉子摸头笑笑，抱起地上的碗筷，偷偷朝女人笑笑，以为女人生了真气，筷子向碗里一掀，竟能拌出两个荷包蛋，便向众人夸口，还是俺女人疼俺。我的故乡那里似乎女人的勤劳是天经地义的事，善良的女人们不只下地和男人一样劳动，还要在日常生活琐事中拾掇，如做饭，喂鸡喂鸭等。如果谁家汉子下了厨房，定会招来男女们的戏骂，女女秧秧、娘娘们们之类词语。我知道乡村里的女人们远比乡村里的汉子受罪多得多，我的到来是我们村一个爆炸性新闻。偶尔坐便车回家看看，村里人便说我在外做了多大的官，和多大官还留过影，和乡党委书记吃过饭云云。村里父老乡亲的真情让我感动。纯朴的乡情是我生命之源，尽管他们受生活之累，各有各的艰辛生活，可他们都能一家老小每日团聚在一起，愁事、烦事全家齐心相助，和和美美的生活，他们不注重政治话题，只是庄稼的好坏令他们提心吊胆。外面发生了什么变化，知道很少，就是中央电视台新闻联播，看者能有几人。他们常说化肥太贵，粮食直掉价。最为敏感的是计划生育，风吹草动，他们就会立刻机灵起来。

我的父亲正在厨房里做饭，爹，我回来了。爹从冒着烟的厨房向外看看：“二，回来了。”接下来爹便去做他的事。我知道爹表面不亲近人，心里高兴着呢。妹妹正剥棉花籽，见我，摇动一下身子：“哥，哥哥。”妹妹两手招摇着，直喊得她满眼泪花。小侄女很陌生地依在妹妹背后，把脸埋在妹妹背上，用手捂住眼，从手缝里时不时看我。我喊一声她的名字，她硬是不理。妹妹在一边说：“他是你坐小车的叔叔，照片上你常喊的叔叔。”小侄女怯怯的，一溜烟跑出去，爹便从厨房赶出来：“乐乐，你哪里去?”小侄女在厨房的墙角偷偷地瞅我。我向她招手，她便又跑了。一会儿，哥哥嫂子牵着小侄女的手来了，小侄女衣袋里还有一盒香烟。嫂说：“乐乐说你来了，硬要我俩过来，还拿一盒烟，说是给坐小车的叔叔吸烟。”我笑着。其实妹妹很想和我谈谈，见我神情不好，没说。我知道妹妹不小了，该有个归宿。可我那从出生就残疾的妹妹，她心里想的啥，我都知道。谁人愿娶一个生活不能自理的女孩为妻呢？父亲生着火，我蹲在门口，拿烟给父亲，父亲说他早不吸了。

看着木讷的老父，几次我想说出心中忧怨，看看贫困祥和的家，欲言又止。爹说："二啊，有事说吧，爹看你有心事。"我决定向父亲说出我从地区报社回到了柳县之事。父亲听了，先是一惊，接着给我要了一支烟，用柴火燃了，急吸两口，说："回到咱县了？"我点头。"是以前说的那个县长女儿的原因。"我嗯了一声，爹说："你们年轻人事，我不去过问，二啊，爹供你上学不容易，好孬在人混，你可千万再别回来种地，掂量着点，咱这家境你也知道。爹知道，咱们村主任的官就不小了，县长到底有多大，爹说不清，咱可祖辈都是农人出身。"看着父亲，我沉默了。爹又说："娃，你的事，你比我懂，你是文化人，自己拿主意吧，这边你大哥只有一个女娃，你说能不要个男孩守家吗？还有你妹妹的事。"看着父亲，我没有再说。父亲老了，由于琐事的牵绊，父亲仍劳作不辍，他们是活到老，干到老！父亲离不开土地啊！父亲说一天不干活，他们心里就别扭。父亲是要我脚踏实地，我不想让父亲再为我伤心，我自己会解决自己的事。

第二天，我正蒙头大睡。文莉突如天降，提着一袋水果，身后跟了一大帮孩子，是村里孩子引入家里的。邻居们也扮作借东西偷偷来看文莉。文莉没有丝毫化妆，便更显知识女性的柔美。文莉走到床前拉起我，眼里含泪。原来，文莉在厂里没有找到我，问清原委，一口气便找到我家，她步行十几里的土路，还提了这么多东西，我知道文莉吃了好多苦。

我故作镇定："你来干什么？我不想再见到你，你走吧，文莉。"我还是违背意愿讲出一些让文莉伤心的话，因为我爱文莉太深了，长痛不如短痛，我们分手的好。我低头说："我家徒四壁，茅屋两间，上有年迈老父，下有残缺小妹，负担沉重，生活仅够温饱，本人志小身微，才识浅薄，一时迷茫，望文莉小姐见谅。"文莉的眼泪更多更密，文莉对我有怨言，从她表情上看得出，但文莉没言语。文莉伤心地走了，我的妹妹坐在院中急急说："姐，你刚来就走，歇歇，喝口水。我哥真爱你的，他怕，他怕……""好妹妹，你替我照顾几天你哥哥，是我让他伤透了心，妹，好好替我照顾几天，我工作离不开，我就先走了。”

我真不想让文莉走，可我有什么办法呢。早有人给正在地里忙活的父亲传信，说我们家来了一个漂亮的大闺女，八成是你家媳妇。我的父亲连腿上的泥巴都没洗一下，从田埂抓起鞋，一溜烟小跑，可文莉走了，妹妹哭着：“都是哥不好，是二哥把她赶走的。”气喘吁吁的老父不说一二，抢起手中的鞋底朝我屁股上就是两鞋底。“你打吧爹，我不动。”“我没你这样的儿子，你别喊我爹，人家大姑娘大老远来找你，你装什么熊？”看势，爹气得不行，“还不快去安慰安慰人家。”我说：“爹你不知道。”“我不知道，你知道，人家咋不来找别人，我不管，你把姑娘找不回来，今个没完。”爹一脸铁青，爹无理说。“爹，人家父母不愿意咱，说咱是农村人。”我说。爹沉默一会儿：“就是县长的女娃？”我点头。爹又说：“一、不是爹数落你，人家姑娘来了，好孬你也送送，好话总该说两句吧。就为这事，不去上班也说不过去呀，再说县长的闺女是咱高攀的吗？二、在外找个大差不离的，你们平平安安过日子就行了。”妹妹说：“爹，人家姑娘长得真俊，说话又好听，走时落了好多泪，看样子，对二哥是特别好的，人家（文莉）孤孤单单的好可怜。”爹猛地说：“别让人家姑娘在路上想错事，闹出祸端，三、你来了两天了，你送送姑娘和她一起走。”我的心咯噔一下，看着她走时流满泪水的脸，再看桌上的那袋被我摔坏的水果：“爹，我担心文莉一个人走，我走了。”来不及和妹妹招呼，就冲出家门。

七

我和文莉一起坐车回小城，路上没能再看一眼文莉，也没有言语，我两眼只是向窗外看着原野、蓝天，愁思又围拢缠绕，我依然想着文莉为什么没有给她父母商量，就火急火燎找我来，我自私地想着。文莉也好似在静静思考她的过错。下了汽车，文莉说要一块跟我回厂，我拒绝了。文莉靠在我身边执意不愿离开。“文莉，你回家吧，别让家人担心，你正在跟一个乡下人交往。”我想用此话故意伤她心，“让我们用时间的空格来沉静思考。”说完我径直走了。或许我的话说得太重，文莉没有追我，到厂门口，我也没有看到身后的文莉。

下午我休整一下情绪，开始上班。刚进工会办公室门，工会主席便来了：“小张，你那间宿舍厂里要用，今晚必须搬走。”主席的话像在命令。我看了一眼工会主席。厂里研究说是厂内宣传之用，具体我也不清楚，上边安排的。至于搬到哪里，厂里有集体宿舍，几十个人一大通间，厂里分来的大中专学生也有去附近村庄租房的，但厂里不补助，工会主席扔下这话，转身走了。是当头一棒，我一阵儿莫名恼怒，考虑一会儿，自宽心想，厂里是有用，不然不会让搬走。

搬到哪儿去呢？集体宿舍，臭气难闻，那么多人也不得安静；不如找个地方，村庄房租费不高，省得再看厂里那些人的白眼。整个下午我都在寻觅我的安乐窝，跑了酒厂周围的几个小村，最终在刘村有了安身宿命之所。晚饭时，文莉来了，一个劲说，搬房子为啥没告诉她，老是问我在何处租借的，像个尾巴在我身后跟左随右。我没有作声，我怕有人看到，便走进工会办公室，文莉也一路追来。文莉看上去很痛苦：“张涛，都怨我，不该把你弄到这个鬼地方，他们给你小鞋穿，是我没有想到的，文莉从布包里拿出一个饭盒，涛，我知道你一天没吃饭了，我做的，你吃点吧？”说着文莉打开饭盒，一股肉香散发开来，可我没有一点胃口。文莉双手托着，递到我面前，一直站在我跟前。含着泪说：“我求你了，吃点吧，不然身体会垮掉的。”我被感动了，我把铁盒接过，放在桌上，任泪水模糊双眼。文莉说她已搬出家门，住在了曹玲那儿，她渴望父母回心转意。涛，咱们再坚持一段日子好吗？我点点头。厂保卫科的人来：“下班了，你还在这里干什么？”“下班就不能在这儿吗？谁说的这儿不能呆，怎么，啥人都卡我。”我理直气壮地质问，小声地骂。“看你小子硬，走着瞧，有你好看的，上边发话了……”那家伙没有再往下说。我成四类分子了，一举一动都要被盯梢，还有没有人身自由，我顶撞着，又有两个保卫科的人员摇着电棍走进屋，来回在我跟前摇头晃脑，不怀好意看着我。文莉推推我：“咱们走！”我被文莉拉出办公室。“文莉小姐，你妈打来电话，叫你快回家，说是你妈心脏病犯了。”文莉骑上她的豪华木兰看了我的住处，她妈妈有病，我又骑车送她一段路程。

几天以后，工会主席把我叫到他的办公室，语重心长地说：“小张啊，我们以前是朋友，现在也是，自从你来咱们厂这些日子，我也知道你的处境，工会主席点了一支烟，吸了两口又说，小张啊，你可要慎重对待自己，比如个人问题，有些话我不说你也知道，我先是以朋友为重，尽管现在我是你的上级，随便跟你谈谈，你别向心里去。”“有什么事？工会主席，你就说吧，我和文莉完全是我们自己的事，不用任何人去管。”我说。“小张啊，我做工会主席不能全当工会的家，目前酒厂不景气，正处在销酒淡季，厂党委开会决定，要精减机构，向车间充实人员。”工会主席呷了一口茶，弹了弹烟灰，叹口气：“唉，我也没法，厂党委决定的。小张，你明白我的意思就好。”又是突如其来的变化，是我始料不及的。在柳县，只要我和文莉有往来，在任何一个旮旮旯旯，我都逃脱不掉被监视的命运。我猜测工会主席找我谈心的目的，我马上要离开工会办公室了。但要去个什么地方我一点不知，文莉也没来告诉我。

上午十点，酒厂人事调配处的同志，手捏一张纸条推开工会的门，哪位是张涛？故意问着。我站起身，是一纸调令，正楷打印的黑体字，加印“柳县酒厂人事科”红印章。来这么长时间了，工会这边的事，我一点也没有做，也要感激仁慈的领导们了。他们过多爱惜，如今派上用场，去厂酒糟车间挖酒糟。这是一种体力活，对我这个拿笔五年，整天坐办公室的人来说，是该出来锻炼锻炼了。或许像我刚来酒厂时应验了人们的话，是进厂来改造的，但我可以理直气壮地说，我是为爱而来，我一点错没有犯。我又要尝到童年的铁锨，锄头的滋味。酒糟车间没有技术活，只要有气力，谁人都胜任。我去酒糟车间抠酒糟，听起来很文雅，其实和抠大粪、挖茅坑是一个样，把造酒后遗留的杂物，如烂臭过的麦皮、稻皮烂泥等一些混杂物，散发着晕人的气味，像清洁工从特定的发酵车间挖出来，装上车，运装到野外扔掉。我跳到人把深的酒糟池和力强身壮的临时工用铁锨向上翻，常满身满脸弄得泥头泥脑。这里工作苦累，可挣钱不多，它不是技术活，平日人从身边走过，即便是穿着整洁的衣服，也能嗅出他们身上那股异味，不用猜就知道他们是酒厂挖酒糟的。我好坏也是个四年本科大学毕业生，我也有知识，有文化，能写会算的人啊！自从我来到柳县，我和文莉就再也没有写过一篇稿子，似乎写文章不是我们这般人的活了。可以说，我是此酒厂第一个本科大学生去车间挖酒糟的。

不能再待下去了，我决定要离开这个是非之地，没有理由不离开它。我去厂长办公室，我要要回我的档案，离开是非之地，厂长办公室几个人正玩麻将牌，一名牌友听我来意，眼一斜，嘴一撇，顺着他的方向望去，厂一把手正站在窗台提着他的“小弟弟”向楼下撒尿，二楼下面就是装酒车间，尿花在红色的瓦片上跳跃，像一条游动的小蛇，弯曲曲从瓦凹里滚下来，水流坠断檐壁，溅落在车间的窗台上，隔上十几米斜看，有好多工人在手忙脚乱地工作着。一把手嘴里还嘟囔说，给我看着点女人，别让她们钻了空子。我感到一厂之长在做游戏。厂长看到我，抖抖他的“小弟弟”，很幽默地放进衣裤里。旁若无人坐下来，拿起麻将说，该谁了。厂长，我辞职，我要离开这里。厂长才扔下手中的麻将，几个副厂长便很知趣地出去了。厂长叼了一根555烟说：“想走，小张呀，当时你来厂时没想好，在地区那个地方能文能武，偏来我这个小厂，岂不大材小用，可惜了材料。你的档案我本来就没有放到人事部那里去，我知道你将来会升迁的。”厂长用手拍了拍手中的档案袋。我要去接。厂长连忙把它关进桌子里：“小张啊，这可不行，没有上边（县政府）的同意，我可不敢放虎归山，我吃罪不起。”“厂长，我不干了，我要求辞职。”我说。“啊！这可不行，小张，你知道我的难处，你能进厂，我可没本事送你出去。如果想走，去政府那边签个字，你走人，否则，我也没办法。”厂长又说，“是的，可惜点，现今，有奶便是娘！去吧，我下班了。”

我是谁，我感到我在此身不由己。我感到我在被玩弄，被欺骗，被压制，有种精神和权力，让我寸步难行，挣脱不能。我是它人手中的麻将牌，被人呼来喊去。有的人使尽伎俩，扮成美艳的仙子，尽显柔情，甜言蜜语，诱你上钩，挖你心肝，我被人装入了袋子，成了大庸弱智之人，我苦不堪言。

我醉了，这个酷热沉醉的夏日令我苦不堪言，有种苦大仇深之感，这种精神沉迷，心思偏颇，已无药可济，它伸入到人的灵魂。我感觉面前一堵无形高深的墙，任我击打碰撞，总是我鼻青脸肿，鲜血直流。我似一具疾病缠身被狠心的父母抛尸郊野的弃婴，任何人都觉得我不该来这个世间。我不再相信任何人，包括我的父亲，对他们为什么生养我，都要提出怀疑。在道路边，我遇到了在县委宣传科混事的一名伙计，那伙计与我骑车碰了个对脸，我下车招呼一声，喊了他名字，多想了解了解现在是何年何月，谈谈心事、诉诉苦，多想有个祛除病痛的人呀。那伙计见我，也没下车，没放慢车速，头也不回走开了，给我一个冷场。有位同行的同事说："他呀，新闻写得多，吹得大，由县委宣传科副科长荣升成某局局长了。"我当然不知道，平日感觉挺要好的伙计，相互帮过忙不少。人家升到了局长位置，包准知道咱的这档子事，怕咱拖累人家呗，咱能理解，现在谁不眼观六路、耳听八方？自己如今是个小工人，想当然没有资格与其同流。人各有志，在世俗人的眼光里，我是社会几乎最底层的人，社会能自然不自然把人分成三六九等，不信，骗你是孙子，如果你不相信，你完全是个笨蛋。如今这般田地怨谁也没用，我把架在鼻梁上方的眼镜，拉下来，扔进积水沟里，这样不就迷迷蒙蒙看天看人，岂不更好，一切又早不害怕，揪心，一切又不早清楚明白，即便是一辆巨型大车给撞死更不让人说自己是个胆小鬼，其实生在世上，谁又不想活着呢。我不再去想文莉，我想到更多的是自己的得失、自利。若没有文莉把我弄到这田地，这个山不转水不转人亦不转的鬼地方，我何尝不珍奇般高贵呢。我不愿再接触任何人了，他们会给我精神带来疼痛。

八

我回到租住的小屋，尽可能什么不想，不去做，好好待着。可我有脑子，有思想，更有精神寄托，全脑子都又装不下可恨的文莉，文莉似个戏子，在我眼前来来回回装扮演唱着。我也不知道她是何等用意，我感到她是一条美女蛇，我百般厌恶她，她到底怎样的爱我，怎样才说明是爱，爱到底是个啥东西！

好怪，文莉在我想象中，竟神奇地站在我的门前，她没开木兰车，而骑着单车，依然是那样漂亮得令人厌恶。素白淡雅的连衣裙，紫红色的高跟皮凉鞋，肉色长筒袜。那妖艳的脸，让我呕吐。她似个毒汁四散的恶婆，她不就是我生命驿站的毒源吗？我没有理由不恨她，她令我一落千丈，给我带来地位、物质及精神的丧失。我没有去搭理文莉，文莉进门又返身轻轻插上门栓，才走到我的床边，抱住我，含泪吻我，似乎我感到她看我痛苦有种幸灾乐祸。我想努力反抗，但我没有，我想，这或许是一种抚平心里伤痛的疗理，属于自己，自己有权力不去过问。

猎人即便是失掉了心爱的猎枪，哪怕有一只曾被猎枪中弹的猎物在手，也不会有过多遗憾。文莉拥我而泣，感觉愧对了我，文莉的泪水落在我的脸颊上，我视而不见，听着文莉渐渐拉开了她的背后拉链，哧哧啦啦脱衣服的声响，她似乎要表明爱我的决心和坚韧不拔的决绝意志。我要看文莉把戏演到哪一步，她有她的权力和自由，文莉脱去皮鞋，脱落……这样的大白天，文莉自然显露一切的一切。我讨厌文莉，感到她是一架木制的卖物，或者说是一个艺术赝品，继而，我的怨恨和埋怨悠然袭来，此时，复仇是我的心愿，我觉察到自己的生命活力。文莉如油画般光洁有度，纤细洁白的腰身，细嫩腻滑的肌肤……我知道人性的高贵和低贱脱去衣服都是一副臭皮囊，都是凡胎肉身。文莉的裸体像尾金鱼在鱼缸里游弋，我的眼前并没有精神和权力的抗争，只有疾恶如仇。我感到这是补救过多心理的满足，我再也控制不住那颗流泪又流血作痛的心。血性狂涨，自私地攫取，膨胀的欲望弥盖凄冷寂落的心，一种复仇的欲想，鬼差神使般令我摆脱不能。文莉的身体像一支暖水袋，抚摸了便起伏不定。这时才感知男子野性是从骨子里狂涨而生的，冲冠一怒为红颜。我把激情愤懑融入进去，我感到更多的可怕，更多慰藉。今天我不顾一切地把“仇恨”发泄给文莉，令我感动得涕泪交零，痛不欲生。一个 180 度的急转，使我自新自责，光天化日，我戕害了一个美好的心灵，如果将来成不了我的妻子，我将悔恨终生，在这殷殷血滴被我触摸到的瞬间，我有一个自新的灵魂让我终生爱我的文莉，我多么想连同我的心及生命的全部给文莉，为文莉。我已泪流满面，交一个完整的文莉，给一个少女的纯白，文莉是一个纯洁如玉的处女子！文莉把爱的第一次郑重地交给我，交给我这个自私无能的陋人。我满含泪水，一次次亲吻我心爱的文莉，即便天荒地老，天庭降灾，我不会改变对你的爱，就是你离我而去，我也会真心去爱你，甘愿以生命为代价。我们的心深情融汇在一起，融铸成牢不可破爱的无形锁链，我们要把真爱向世人宣告。文莉把人生最为珍贵的第一次给我，文莉接收了我生命中的第一次。我们都是生命的个体，她的纯真，她的纯情，她对我的爱……感谢老天把文莉给我，感谢老天有眼，我们有缘相见相爱，更感谢老天给我们爱的权力。文莉，你是我生命的最爱，再难、再苦的日子，只要有你，即使再错上一百次，我还怕什么，我甘心情愿为爱你而错。

文莉是我今生的新娘，我们的洞房花烛有明媚的阳光作证，尽管没有欢庆的人群和掌声。我不再心灰意冷，死气沉沉。我们相信齐心协力会走出艰难末日。我们高声朗诵着食指的《相信未来》。只要文莉在我身边，去做牛做马怎么了，为了我们的爱，我不会离开小城，离开文莉。我甘愿去酒糟车间，长久地干下去。

高贵和卑微只不过是凡夫俗子的一种视角，别人能干的，我也能干。我和那些强壮的农村汉子一样，一铁锨一铁锨向车上装酒糟，然后满身泥水，满脸臭气用力把小地排车拉出厂区，脏累我不怕。有文莉的支持，有精神寄托，我可以把铁锨一横，坐在酒糟里燃支烟和工友们一起说笑。文莉每天都给我送来可口饭菜，我一边吃，文莉在一旁用手帕为我擦汗，劝我慢点吃，这样会对胃不好。我也时常捡块肉或好吃的东西塞在文莉嘴里，外人看我们真正是一对夫妇。我清楚，文莉是顶住了不小的压力爱我，为我送饭的。文莉说：“只要我心不死，爱我依然如故。”我说：“天荒地老，你都是我的妻子，今生爱的唯一。”挖酒糟的工人经常换，他们大多是来自农村的廉价劳动力，干一段时间，便有工人受不了苦自动辞职，新来的工人当知道那位秀美的女人是县长千金，爱上了我这个挖酒糟的小伙子时，他们常竖起大拇指，夸赞我，便对我特别友好。文莉不再骑木兰车而是改骑自行车在厂门口等我，也不再穿戴各种艳丽的服饰。有人说我们长不了。有人有时指着我的鼻子骂我，我咧嘴笑笑，装作不知道，我走我的独木桥，只要有文莉在我心中，我不会与任何人去争斗，我依然干最苦最累的活，拿酒厂最少的基本工资。我们每天都见两次面，夜晚再把文莉送到曹玲那里去。

九

一天上午，我正在挖酒糟，有人说我的妹妹来了。我很奇怪，怎么会呢？我真切地看到我的妹妹在酒厂门口张望我。妹妹看到我满身泥水，一身异味，妹妹哭了。妹妹抓住我，说："二哥，别干了，我们还认为你在外享福呢，就干这种活，原来是遭罪，还不如回家种地。"妹妹看着黑瘦黑瘦的我，流着泪。我苦笑笑："傻丫头，你知道谁在爱我吗？是一个县长的千金小姐，我要和她结婚，她，你见过，就是上次去咱家的那个。"我宽慰她，妹妹破涕而笑了："那，你是县长的女婿了，咋还干这活呢？"妹妹想问清楚我干此活的原因，"妹妹，有些事你不懂，我是暂时先这样，受点罪，没有苦上苦，哪有甜上甜，以后就坐办公室了。"我解释说。我问："妹妹，大老远，你来干什么？怎么来的？"提到家事，妹妹又是一阵落泪。双腿残疾的妹妹说："大哥为了生个男孩，逃避计划生育跑了。咱爹被人带到乡里开家长会，须让嫂子做了流产才让爹回家。那天还有人专门去了咱村，叫咱爹管教管教你，别自作多情，听乡里人讲，是县上来的人，弄不好，还说叫你回家种地呢。爹怕，爹不能来，没法，我来给你送个信，爹怕你在外出事。"妹妹小声说着，"二哥，是文莉和你的事，人家叫你回家种地呢。"我看着乡下的妹妹，冷冷一笑说："我是国家的人才，从学校考来的，也是国家承认的，谁人把我怎么不了，只要我不犯国法，那都是瞎说，别听那些人的传言。"我对妹妹说。妹妹临走时担惊受怕重复着："咱爹说的，那县长的女儿，不是咱家笼中的鸟，你尽快放飞她！"看着妹妹，我流出泪来。我跟妹妹说："你叫咱爹放心，我又不是小孩子，我知道怎么做；另外，你劝劝哥，以后社会，生男生女都一样，啥男孩女孩的。”看着妹妹，我又叮嘱私人三轮车，一定要把妹妹送到家门口，司机也很是同情，说一定办到。我与乡下的妹妹说了几句知心话，她又马不停蹄回乡下去了。

对文莉的爱，我不会改变，也不会再去选择别的路，离开我最爱的文莉。夏去秋来。枯黄的落叶零乱地飘谢在道路两旁，田野的稻子已成熟，金黄闪闪，五谷丰收的景象遍布四野。远天浮动着几朵灰白的云，低低挂在天边，偶尔，排成人字形的大雁从云端飞过，在天空划成一个弧线，飞去天南，我看到一只失群的大雁展动羽翅，哀婉地鸣叫，追赶前方消失在天边的群雁。我为大雁离群而伤心，猜测雁儿离群之谜。那些在田间跃飞的麻雀，叽叽喳喳，盗食着田间的稻谷，伏在稻秆上左顾右盼，一点不心痛地把稻粒儿抛撒一地，从没有为过冬准备储存食物之象。呼啸的风日日加剧扫着欲将飘落的树叶，扫过农家屋檐，飞走了。柳县这片年轻的小城，已是高楼林立，宽阔的马路，很少几个人来往行走，阔绰气派的商城，尽管乐曲悠扬，还是吸引不来多少顾客。大气富贵的县政府县委大楼，掩映在苍翠的法桐深处，和那对面低矮居民区有一个明显的参差错落。雪白、亮红、油黑的小轿车云聚在肉香辉煌的饭店酒楼前。偶然，街灯下一位瞎子专注拉着二胡，眼前放块白布，点点的字迹当然模糊不清，或许是说瞎子的坎坷经历。柳县小城的形形色色，你用心细细去发现，才感知它的真实所在。

上帝普遍制造了人，如果特制了人的精神和权力，上帝是不公平的。半个月来，我都在寻找我的文莉，我不相信她会弃我而去，可现在的确她已不在我的身边，我对工作没有一丝头绪。自从那次，我们再没有来往。那次我们没吵，没闹，那天夜晚，我照例把文莉送到了曹玲住处，她说好明天去我那儿改善生活的，可至今没见过她露面。我停下工作单独找她，她同室的姐妹说，他十天半月没来上班了，连假也没请，没人知道她去哪儿。去曹玲家，曹玲也说不知道。几乎每晚我都去曹玲家，曹玲有文莉的下落吗？你给打听着点，遇到她，你千万别让她离开，我外出找她，她来找我，你让她在这儿等，别让我们相互的寻找。曹玲只是沉默。最终曹玲被我们真诚的爱情所感动，她流泪说，她不愿她的朋友再为我受罪，她也爱文莉，也不愿由于文莉看到如今我失魂到这一步。我步步下跌，文莉痛心疾首。我在送文莉到曹玲家那天夜里，文莉的父母便把文莉带走了，他们花言巧语讲，我去了他们家，我正等她。可惜单纯为爱一点不觉察的文莉二话不说跟了父母走了，从此没有下落。临走文莉的父母对曹玲威严地说，你是文莉最好的朋友，如若不想看文莉一辈子受苦，希望你对张涛进行阻挠。说这话，文莉当然不知道。第二天中午，县委政府大大小小的车二十余辆停在芳草酒家，大员们大吃特吃，一连几天，吃得曹玲心花怒放。曹玲一直没给我讲，直到今天，我才知晓。这么多天来我没有上班，几乎急成了病，常到文莉她家的楼下偷听，想听到我心爱的人是否在此。当我所获知我的文莉被家人带走时，我没有思考一下，蹬起自行车便去文莉家。曹玲说，危险，这样会更加重我们之间破裂的成分，我管不了那么多了。我要立刻见到我的文莉。

我用手砸着文莉家那坚固的防盗门，高叫："开门，开门。"或许是猫眼里的女人发觉是我，裂开一丝门缝传出说话声："有事吗？我们不认识你，那女人是文莉的妈妈。我要见文莉，我要看她一眼。你让她出来我看她一眼吧。"我凄凄哀求。"文莉已去外地，不再回来了，你死了这条心吧。"她的妈妈砰地一声关上门。"我要见我的文莉，我要看她一眼，你们阻挠不了我们的爱，你们开门，文莉开门。"我用脚踢，用手砸。"我要控诉你们，你们硬抢走了我的文莉，抢夺打散了我们。"我大声叫喊。门咣当地一声全开了："小子，你最好去上告，你不是做过新闻记者吗？你去告啊，看你能愚蠢到什么地步，你肯定会自食其果。"男人发出猎猎的声音，声不大，很惊心。男人射来一丝鄙视的眼光，似深夜里一道奇特的亮光，像鬼火令人恐怖。文县长身着睡衣仇视我，没等我说话，门又被用脚踢上了。我被小区保卫科的人拖着双肩抬出县政府宿舍。我已不是昔日耀武扬威的我了，我已不再是昔日人模狗样受县政府官员请为座上宾的我了，我是柳县一个小酒厂挖酒糟的小工人，我已失去昔日的光彩，我还以为我是谁。我求助无门，难道我没有一根救命的稻草可抓吗？我上天难，我走自己的一条小路不行吗？我向谁诉说，谁又能接受呢，而今文莉离我而去。给我一点帮助吧，老天爷，可我没法去相信你的存在，我已到山穷水尽的地步，我渴望见见文莉，哪怕一死、我只能默默念叨文莉，你现在在哪儿呢？我怎么找不到你呀！

好心的地区报社，文艺部主任，把信寄给曹玲转交给我。

张涛：你好！

我们了解到你的处境，深为你遭遇不公平不满，我们部希望你再回来，现在我们部正扩版，需要人手，可先过来帮忙。

祝

一切顺利！

××报文艺部全体同仁

×年×月×日

我拿着简短的信哭了。可我怎么能走呢？为了文莉我来此，受到不公平待遇，如今，为了文莉，我又怎么能走呢，文莉至今下落不明。我伏案思想，回忆起美丽可爱的文莉。第一次见到文莉时的神态；交往一年间文莉的纯情；文莉带我来柳县时的真情，她为爱把一切毫不保留地给我，文莉说我俩并肩追求美好人生。我的恋人，我还能怎么样呢，人活在世，有了文莉这样的女子，我还想啥呢。我要去找回我的文莉，哪怕鱼死网破。我要向人诉说，我要告上法院，还我美丽的文莉。

夜晚，我都戴上墨镜在文莉家楼下冬青丛巧妙地躲过那些人的眼睛，盯梢，或躲在县政府大院外面高树上，望那小河对岸灯火闪烁的文莉家，玻璃窗内闪动的人影，猜想是否是文莉，而又一一否定。在这么多居民处，只要我一抬头，就能分辨清文莉住的那个房间，那房间的白天和黑夜一样没有灯火的亮光，也没有人影，窗帘始终开着。多想看到一个名叫文莉的女孩从那间房子里走出来，在阳台上看我一眼，看我日夜在关注她，寻找她，然而一点音信和希望都没有，文莉在那个房间里依然消失着，我心不甘，直到这座楼群的灯火渐渐灭掉在深夜里，我仍然借月光去看那间模糊不清的房子。我知道，文莉今晚又不来了。我在吵嚷热闹的街道上穿行，希望文莉在我的注目中出现，甚至不放过男人手臂里的每一个年轻的女人。凄凉的街灯下，深沉的夜色里，有孤身女子形单影只匆匆走过，我都感觉是文莉的身影，是文莉在找我？我急忙赶上去，直到那女子回头尖叫一声，料想我是恶人歹意，我这才发觉不是文莉。凄风摇雨的午夜，我都会多带一块雨布，我一而再，再而三地询问，那些我不认识的人，见过没见过一个像文莉的女孩走过此处，只听人家回声，无聊、讨厌、神经病之类的话，我才断定他（她）们本来从不知道文莉是谁。我的心开始绝望，我感到和文莉再见面的机会难了。我不知道文莉想我怎样，她为什么要离开我。深夜，寻找文莉归来，喝醉酒跑进雨水里，有时醉卧在道路边，我发现自己变了，变得谁人也不怕，不上班，别人也不来管我了，我自由了。

十

晚秋的雨是不多来的，可今晚来了，像我的心绪一样清冷寂寂，从我房间的后窗落过来，从门缝里飘斜而入。这是个不要雨水的季节，可偏偏来了，犹如烦扰人的心情，挥之不去，赶之不走，深夜里，乡村时常停电，我燃亮融融烛光，拿文莉给我的信记忆着文莉，我想从这熟悉的文字里和文莉见面。我的眼里溢出晶莹的泪水，脑子也有点呆木，但我仍和我心爱的文莉对话，多想吻着她入睡，一百次一千次地。

房门被异物碰了两下，像是有人敲门，在这风雨交加的深夜，门又被叩击两声，清晰可鉴。的确有人敲门："谁？谁？是谁？"我急忙起身道。"是我，我是文莉，快开门！"门外有女子低弱的心声。

我惊喜若狂，是文莉的声音，我赤脚下床跑过去。我急忙拉开门，一卷秀发瀑布般落在我的眼前。"文莉，我的文莉！"我小声惊呼。

文莉颀长、俊秀的身材洁白的皮肤映入我的眼眸。文莉背对我，像是在偷偷看外面雨夜里是否有人来。我看着文莉身上的斑斑水迹，一把抱住文莉，文莉顺势拥入我怀里，把头埋在我胸前，顺势用脚把门带上了。文莉没有诉说连日来为什么不见我的原因，默不作声，慌慌地把我推在床沿。文莉，这些天可把我想坏了，我的精神几乎是崩溃了，我信以为永远见不到你呢！我轻轻地抚摸着文莉说。文莉没有解释这些天来不见我的原因，来吧，快点吧，文莉只是小声说着，对我的话好像为那事没有听到。我闻到文莉身上散发的高级香水味，我感觉文莉今天肯定着意打扮了一番，才来的。

烛灯如豆，影影晃晃，我的小屋子笼罩在一种祥和甜蜜氛围里，窗外三两点雨滴倾入，打在烛灯上，火苗似运河中风雨里闪烁的渔火，亮亮灭灭。文莉伏在我身上，浓浓秀发散我一胸，像吻我，文莉向我身下滑去，腿蹬书桌咯咯作响，小桌上的烛灯摇动着，我的知觉告诉我，文莉已脱掉了上衣，我幸福等待美好的时光。桌上的烛灯被文莉的脚不在意踢倒，火苗在桌上吱吱冒着火花，明灭着，欲将灭掉。猛然间，门外似秋天的一声闷雷，张涛，别上当。那人随叫声冲进我没上闩的小屋，是一个发疯般的女人声，像从天而降，我和文莉的好事被破坏掉了，随即，那女人把我的“文莉”拽起，扔在我一边，来者扶正烛灯。我惊慌起身，这些事情都是在转眼间而就，女人又大叫：“这是陷阱，是圈套，她不是文莉，是个不要脸的妓女！”来者怒斥。我一片迷惑，刚转过神，“文莉”已提起裤子跑得无影无踪，只看到几个黑影在五六米的地方，慌慌逃散了。我破口大骂：“卑鄙，可恶的小人。”雨乱如泥，天地间已是大雨滂沱了，好似悲泪人的眼。来人喊住我：“别追了，追上也无用。”来者是文莉的朋友曹玲，曹玲像一个泥人，用衣袖抹着头发、脸上的雨水。“曹玲，文莉呢？是谁干的？”

其实我猜测到了。“别问了，没有结果的，要是灯灭了，你跳进黄河也洗不清，你只好坐牢吧。”曹玲叹了一口气又说，“唉，江湖人心险恶啊，张涛，去吧，柳县不是你张涛长久待下去的地方，也不喜欢你这不速之客，把文莉忘了吧，你们不会有好结果的。”原来，几个家伙在曹玲酒店吃饭时，曹玲听到的，其中就有刚才那个妓女。他们吃过饭一走，曹玲便赶来了，曹玲补充说，他们吃饭时，有县政府的人在那里陪了几杯酒，曹玲又说，这是把人向死里推，太恶毒了。“我坚信，文莉爱我，她不会变心，否则也没有这等事情，我就是死，也要死在柳县，和文莉在一起，死个糊涂，死个明白。”我愤懑地说。

曹玲的话说不到我的心里去，曹玲的话不会令我夹着尾巴自动离开柳县这个小城，我要让他们的阴谋破产，让我们的展示众人。我要让他们看到权力和精神不会阻挠用生命或鲜血换来的真爱。我和文莉的爱是凡人的爱，我要用凡人的力量顶住各种魔力，支撑我们的爱。曹玲被我感动了："张涛，你真是个血性男子汉，我还没有听说过有你们这样的爱情，你是令女孩子激动的男人，为了文莉，我真心支持你。”我看了曹玲一眼，紧紧握了一把她的手，说："谢谢你，谢谢你救我，这样会连累到你。”曹玲说："谁叫我们是真心朋友呢。张涛，这里不是久住之地，你快再换个地方，别让那些人找到你，我走了。我不会离开这个地方，叫他们来吧，看能奈我何？”风雨里，我送曹玲上了公路，临别，曹玲扶住车把，在风雨中说："张涛，别逞能，意气用事，鸡蛋碰不过石头，你小心点。”曹玲走了。我把平日生活用具备放在床头，菜刀、饭盒，甚至写作的钢笔拔掉笔帽准备着，我要与他们抗争到底，为了文莉，为了我们的爱。我们要让苍天含悲，鬼神泣歌，让它们为我们的爱情感动，你能被感动吗？苍天！

十一

第二天一大早，我正坐在桌前赶写我与文莉爱情的一篇日记。表明我甘愿为爱誓死不改。曹玲急急忙忙跑来，她上气不接下气说："张涛，不好了，文莉她，她……”我扔掉手中的笔，急忙站起身，抓住曹玲的肩，摇动着说："文莉有消息了！她怎么了？见她了？曹玲点头。在哪儿？在哪儿？快带我去。”“在医院，在县医院，昨晚从五楼跳下跌断了腿。”我的脑子嗡的一声，我惊喜，我害怕。我似一只发疯的野兽，没在去问曹玲，不顾一切冲出屋门，我跑着，我要去医院看我的文莉。

我冲进医院，撞开护士的阻拦，跑进抢救室。心爱的文莉刚刚做完手术，卧在洁白的病床上，呆呆地向门外望着，她美丽的眼睛已失去昔日智慧的灵光，她细长的双腿已被好多绷带紧紧系着，被鲜血洇红。“文莉、文莉，我来看你来了，我是张涛啊！”我双膝跪倒在文莉的床前，双手抓住文莉，泪不能禁，我凄苦地低吟。文莉嘴角翕动几下，两眼依旧向门外望着，更不知道我的到来，文莉已不认识我了。我亲爱的文莉怎么变成了这个样子，我默默流泪，看着眼前判若两人的心爱。

我语无伦次，泪如泉涌。医生和一帮护士进来了，你干什么的，快出去，我抬起头，已泪流满面，我是文莉的男朋友。几个年轻的护士被我这个男人的泪水不时感动得低低含悲，医生“嗯”了一声，文莉的双腿已骨折，被跌断，骨已裂断成碎片，插进肌肉，怕终生站不起来了。另外，文莉的精神过度忧郁，过分被刺激，造成了严重失忆现象，但好好调养，保持精神愉快，或许能好起来的。现在需要他最信赖的人不断和她说话，呼唤她，让她丧失的记忆恢复，医生拍了拍我的肩走了。这时我才发觉床边座位上一位丰姿高贵的中年女人低着头，是文莉的妈妈。她从座位上站起身，面无表情，嘴翕动了几下讲：“文莉是因你跳楼的，如果你真心爱她的话，你们仍可以结合，老文已外出开会了。”女人的话有些弱，有央求声，但也很威严。女人眼里有泪，说此，慢慢走出门去。我真想挥动坚硬的拳头，连哭带打，文莉突然“哈哈”笑了两声。真实的文莉在我眼前，多少次隔日如年的思盼。文莉是我，认出我了吗？文莉、文莉不是这样子的，她古朴、秀美、才情俱佳，这不是我的文莉。往昔我天真无邪的文莉，你哪去了？文莉，是谁伤害了你？让你如此。是我吗？是我呀！你们怎么能轻而易举地把心爱的文莉送给我呢，送给我这个农民的儿子。有教养，高贵门第怎么养出一个傻孩子，一个傻文莉，早知如此何必当初。难道这就是所说的平等，门当户对吗？在我心中，先前的文莉和如今病床上的文莉没有变，我依然真心地爱她，她是我的精神支柱，从那日的我俩起，我还有什么不满足的呢。她是我的新娘，我生命的同路人。没有人，没有任何理由从我心中把她夺走。高贵怎么啦，腾达显官又怎样。其实文明和野蛮是背道而驰的，我要和我的文莉生活到永远，无论我们的路以后有多么遥远，多艰难。

我和文莉结婚那天，天突降大雪，一时间，天地间纷纷扬扬，大雪遍布乡野。红红的鞭炮被人点燃，像雪中艳开的梅花朵，又似滴血的花丛。大红地毯上花团锦簇，像被一盆盆鲜红的血泼上去，染红，铺在白雪的大地上。我推着双腿残疾的文莉慢慢走来，柳县小城里所谓的“客人们”手中捏着红纸包里所谓的喜钱，排着长队站在雪中，人群赞叹，真是金童玉女一对，天地难觅。小轿车百十辆，就是为这欢庆的场面相约而集的，为此，我们感动的悲泪交加，悲泪如潮。

我牵引轮椅车，把写给文莉的一首诗大声朗诵给她一个人听。

高山流水觅知音

在远方
面对高山大海喊
我要为你歌唱

我若是蓝天里一朵白云
我可以陪你漂泊流浪
我若是山间淙淙的小溪
我可以为你倾诉衷肠

如果春天的桃花做你的衣裳
我可以做痴情的鸟儿
为你歌唱

如果澄澄的湖水做你的眼眸
我可以做秋天的风儿
来读你深藏的忧伤

在远方
拉着你的手
做我美丽的新娘

我要摘下春天最美的花朵
戴在你的头上

我要找到夏天最甜的山泉
为你盛来一世清凉
我要采摘秋天最大的果实
和红红的高粱
我要用冬天的雪花
塑起你的模样
我的模样

我们的心啊
像泉水一般清亮
每一朵泛起的浪花
都散发着生活的芳香

我们的泪水啊
像秋天里点点黄叶
每一次阵痛
都是为了更新的希望

我们没有虚伪
我们没有冷酷
我们没有猜疑
我们不要钱权
我们唯一的拥有
我们只点燃爱情

在远方
一个永远平静
永远美丽的地方

如果我们是比翼的天鹅
我们可以同风共雨
如果我们是并生的木棉

我们可以相偎相望
如果我们是青山碧水
我们可以与白云共舞
如果我们是晚来归雁
我们可以同行同唱

我要砍下盘山的石头
斩下蛟龙的巨尾
筑起我们的新房
我要栽下青青的果树
和绿绿的瓜秧
我要拉着你的手
去看微山湖畔无边的芦花
和鲁西稻田的月亮
我要把你紧紧抱起
直到一百年　一万年

咱们走吧，你看，没有人会再阻拦我们。文莉点点头。我们从鲜花和掌声中走出，从悲鸣的鞭炮中走出，我们还怕什么，那人头攒动掌声热烈的人群，他们是我和文莉爱情的通行证，证婚人。我们的爱在有的人眼里已不再是违法犯罪。苍苍的雪天，银白茫茫，瑞雪丰年，谁说不是个好兆头。在远天的雪中，耸立着一座黑黑的雕塑，血水浇铸屹立，是穿戴整齐的文县长，不，是文书记，他已荣升柳县县委书记了，像雪中的一处风景。我摘下文莉头顶的红盖头，替文莉包好脸颊和头，怕风雪灌进去，击伤了我心爱的文莉，为文莉挡住四周的冷威。我们远行，我们在雪国里远行，感觉这是雪天的童话，我们要返璞归真，去远方一个不知名的地方，离开这个用童话包装的小城，过平民百姓的生活，去生儿育女。

后　记

这本集子所收入的中短篇小说，十之八九是近年来在国家级、省级文学刊物发表过，内容大多涉猎乡村人事的兴衰，从严格意义上讲，算得上是一本小说选集。

我诸多小说创作的情愫来自乡村。

乡村是我的根，追根溯源，这里有我纵横的亲情。习惯了烟花流年，当灿烂业已萧瑟，沉浮归于平淡，躁动归于沉寂，唯有浓重的乡情，历久弥新。多年以后，那些真实发生过的乡村“小人物”的悲欢和“小事件”的结局令人沉思。当心灵走入精神的田园，拔掉荒芜的“青草”，捡拾经年散乱的“枯枝”，这些流溢的故事素材，成为我创作的不竭源泉。其实，对于乡土小说的写作，就像是站在远处对故乡的一种眺望，也是一种觉悟、修行。

出版这本集子，是我已久的心愿。如今，怀揣敬慕，诚惶诚恐地将它呈现出来，算是心灵的一种慰藉。我将以此为动力，怀寸草报春晖之思、之心、之情，在人生的道途上努力奋进。

作者

二〇一八年三月二十六日